启真馆 出品

启真·文史丛刊

现代悲剧与救赎

刘文瑾 著

ZHEJIANG UNIVERSITY PRESS
浙江大学出版社

图书在版编目（CIP）数据

现代悲剧与救赎 / 刘文瑾著 . —杭州：浙江大学
出版社，2018.11
　ISBN 978-7-308-18196-9

　Ⅰ.①现… Ⅱ.①刘… Ⅲ.①世界文学—现代文学—
文学研究 Ⅳ.① I106

中国版本图书馆 CIP 数据核字（2018）第 089413 号

现代悲剧与救赎

刘文瑾　著

责任编辑	王志毅
文字编辑	李　珂
责任校对	闻晓虹
装帧设计	周伟伟
出版发行	浙江大学出版社
	（杭州天目山路 148 号 邮政编码 310007）
	（网址：http:// www.zjupress.com）
排　　版	北京大有艺彩图文设计有限公司
印　　刷	北京时捷印刷有限公司
开　　本	635mm×965mm　1/16
印　　张	19
字　　数	230 千
版 印 次	2018 年 11 月第 1 版　2018 年 11 月第 1 次印刷
书　　号	ISBN 978-7-308-18196-9
定　　价	62.00 元

代序：正义者的悲剧

"这是最好的时代，这是最坏的时代；这是智慧的年代，这是愚蠢的年代；这是信仰的时期，这是怀疑的时期；这是光明的季节，这是黑暗的季节；这是希望之春，这是绝望之冬；人们拥有一切，人们一无所有；人们正踏上天堂之路，人们正迈向地狱之门。"①

一个半世纪前，狄更斯在《双城记》写下这个开头。他借古喻今，通过讲述发生在法国大革命中的故事，来反映对剧变中的英国社会的忧思。

这个急剧的社会变革，显然是指现代性进程。从社会学角度看，这是著名的"德先生"和"赛先生"进入人类生活所引发的一场有关价值追求的浩大革命。这场轰轰烈烈的革命在政治、经济、社会，以及个体伦理道德方面都引起了日新月异的变革，现代悲剧就诞生在这个社会与人心剧变的时代。

此时代的特点，是人伦精神的深刻悖论性。如阿伦特所言："现代人的实际能力比以往任何时候都大，大到足以挑战宇宙的存在，然而，恰恰是面对这个由他们亲手所造的世界，活在其中并理解其意义，他们却深感无能为力。这种有能与无能之间的反

---

① 主要参照《双城记》的曾克明译本，少量字词参考英文原文有改动。

差令人沮丧。"② 这种反差便鲜明地体现在狄更斯这段意味深长的话中。

加缪与现代悲剧

后期的加缪曾经尝试思考现代悲剧，因为他的写作源于生命体验，而他从时代危机中洞悉了悲剧的奥秘：悲剧诞生于历史的伟大转折时期，反映这个转折的光荣与危险。③

他指出，文明史中曾有过两次悲剧艺术的辉煌，第一次是如昙花一现的古希腊悲剧，第二次是以莎士比亚为代表、拉辛为终结的文艺复兴时期悲剧。"这两个时期的确表明一种过渡，从充满神圣和圣洁概念的宇宙思想形式，过渡到别种形式，即相反由个人主义和理性主义的思想推动的形式。"④无疑，这两个时期都是人类历史上的启蒙时代——人从神明的统治下独立出来。悲剧则是这种历史转折时期之电光火石的艺术再现。

从时代转折与悲剧艺术的关联中，加缪想探究什么？探究人的进步，以及进步中的黑暗；探究人的解放，以及解放中的限度。在加缪那里，悲剧就是人们关于进步之痛的表达。进步之痛的症

---

② Hannah Arendt, "Preface to the first edition, " *The Origins of totalitarianism*, San Diego: Harcourt Brace Jovanovich, 1979, p.viii.

③ 加缪：《雅典讲座：关于悲剧的未来》，选自《加缪全集·戏剧卷》，李玉民译，河北教育出版社，2002，第617页。

④ 同上，第618页。

结在于进步中的悖论。这既是理解古希腊悲剧、文艺复兴时期悲剧，也是理解现代悲剧冲突的钥匙。和黑格尔一样，加缪认为，悲剧的特点在于，发生冲突的两种力量都同样合情合理。然而，与黑格尔不同的是，加缪认为，悲剧的原因不是历史发展的必然性，而是人的无度——人唯我独尊，试图以人义来彻底否定神义。在加缪那里，悲剧的消除、冲突的解决之道，不是无法避免的死亡的扬弃，而是重新找回人的限度意识，认识到人义的局限——也就是说，承认神义有时也应当得到尊重。因此他说，在悲剧中，"受到惩罚的不是罪恶本身，而是人物否认平衡或紧张的那种盲目性"。⑤"俄狄浦斯抠瞎了双眼……他的黑夜就是一种光明，在眼睛死去的这张面孔上，闪耀着悲剧世界的最大忠告。"⑥

在加缪看来，现代悲剧源于现代人关于历史进步、关于人能决定自身命运的无度欲望。人丧失了关于自身存在之有限性的理解，以为自己可以成为神，然而，人所造出的神却成了另一种敌对的命运，以至于"悲剧跑到了大街上，上了革命的血腥舞台"⑦："18世纪的人以为，能运用理性和科学控制并改造世界，而这世界也的确成形，但是成为可怖的形态。这是历史的世界，既合理又无限度，而且无度到如此地步，历史便戴上命运的面具。人怀疑能否控制历史，也只能进行斗争，真是有趣的反常现

---

⑤ 加缪：《雅典讲座：关于悲剧的未来》，选自《加缪全集·戏剧卷》，李玉民译，河北教育出版社，2002，第622页。

⑥ 同上，第623页。

⑦ 同上。

象。人类从前拿起武器，摒弃了天命；又以同样的武器，给自己制造出一种敌对的命运。人造出了一尊神：人的统治，然后又转而反对这尊神了。人处于不满的状态，既是斗士，又不知所措；既怀着绝对的希望，又持彻底怀疑的态度，因而生活在悲剧的氛围中。"⑧

我们隐约可以看到，在 20 世纪极权政治的阴霾中思考的加缪，与另一位在法国大革命硝烟后严肃思考的德国作家荷尔德林的不谋而合之处：在同样欢呼革命带来的解放后，他们都同样转向了对革命的失望和疑虑；在同样赞美了他们的精神家园"南方"（希腊）的健美与活力之后，他们都同样从关心审美转向关心悲剧；更重要的是，他们都盛赞希腊人拥有反思和节制的美德，视之为现代人的良药。他们思想中的这些相似绝非偶然，而是说明在面对"自由""解放"之难题时，人类常常不得不面对相似的历史困境，从而求诸相同的精神资源。

加缪说："我们的时代恰逢文明的一场悲剧。"⑨何为他在这场悲剧中的切肤之痛？我们只需要读读他 1949 年的戏剧《正义者》和 1951 年的长篇随笔《反抗者》，便可知晓一二。《反抗者》是关于《正义者》的延伸性反思。众所周知，《反抗者》的出版造成了他和萨特的公开决裂。正是对历史进步之痛的敏感，使得他以"纯粹的反抗"来质疑将革命暴力合法化、极端化的反抗，最

---

⑧ 加缪:《雅典讲座：关于悲剧的未来》，选自《加缪全集·戏剧卷》，李玉民译，河北教育出版社，2002，第 624 页。

⑨ 同上，第 620 页。

终则不得不与萨特分道扬镳，并受到萨特的尖刻批评。萨特不但指责他是个逃避现实的懦夫，也挖苦他的哲学能力。彼时，作为存在主义大师、马克思主义在法国知识分子中的代言人，萨特在思想界的影响正如日中天。而加缪竟然质疑使萨特和波伏娃们上瘾的"知识分子的鸦片"，这等于是站在了时代精神的对立面。

正义者的爱与痛

《正义者》⑩回荡着雨果《九三年》的余响：两部作品中都有革命的利器能否殃及孩子的尖锐冲突，都有革命理想主义者与现实主义者的残酷交锋，以及最终吞没了革命理想的死亡黑暗。

在《九三年》最后一幕，雨果以诗人的笔触描绘了这样一副场景：图尔格面对着断头台。"图尔格代表君主制，断头台代表革命。这是悲剧性的对抗。"断头台是图尔格犯下的累累罪行的复仇者。"衰亡中的天上权力与新生的无上权力都令人畏惧。罪恶的历史在观看伸张正义的历史。旧日的暴力在与今日的暴力作较量……昨日在今日面前颤抖；旧日的残忍面对并且忍受今日的恐怖；已成乌有的昨日用阴暗的眼光瞧着今日的恐怖，幽灵瞧着鬼魂。"这也正是狄更斯在《双城记》、加缪在《正义者》中揭

---

⑩ 本文有关《正义者》的引文皆出于《加缪全集·戏剧卷》，李玉民译，河北教育出版社，2002。

示的革命困境：一方面，革命是出于正义而不得不进行的反抗，另一方面，革命的暴力在反抗邪恶中产生了邪恶；一面是革命的正义，另一面是革命的不义。正是这种革命的悖论性构成了革命的悲剧性。

《正义者》便是这样一出取材于历史、充满了痛苦惶惑的悲剧：年轻的诗人和革命者卡利亚耶夫参与暗杀小组任务，奉命炸死大公，然而当他手拿炸弹对准大公疾驰而过的马车时，看到马车上坐着的孩子——大公的侄儿侄女，他的手颤抖了，于是他冒着重大危险，临时取消了行动计划。后来，他终于再次获得机会炸死大公，然而却不得不面对虔敬仁慈的大公夫人。他依然未能摆脱良心的巨大不安和面对上帝的自责，于是一心一意走向绞刑架，迎接死亡。

卡利亚耶夫就像另一个俄狄浦斯，他希望有所作为来改变人类的不幸命运。然而，在怀揣着对生活的热爱和正义理想行动时，他却处处感到了与正义的违拗：在诗人的革命性与恐怖分子的革命性之间，在使人愿意为之牺牲的信仰与复仇嗜血的冷酷暴力之间，在反抗专制政权与谋杀眼前具体个人之间，有那么多似是而非、难以决断之处。甚至在正义与爱之间，似乎也有着绝对的冲突和无法逾越的界限。

热爱生活的卡利亚耶夫渴望健全的正义。在危急时刻，他毅然做出了自我牺牲的选择，放下了对准孩子的炸弹。他十分清楚：人活着，不但靠正义，也要追求良心的清白。"革命要脱离荣誉，我就会脱离革命。""如果为了一个我没有把握的遥远国度，我不会迎面打击我的兄弟。我不能为了一种不复存在的正义，再增添活生生的非正义。"但尽管如此，他依然无法避免正义与爱之间的撕裂，无法避免为了正义而采取的流血暴力行动在他渴望美善的心灵中激起的痛苦。

经过了第一次失败的暗杀行动后，卡利亚耶夫明白了暗杀并不像他原先设想的那么简单："现在我才明白，仇恨中没有幸福。这种痛苦，在我身上，在别人身上。"但他劝说自己"走到底，走得比仇恨还远"，走向"爱"。而他的爱人和另一个自我——女革命者多拉——却告诉他这不是爱："流血太多，暴力行为太多。真正热爱正义的人，是没有权利爱的。他们都训练成我这样，昂首挺胸，目不斜视。在这些自豪的心中，哪有爱的容身之处？爱，雅奈克，就是微微低下头，可是我们呢？我们的脖颈子都是僵硬的。"

卡利亚耶夫坚持说："我们爱人民。"多拉则提醒他，这种所谓的"爱"，也许只是知识分子一厢情愿的想象："我们对人民的爱虽然博大，却没有依凭，是一种不幸的爱。我们要远远脱离人民，关在自己的房间里，沉湎在自己的思想中。再说人民呢？他们爱我们吗？他们知道我们爱他们吗？人民都沉默不语，多么寂静，多么寂静……"

在多拉看来，人民过于抽象，只是一个概念，而非爱的对象。爱的对象，应该是具体个人。爱，应该发生在一个具体个人和另一个具体个人之间，有彼此的回应，而非一种抽象观念。至于卡利亚耶夫所向往的那种爱，对人民"全部奉献，全部牺牲，不图回报"，多拉说："这是绝对的爱，纯洁而孤独的欢乐，这正是使我们神魂颠倒的爱。然而有时候，我心里不禁琢磨，爱会不会是另外的样子……我想象那种情景，你瞧，阳光灿烂，双方的头都微微低垂，心摆脱骄傲，手臂都张开……这就叫作温情。可是，你有真正的体会吗？你是怀着温情热爱正义吗？……你热爱人民，是这样心驰神往，温情脉脉，还是相反，怀着复仇和反抗的怒火呢？"

多拉指出了两种爱、两种正义的根本差别：一种是怀着温情热爱正义，一种是怀着怒火热爱正义。而在我们这个早已被非正义毒化的世界上，要想避免怀着怒火热爱正义，几乎是不可能的。正如雨果在《九三年》中揭示的那样：我们的世界充斥着断头台对抗图尔格的不幸场景。断头台既是图尔格的复仇者，也是它的女儿。断头台是从图尔格统治的这片不幸的土地中孕育出来的："这片不幸的土地孕育了这株不祥的树。这片土地吮吸了大量的汗水、眼泪和鲜血，它上面有这么多坑穴、坟墓、洞穴和陷阱；形形色色的专制主义受害者的尸体在这里腐烂，它的下面是藏匿累累罪行——可怕的种子——的深渊。时辰一到，从这片深深的土地中就走出了这个陌生人，这个复仇者，这个带利剑的野蛮机器。"

应该承认，革命和正义的诉求，从一开始就已经带上了不幸命运的诅咒，是从一片被非正义污染的土地上开出的花朵。这朵花是否会是一朵罂粟花？它如何能够将自己从诞生前就已摄入血液甚至基因里的毒素洗涤干净，从而带给人们美善与希望？这，正是卡利亚耶夫的难题。除非他从一开始就让自己彻底摆脱这个难题，摆脱革命和正义的诉求，要么一切皆空，要么独善其身。然而，在一个充满不义和苦难的世界上，如果卡利亚耶夫选择一切皆空或独善其身，他就不会是正义者，也失去了对生活的热爱。而一个热爱生活的人，必然关心正义与未来，无法置身于世界的不义与苦难之外。

卡利亚耶夫满怀赤子之心，只是很难维护正义与爱的两全或平衡。一如多拉所言，"在正义和监牢中，这种爱显得有点儿奢侈"。在一个被不义与苦难毒化的世界里，那种对正义充满温情的爱，从何而来？怨恨苦毒是世界的另一个牢笼，囚禁了温暖和希望，却释放出恨的能量。多拉只能哀叹："我们处于漫漫无期的冬季，不属于人世，因为我们是正义者。世上有温暖，却不是给我们的。噢！可怜可怜正义者吧！"然而，谁能可怜正义者？正义者又会接受怜悯吗？卡利亚耶夫最终认定："这就是我们生活的份额，不可能有爱的位置。"这是卡利亚耶夫对命运的屈服，只是此时，命运以另一副面具登场：命运就是无爱的正义、痛苦绝望的正义。

这出悲剧揭示了，对于有限的人类而言，爱与正义之间常存巨大的鸿沟。卡利亚耶夫似乎只能要么牺牲爱，去追求正义，要么舍弃正义，来俯就爱。他仿佛注定了无法拥有爱和正义的完美结合。而唯有这种结合，才是整全的爱和整全的正义。卡利亚耶夫是一个悲剧性的牺牲者，他的牺牲仿佛是命运的嘲弄。然而，与古希腊悲剧英雄不同的是，他有一种圣徒气质。这种气质体现于加缪在《正义者》开头的简要介绍:"他们在最残酷的任务中,未能消除良心不安。"但这种圣徒气质只是加深了卡利亚耶夫的悲剧性:他屈服,却又无法完全臣服于这新的命运。他仍然对爱敏感,因此无法避免遭受理想与命运之强烈张力的折磨,只有希望死亡——特别是自愿走向绞刑架的死亡,能够成为一种解脱。

正义者的伟大与不幸

戏剧第四幕,大公夫人的出现将卡利亚耶夫的悲剧性推向高潮。大公夫人以自己的悲痛、仁慈与虔敬,再次如多拉一般,向卡利亚耶夫揭示出他正义的局限。首先,他的正义只是他个人的立场,并不能代表绝对正义。如同大公夫人所言,大公也有自己的正义;而他视为敌人的大公夫人,也信仰一位仁爱宽恕的上帝。那么,该由谁来裁决他们之间的冲突?谁又能最终合法化他对大公的谋杀?这种谋杀是否能同正义画上等号?

其次,在卡利亚耶夫那里,"对人类的爱"最终只能是一种绝望,而活着,终将成为一种不幸。他将"对人类的爱"窄化为对不义的仇恨、反抗与毁灭,而人类永远都无法摆脱或者彻底摆脱卑鄙和不义。因此,正义与不义只能如他所说的,"同归于尽"。卡利亚耶夫绝望地说:"今天相爱的人要想相聚,就必须同死。非正义把人拆散,耻辱、痛苦、对别人造成的危害、罪恶,都使人离异。生活就是一种刑罚,既然生活把人拆散。"如此,他"对人类的爱"便注定只能与人世隔绝："离开这个丑恶的世界，我将沉醉于充满心中的爱。"而在这个丑恶的世界里，人们只能在痛苦中相爱，被"痛苦"这条绳索"系在一起"。同样，他"对人类的爱"也注定只能与上帝隔绝——"我不指望同上帝相会了"——因为此世的教会没有像正义者希望的那样行善，"它把恩典留给自己，让我们去行善"。正义者灵魂的爱欲是如此尖锐、纯洁，以至于唯有死亡的孤独才能成全。

大公夫人，这个虔敬仁慈的女子，希望在个人的巨大悲痛中，给予他宽恕，将他带回与上帝和人世的和解（"鲜血把我们隔开了。然而，您可以到上帝那里，就在发生不幸的地点同我会合，至少和我祈祷吧"），卡利亚耶夫对此感到了一种颠覆性的不适。正义者已经逐渐适应了仇恨的黑暗洞穴，和解的阳光会带来恐惧眩晕。就像《悲惨世界》中那位追捕冉阿让几十年的警长沙威，他在面对冉阿让给予自己的饶恕以及自己所回报的饶恕时，同样感到了无比惊愕："一种莫名的上帝的正义，恰好同人的正义背道而驰。他望见黑暗中骇然升起一颗陌生的道义太阳。""幸好"，此时，警长斯库拉托夫"及时"到来，给卡利亚耶夫解围，卡利亚耶夫如见救兵。"刚才我真需要您"，因为"我需要重新鄙视"——正义者从容赴死的勇气，很大程度上源于对人间的鄙视。

卡利亚耶夫如愿走向了绞刑架，"让死亡给我的事业戴思想纯洁的桂冠"。接下来，将由他的爱人多拉接过这可怕的"桂冠"、这需要用暴力和死亡来维护的"纯洁"。多拉是卡利亚耶夫的另一个自我，只是，或许作为女人，她比他更多了一些温情，但也因此更具悲剧感。因为，她从死亡的冰冷中已经感到了那种让仇恨凌驾于温情的正义的可疑："如果唯一的办法就是死亡，那么我们就没有走在正道上。正道，就是通向生活、通向太阳之路。人不能总是冻得瑟瑟发抖……"

多拉担心这种正义能否真正通往他们所希望的救赎之道，担心事与愿违：卡利亚耶夫不仅自己白白死去，也会让别人白白去死；这种正义会被利用，成为暴力的借口。她怀疑对于有限的人而言，那种承担起全世界的不幸与苦难的愿望，是否也是一种骄傲，而"正是这种骄傲将受到惩罚"。骄傲的人是不懂得爱的。爱，应当是"头微微低垂，心里摆脱骄傲"。但骄傲的人可能会过分执着地拥抱正义，因为正义能让人"昂首挺胸，目不斜视"，心中充满自豪。温情脉脉的爱，使人显得软弱卑微，而充满自豪的正义，则使人显得坚强伟大。多拉的悲剧性在于，她既像卡利亚耶夫一样投身于正义，又比他更难以割舍温情脉脉的爱，最终只得承受比他更疼痛的撕裂。该怪她是女人？

"女人，你的名字是脆弱"，这句名言向来易被人囫囵吞枣。细究起来，《哈姆雷特》中，复仇王子在悲愤中说出这句话，既是由于他母亲对无可指摘的丈夫不顾廉耻的背叛，亦是他对人世充斥着诱惑不义深感绝望的表达。这里的脆弱，不是指生理、心理或社会地位等方面，而是指道德品质。但我们大可不必因此急着给莎翁贴上男权标签。哈姆雷特这句话，并不单单针对女性。在莎翁的世界，女性的道德状况只是男性的一面镜子。

《正义者》中，女人的脆弱体现了一种道德品质，但却有积极的内涵。这种脆弱是由于怀抱温情与希望：对生命和爱人，多拉无法做到英雄气的刚硬和决绝，除非，她如同剧末所问的那样——"现在我还是个女人吗？"她关怀世界的苦难胜于个人幸福，她隐忍而富有牺牲精神，她付出爱也渴望被爱，但她既不想自己成为英雄，也不希望别人去做英雄。英雄过于伟岸挺拔的不朽身影，可能会遮蔽人类生活所需的阳光。英雄爱的是"人民""人类"，而她只爱人和面孔。她不想成为比自己更"伟大"的人。那种"伟大"过于寒冷，容不下一丝温情；那种义无反顾需要某种绝望的疯狂。而多拉会怜悯会哭泣："噢！可怜可怜正义者吧！"

加缪通过女人多拉发出了自己灵魂的声音。此时，女人的脆弱代表一种更有生命和智慧的爱欲，因为这种脆弱承认人生存的有限性——一种矛盾的、被撕裂的处境。加缪说："从此意识到人及其历史的含混性，这样的人便是出色的悲剧人物。"[11]

让每个渴望在滚滚历史洪流中成为英雄的现代人，于惊涛骇浪中，忽而瞥见人类及自身的苦难和脆弱，并发出一声祈求，这就是现代悲剧的智慧。

---

[11] 加缪：《雅典讲座：关于悲剧的未来》，选自《加缪全集·戏剧卷》，李玉民译，河北教育出版社，2002，第623页。

目录

上篇　文学篇

现代知识人的爱情悲剧：重读《伤逝》

鲁迅是一位"敢于直面惨淡人生"的作家，然而他唯一的一部爱情小说《伤逝》却似乎体现出了对这种"直面"精神的怀疑。我们几乎可以说，在这部小说中，导致了整个爱情悲剧的首要原因不是我们过去所简单归咎的封建社会问题，而是男主人公涓生那种所谓的直面"真实"的态度。揭示出这种"直面"的失败正是这部小说的独到之处。小说甚至用忏悔的笔调来讲述这种失败，甚至在结尾时让涓生说道："我要将真实深深地藏在心的创伤中，默默地前行，用遗忘和说谎做我的前导……"本文试图通过解读这个爱情悲剧来反思这种"直面真实"背后的人性问题，而且也将分析这个小说的叙事形式所揭示的精神内涵。

本文的论述将围绕主导故事情节的双重"幻想—觉悟"的结构来展开。第一重"幻想—觉悟"是"我们"对爱情的幻想以及后来在真实的生活中经历到的幻想破灭。这个爱情幻想的破灭使"我"觉悟到："这才觉得大半年来，只为了爱，——盲目的爱，——而将别的人生要义全盘疏忽了。"（第 121 页）[1] 随之故事

---

[1] 凡括号内直接引用页码处皆为对《伤逝》原文的引用，参见《鲁迅全集（第二卷）》，人民文学出版社，1981。

发展到了第二重"幻想—觉悟"。"我"在"我"所认为的"真理"中幻想："人必生活着，爱才有所附丽"（第121页），"人是不应该虚伪的"，既然"我已经不再爱你了"，分开"于你倒好得多，因为你更可以毫无挂念地做事……"（第121页）然而子君的死亡使得涓生觉悟到他的"真实"是残酷的。小说这双重"幻想—觉悟"的结构向我们揭示出爱情的悲剧常常缘于人们只将爱情建立在"我"的自由和意识基础之上，而当现实中的他人无法成为对这种期待的满足时，爱便枯萎幻灭，在此意义上爱情的悲剧可以说正是这种第一人称叙事的悲剧。小说的第二重"幻想—觉悟"是对第一重"幻想—觉悟"的质疑，子君的死亡改变了故事处在第一重"幻想—觉悟"中的叙事基调，使得叙事从展现"我"关于她的所思所想转到了表达"我"的忏悔。

爱情悲剧与模仿欲望

《伤逝》中，"我与她"爱情神话的编织伴随着模仿欲望，即对某些文本、某种浪漫理想的模仿，诸如：易卜生、雪莱、打破旧习惯、男女平等，以及中国女性的光辉曙色等等；但也终结于神话的窒息。这并不奇怪，罗曼司大抵始于人们内心自我设定的一种模仿性激情，这是许多现代人的生活情态。对于爱幻想的人类而言，他们在情感上的习性多多少少近似于爱上了自己作品的皮格马利翁。因此，堂吉诃德不是特例而是典型，他的胃口受制于骑士小说的幻觉，难以进入生活中"台蒙戴娜"小姐的粗糙世界。文学和生活都表明：常常正是这样一种为形而上欲望所支配的"中魔"命运，使得"真实"成了恶毒的嘲讽、异样的虚空和无爱的人间。

《伤逝》中的爱情悲剧常常被简单归咎为旧社会对自由爱情的压抑，实则该文揭示的，却是一种自我中心的"浪漫主义知识人"的人格悲剧。浪漫主义知识人的爱情建立在模仿欲望的基础上，他们只是从"我"对爱情和生活的单方面期待及幻想来面对他人，要求他人成为对"我"的理想或欲望的满足，而没有努力进入到一种与他人的相互性关系中。为了让我们真正理解《伤逝》所揭示出来的这个现代悲剧，我们不妨绕远一点。

西方小说家们从19世纪就开始反思人的模仿欲望同失败的爱情之间的关系。巴尔扎克对这种爱情的描写已经非常深刻。在《驴皮记》中，主人公拉法埃尔是一个没落的知识贵族，当他的爱情徘徊在纯洁而贫穷的波利娜和冷酷而富有的馥多拉之间时，他的欲望是这样选择的："说来惭愧，我该承认我不能设想在贫困中会有爱情存在。也许这就是我们叫作文明的一种人类病毒在我身上的病变吧；但是，一个女人，哪怕她具有美丽的海伦、荷马的该拉忒亚的魅力，只要她身上稍露一点穷相，对我的感官就不会发生任何作用。"[②] "当然，如果我爱的是几尺丝绸花边、丝绒和细麻纱，理发师巧手梳成的发式，银烛、马车、头衔，或者玻璃匠、

---

② 巴尔扎克：《驴皮记》，梁均、王文融译，人民文学出版社，1996，第108页。

金银匠绘制的徽冠，一句话，是一切人造的女性饰品，而不是女性本身，那才是天大的笑话；我曾嘲笑过自己，也曾规劝过自己，一切都是枉然。一个贵妇人和她迷人的微笑，她那娴雅的举止，她那端庄的仪态，都使我为之神往；当她在自己和世人之间设置障碍，她就会满足我的一切虚荣，这些虚荣可以说就是爱情的一半。"③ 正如拉法埃尔所坦白的，对于遭"文明"异化的现代人，虚荣是爱情的催化剂。他们的爱情常常源于虚荣心的满足。这样的爱情必然存在着先天性不足，仿佛海市蜃楼，随着任何一丝外界事物的改变而消失。但这种爱情的病变却无法归咎于任何外界事物，而只能归咎于他无力抗拒文明的"鸦片"。即便他深知这种"鸦片"的可怕，也忍不住浸淫其中，不可自拔。

馥多拉是由文明社会的"风尚"塑造出来的"女性"。"她是十足的女性，但又完全不像女人。这时候，我心里闪亮了一下，使我看到了这种神秘生活的底蕴。"④ 这神秘生活的底蕴就是，女人已经在这个社会为其所塑造的美丽包装之下消失了，留下的，只是一个被称作"女性"的怪物："她是一位拥有差不多八万法郎年收入的待嫁女子，她不要任何人，也可以说任何人也不要她！这属于一种女性难题。"⑤ 这个女性难题不过是这样一种社会难题的反映：在一个由模仿欲望来控制的社会中，真实的人的感受是被忽视和扼杀的。

---

③ 巴尔扎克：《驴皮记》，梁均、王文融译，人民文学出版社，1996，第109页。
④ 同上，第153页。
⑤ 同上，第112页。

在另一本小说《萨拉辛》中，巴尔扎克对"女性难题"进行了更深的发掘。萨拉辛爱上的阉歌手赞比内拉，不过是他所追求的艺术与快乐的拟类物，一个幻象，一个他自己想象出来的"女人"。萨拉辛在爱着赞比内拉时，他的"爱情"就已经被他的艺术"阉割"过了，因此，可以说赞比内拉不过是萨拉辛被阉割过的灵魂的一面镜子、一个回声。故事的结局让人浑身发冷，幻象之下的空无所有使得从不虔敬的萨拉辛也滴下了两颗虔敬的泪滴："你无力的手臂毁灭了我的幸福。我能从你身上剥得何种希望，方可弥补你摧残损伤了的那一切希望呢？你已将我拖败到了你的境地。爱，被爱！今后，这对于我，就和对于你一样，是毫无意义的词了。"生命和爱情都迅速干涸消失，剩下的只是资本主义社会里财富符号冰冷空虚的运转，以及一个徘徊在人群中、被阉割并且四处传染着阉割力的幽灵。

在《浪漫的谎言与小说的真实》中，勒内·基拉尔揭示了虚荣人的欲望：他总是受制于他者而处于一种三角欲望的奴役之下，无法到达真实的激情。这种欲望的对象在巴尔扎克的人物那里，是作为社会评价标准的财富；在司汤达的人物身上，体现为社会等级；在堂吉诃德那里，是骑士小说；在包法利夫人那里，是浪漫小说；在陀思妥耶夫斯基笔下，则体现为"地下人"对于基督教道德进行变形以后的"善恶二元论"狂热。欲望对象随时代差异而变化，但往往是那些构成时代"风尚"的流行符号甚至大众读物。对此基拉尔诊断说："人们为抛弃了古老的迷信（信仰）而沾沾自喜，但是他们堕入地下，堕入地下室，在那里，弥漫着愈来愈简陋的幻觉。随着上天居民日见稀少，神圣逐渐来到人间，把个人跟人间一切幸福分割开，在个人与现世之间掘出一道鸿沟，比过去与彼岸世界间的鸿沟更深。他者居住的人世变成可望不可即的天堂。"⑥

因此，现代爱情很容易掺和着虚荣或幻觉，从而使得爱情这种本应充分体现人类生活的相互性的情感，恰恰最能揭示现代人相互沟通的困难。普鲁斯特认为，现实的爱情不过是一朵徘徊在我们头顶上的爱的云彩，而我们总是在自己的想象中爱上了对方，凭借这种想象去描画对方，却永远无法看到事实的真相。爱情因而不过是一种谎言和误会，是两个人之间相互折磨。爱的可能性变成一种只有在艺术和写作中才能获得的东西，而艺术仅仅只是一种自我的"本真时间"的投射。然而，真正的爱情却不可缺少人类生活的相互性。真正的爱情就是艺术，而非相反，通过牺牲爱情，并从牺牲的经济学中对艺术的自恋进行投资。

爱的言语能否证明爱情的真实？罗兰·巴特收集并分类组合了各式各样的恋人絮语。他向我们揭示出来的，除了那种类似于普鲁斯特的对于爱情的孤独体验——"和盘托出一个讲坛：有人正面对缄默不语的对方（情偶）在温情脉脉地喃喃自语"⑦，还有这个"讲坛"究竟是如何堆积和建筑而成的。巴特认为，爱情是

---

⑥ 勒内·基拉尔：《浪漫的谎言与小说的真实》，罗芃译，生活·读书·新知三联书店，1998，第65页。

⑦ 罗兰·巴特：《一个解构主义的文本》，汪耀进、武佩荣译，上海人民出版社，1997，第2页。

一种建立在元语言行为之上的"戏剧"，一种由已有的"句法唱段""构成模式"所设定的情境来摆布的感受和欲望。他想说明，我们过去所认为的整体性的爱情故事，不过是对已有的各种分散的恋爱语言和陈述的重新编织，个人不过是这个语言结构中的分子，不断去体验和重写那些从旧有语言中继承下来的情境。"情境也是起源于语言重复造成的习惯性痕迹，正是这种痕迹在不知不觉中造成情境。"[⑧]"情境是被确定的（像符号一样），可待追忆（如某一景象或某个故事）。"[⑨]如此一来，"情境"是否能等同于真实的爱情，便成了问题。

《伤逝》中的爱情就是从这样一些"情境"开始的："我"对子君的等待，我们的交谈，"我"向子君求爱——"在慌张中，身不由己地竟用了在电影上见过的方法了。后来一想到，就使我很愧恧，但在记忆上却偏只有这一点永远留遗，至今还如暗室的孤灯一般，照见我含泪握着她的手，一条腿跪了下去……"（第112页）

"我"求爱的言语，对于"我"，是不真实的，那不过是"浅薄的电影一闪"，"可笑的电影一闪"。然而，这"我所看不见的影片"对于她，却完全具有另外一种意义："她却是什么都记得：我的言辞，竟至于读熟了的一般，能够滔滔背诵；我的举动，就如有一张我所看不见的影片挂在眼下，叙述得如生，很细微，自然

---

⑧ 罗兰·巴特:《一个解构主义的文本》，汪耀进、武佩荣译，上海人民出版社，1997，第4页。

⑨ 同上，第3页。

连那使我不愿再想的浅薄的电影的一闪。夜阑人静，是相对温习的时候了，我常是被质问，被考验，并且被命复述当时的言语，然而常须由她补足，由她纠正，像一个丁等的学生。"（第 113 页）

在涓生这里，爱的言语、"情境"和真实的爱情之间，显然是有差异的。而且，随着时间的流逝，差异变得越来越大，直到爱的言语变成一种"虚伪的草稿"，堵得"我"的心中"常觉得难于呼吸"，迫使"我"决心说出"真实"。然而，这样说出了"真实"之后，生活中剩下的，从此就只有"异样的寂寞空虚"。

"真实"是残酷的。涓生拿出了承担"真实"的勇气，并且也鼓励子君同他一样，"这于你倒好得多，因为你可以毫无挂念地做事"，免得一同灭亡。但这个"真实"对于子君却只是死亡。如果说，当初在涓生那里，爱的言语并不等于爱情，那么，我们便有理由怀疑，后来"不爱"的言语，是否就能够勾销爱情。如果说，不爱的言语和爱的言语一样，都是谎言，那么，真实的爱情应当在哪里？爱的承诺应当记载于何处？

在子君的个人词典里，"真实"的意义显然和涓生并不相同。子君的"真实"是爱的坚持："我以为将真实说给子君，她便可以毫无顾虑，坚决地毅然前行，一如我们将要同居时那样。但这恐怕是我错误了。她当时的勇敢和无畏是因为爱。"（第 127 页）一种不爱的现实于她只是失语的梦魇。她对"真实"的编码保持在她对爱的渴望中，所以她一再温习起初爱的言语："我只要看见她两眼注视空中，出神似的凝想着，于是神色越加柔和，笑窝也深了下去，便知道她又在自修旧课了，只是我很怕她看到我那可笑的电影的一闪，但我又知道，她一定要看见，而且也非看不可。"
（第 113 页）

爱的言语如同一张空白支票，从言说者传递到倾听者。它的
价值取决于人们对它的付出与回应。它或许一文不名，或许是无
价之宝。爱的言语所传递的，是那不可言说的承诺和决心，是这
种承诺和决心将两个人相遇的偶然性和语言的"社会结构性"转
化为必然性和本真性。承诺是超越历史真实的虚构和超出日常时
间的永恒，是人类生活在变动不拘的自然海洋中建造的神圣岛屿，
没有它，爱情关系的持续是不可能的。

事实上，当涓生试图以不爱的语言来否定曾经的爱情时，他
并没有能够从承诺建立的责任的真实中摆脱出来。不如说，"不爱"
是虚谎的，因为它已无法取代那个更大的真实——承诺的责任。在
这个责任面前，"我看见我是一个卑怯者，应该被摒于强有力的人
们，无论是真实者，虚伪者。然而她却自始至终，还希望我维持较
久的生活……"（第 127 页）

第一人称叙事的暴力

在那个年代，作为一个敢为新思想——自由精神——而活
的青年，《伤逝》中的"我"的确不乏自豪和勇气。而且，最初，
"我"眼中的子君也是一个透露出"中国女性的新曙色"形象。新
思想先是表现在"我们"相爱时的勇敢；而后表现在"我们"所

坚持的真理——"爱情必须时时更新、生长、创造"，"人必生活着，爱才有所附丽"（第121页），最后表现在"我"的诚实："……是的，人是不该虚伪的。我老实说罢：因为，因为我已经不爱你了！……"（第121页）这种"新"，自始至终与当时较为激进的新文艺背景相关。过去，人们常将这个爱情悲剧简化为对扼杀自由精神的腐朽社会的批判，今天，细读文本，我们感到小说更多地揭示了个体自由带来的复杂问题，体现了鲁迅对现代人性的深刻洞察。

在这场浪漫的自由恋爱中，新思想的问题表现为，种种的"新"，很快就在我对子君越来越旧的"读"法中失败了："我也渐渐清醒地读遍了她的身体，她的灵魂，不过三星期，我似乎于她已经更加了解，揭去许多先前以为了解而现在看来却是隔膜，即所谓真的隔膜了。"（第114页）这与其说是爱情的失败，不如说是"阅读"的失败。在这种阅读之下，子君是一个异质的、"动物性"的"它者"："子君也逐日活泼起来，但她并不爱花，……然而她爱动物，……"（第115页）"子君竟胖了起来，脸色也红活了；可惜的是忙。"（第115页）"即使在坐中给一点怒色，她总是不改变，仍然毫无感触似的大嚼起来。"（第119页）"她早已什么书也不看，已不知道人的生活的第一着是求生，……"（第123页）在这种失败的阅读下，当初抵抗住的种种社会压力和生活压力变得越来越强大、越来越可怕，以至于我的立场逐渐改变，直到承认了这"真实"的残酷："这才觉得大半年来，只为了爱，——盲目的爱，——而将别的人生要义全盘疏忽了。"（第121页）

11

在"我"的阅读中，我们听不见子君的声音，看不见子君的内心。我们只有跟随"我"的声音和视线来无情地"读"她。而她完全无力抵抗这种理性而有力的声调和视线。自始至终她都是无言的，直至在无言中离开，直至进入"那连墓碑也没有的坟墓"。（第126页）

难道只有这种读法？我们不得而知。然而至少从小说中的"我"的叙述当中，我们感到这个"浪漫主义者"已被牢牢束缚于"我"与"她"的二元对立关系中：一边是"我"的纯粹内在的、充满激情的声音，一边是"她"的绝对外在的、滑稽丑陋的面具。

如同堂吉诃德所有弄巧成拙的侠肝义胆到头来都伤害了他的保护对象，那个不能忍受虚伪的"我"的诚实最终是可怕的。中魔者的理想从激情开始而到达一种残忍，从对虚伪的反抗开始而到达真诚的虚伪——"你要我老实说；是的，人是不应该虚伪的。我老实说罢；因为，因为我已经不爱你了，但这于你倒好得多，因为你更可以毫无挂念地做事……"（第123页）

浪漫主义者被囚于"我思"的迷宫之中，难于找到进入他人世界的通道，建立起一种真实的、自我与他人之间的相互性来。浪漫主义的知识人难以醒悟而"世俗化"起来。他们相信自己一个人本可以构成一个超人的世界，因此"我"自然认为："其实，我一个人，是容易生活的，……现在忍受着这生活压迫的苦痛，大半倒是为她，……"（第120页）他已经忘了最初，他曾"仗着她逃出这寂静和空虚"。（第110页）他的个人世界的悖论在于，他总是要建立一种二元对立的结构以支撑和成就他的"真实"。

但小说的深度在于要实现这一魔法解除,这是在"我和她"的矛盾步步深化于极致后才到来的高潮。接近小说结尾处,"我"在子君离开后预想着自己的前途。在暗中,"忽然仿佛看见一堆食物,这之后,便浮出一个子君的灰黄的脸来,睁了孩子气的眼睛,恳托似的看着我。我一定神,什么也没有了"。(第126页)至此,她所承受的痛苦开始摇撼"我"的辩解和"我"所以为的"真实"。"我"开始醒悟于这一切的限度。这里涉及的,不再是"我"对新的道路、新的生活的获取,而是她的挣扎、无助和死亡的迫近。这对于"我"不是一种可供选择的或然性判断,而是在一种最具利害关系的深度搏斗中的冲突。这是"我与你"的关系,它使"我"在胜利中只是感到了相反的、从未有过的限度——那广大的空虚、死的寂静,以及寂静的战栗。

在经过了最初的纯真热烈之后,爱情归于死灭。在经过了太久的黑暗积淀之后,终于有了一个勇敢的声音,来承认这样的真实:"她的命运,已经决定她在我所给予的真实——无爱的人间死灭了!"(第128页)

关于这个结局,小说的开头已经有了某种暗示:"……如换一张雪莱淹死在海里的纪念像……"(第110页)雪莱是这个小说的神话英雄。这是一个对于浪漫主义者的暗示——他们将淹死于自己激情的大海中。那疯狂的海,那充满了自然精灵的大海固然是迷人的,固然代表一种自然有力的"真实",但同时,它也是荒凉空虚的。

《伤逝》质疑"真实"是否能够先于对伦理层面的"她者"的

责任。作者痛心于"死于无爱的人们的眼前的黑暗，我仿佛一一看见，还听得一切苦闷和绝望的挣扎的声音"。（第128页）他要在小说的结尾写下一种难以释怀的责任心的缠绕，写下问题——"哪里去呢？"（第129页）但更重要的，是写下忏悔。

《伤逝》中的"我"终于发现，他所以为的"真实"的破灭。这"真实"不过是某个他所坚持的"神话"。这"神话"是他营造的自我世界里的意识形态，以求真意志来吸纳生活中无限丰富的爱的可能性，以期获得自我名下的"作品"。爱伦·坡天才的洞察力描绘了这样一种人物，在《椭圆形画像》中，一位给妻子画像的伟大画家："他以自己的工作为荣耀，每天每夜每时每刻都沉溺于绘画，……以至于他未能觉察那孤楼上如此惨淡的光线正在摧残他新娘的身心健康，而除了他谁都能看出新娘越来越憔悴。但她依然微笑，依然静静地坐着，……他竟然没有察觉他涂抹在画布上的那些色彩就来自坐在他身边的妻子脸上。"当他为他的作品最终大功告成而大声惊呼："这就是生命！"而蓦然回首，他心爱的人已死去。

这种令人恐惧的表现并不仅仅表达了艺术真实和生活真实之间的冲突，更预告了一个自我投射的"作品"将妨碍另一种"艺术"的到来。这另一种"艺术"永远不是在自我设计和期望中的某个人能够完成的东西，不是某种形而上欲望的话语实践。当形而上的精灵拥有更为强大的构造现实的能力、更为雄辩的解释和表现力时，沉默的他者不过像涓生偶然看到的地面上"盘旋着的一匹小小动物，瘦弱的，半死的，满身灰土的……"（第129页）

14

《伤逝》中子君的失败在很大程度上不是一种个人的失败，而是一种社会的结构性失败以及她所扮演的性别角色的失败。她的不幸缘于人类文明的"暴力"，这种"暴力"常常隐藏在第一人称叙事的合理性之下，而人们对它的觉察常常是滞后的。但文学的意义在于它对"文明的野蛮"有一种先知先觉，能够以意识形态与科学都无法达到的精确来触及道德。如果说幸福更多地取决于人们在生活中的感受和遭遇而非观念和意识形态的设定，那么文学对于人性的洞察力无疑能够更为令人信服地揭示现代社会中人与人之间的伤害方式。

饥饿的"世俗化"与醒悟

涓生对责任的觉醒始于察觉到子君面容的召唤。一个人对责任的觉醒，是他另一种真实生命的开始。此时，他打断了对周围的昏黑的倾听——那是"我"从责任中脱走的路径："深山大泽，洋场，电灯下的盛筵，壕沟，最黑最黑的深夜，利刃的一击，毫无声响的脚步……"（第126页）此时，"真实"是暗中看到的食物和子君的脸、她的孩子气的眼睛，这真实使"我"的心沉重起来，使"我"有了另外的倾听。

为什么偏偏是食物和脸？将之归结于写作的偶然性是没有

任何意义的。在这些写作材料背后，"真理的火焰"[10] 在哪里？整个叙事的前半部分，我们通过涓生看到的子君是一个在结婚之后就迅速变得俗气，变得只关注每日"川流不息"（第 119 页）的吃饭的子君："子君的功业，仿佛就完全建立在这吃饭中。吃了筹钱，筹了来吃，还要喂阿随，饲油鸡。"（第 119 页）在这里，作为叙事者的"我"比起子君来，对"吃"仿佛有一种不食人间烟火的超脱。然而在子君离开之后，为什么偏偏会是食物唤起了涓生的愧疚？

食物与饥饿相关，食物的意义在饥饿中才能充分体现。子君离去时，将那些所剩无几的食物"聚集在一处"（第 126 页），大概是因为于临行前，依然牵挂涓生的饥饿吧。我们不难想象，在临行前，她当然是知道："她以后所有的只是她父亲——儿女的债主——的烈日一般的严威和旁人的赛过冰霜的冷眼。此外便是虚空。负着虚空的重担，在严威和冷眼中走着所谓人生的路，这是怎么可怕的事啊！而况这路的尽头，又不过是——连墓碑也没有的坟墓。"（第 126 页）这些，就是她当初爱"我"的结局。但就是这临行前的痛苦也没有使她忘却对"我"的饥饿的挂念，她在沉默中，"自始至终，还希望我维持较久的生活"。（第 126 页）

什么是饥饿？这个问题的可笑之处在于：饥饿从来也不是

---

[10] 本雅明认为，批评的目的就是要找出沉淀于题材内容中的真理。为此他把作品比喻为燃烧的火葬柴堆，批评家深入真理将使真理的活火焰在已经成为过去的厚重的柴堆和已被体验过的余烬中继续燃烧。《本雅明文选》，陈永国、马海良译，中国社会科学出版社，1999，第 43—44 页。

问题。卡夫卡在《一条狗的研究》中指出，饥饿是使狗类学习谦卑的手段："饥饿不会让'我'为所欲为，饥饿开始反过来对我的野心进行了毫不留情的反击和嘲讽。我们极为痛苦地融为一体，这使我意识到那种以为我可以控制它，可以凭借自己的意志力来赋予它某种价值的念头多么可笑。现在，饥饿已经向我揭示出我身上所掩藏着的全部的被动性：另一个沉睡的世界醒了过来，'当然，我所听到的最大的喧闹声，是在我的腹中，我常把耳朵贴在肚子上，不由得大吃一惊，因为我几乎无法相信我听到了什么'。原来这秘密就在我自己身上！"这个秘密或许就是：一种无限的反对我的心智的力量并非来自他人，而是来自我的会被饥饿剥夺的身体。

列维纳斯认为，对于现代人沉浸在"我"的第一人称叙事的精神着魔而言，也许唯有对饥饿的领会还能带来对魔咒的消解，让人们有可能从饥饿所"教育"的谦卑当中与他人的不幸关联。他曾经以堂吉诃德为例来说明这种处境："堂吉诃德被囚禁在确凿无疑的中魔中，怎样走出他所陷于的着魔状态呢？怎样找到一种非空间的外在性呢？只有在一种走向他人的运动中，而这一运动用一个词来说，就是责任心。在一个十分谦逊的水平上，在饥饿的谦卑中，人们可以看到描绘出一种非本体论的超验性，它开始于人的实体性中。在这意义上，人的动物经验应该被想成是存在之史诗的爆发，在这一爆发中，打开了一道缺口、一条裂缝、一个走向他方的出路，那里将站立着一个与看得到的神不一样的上帝。"⑪列维纳斯指出，也许饥饿所揭示的动物性经验，即生存的极端被动性，能够成为使我们从自我中心的意识形态中逃逸，去面对他人的契机。

将食物"聚集在一处"，是身陷囹圄的子君留下的唯一的"语言"。对于涓生，这无言的声音成了他心头的重负。隐藏在食物背后的子君对我的饥饿的牵挂，也唤醒了"我"对她的"饥饿"的忧心。"我"忧心于她的从此被剥夺了一切可能性的生活。这忧心使我不再能够躲藏在自我的精神世界里井然有序地生活下去，因为"饥饿"是不容等待的。"任何音乐都不能减轻其痛苦的饥饿，把这整个浪漫主义的永恒世俗化了。"⑫对子君的欠负感使"我"的雄辩安静下来，转而看到"浮出一个子君的灰黄的脸来，睁了孩子气的眼睛，恳托似的看着我"。（第126页）

由此开始，涓生内心出现了戏剧性转折，小说进入到了批评前面的声音的另一个声音。前面一直讲述的，是他的种种快乐和不快，而至此，子君的重负和不幸成了他的意识与自责，成为一种审判。在纯然自我的世界里，人们有种种的喜怒哀乐、悲欢离合，有追求和欲望的满足，但是还没有内心的"法庭"，没有审判，而人之成人却是从审判的戏剧开始的，这正是卡夫卡的长篇小说《诉讼》的潜台词。在诉讼开始以前，人的选择是介于左和右之间的地平线上的选择，没有一个存在于"我"上方的法律所

---

⑪ 列维纳斯:《上帝·死亡和时间》，余中先译，生活·读书·新知三联书店，1997，第204页。
⑫ 同上。

教育的罪和非罪的意识里。在这种视野里，"我觉得新的希望就只在于我们的分离；她应该决然舍去……我们的新的道路的开辟，便在这一遭"。（第 123 页）然而当子君离开之后，她的从黑暗中浮出的面容却教给了我罪的意识。

列维纳斯说，面容本身即是最初的语言，也是最为微妙和惊人的语言。其微妙在于它在无言中已然向"我"言说和召唤了，使"我"不得不"面"对，使"我"在言说之前就已然倾听，并且使我的一切言说都是"面向他人而说"。[13]一张无言的面孔，既是独一个体不可替代的标志，也是某种具有抽象性的超越此一个体的标志。颈项之上的面孔首先就是生命之火，它以其独特的表情绽放，如烛之焰、火之光、光之彩；同时它也以其孤独柔弱来显现那掩藏在这光芒背后的无助：不断滑向死亡之阴影中的衰老与疾病的掠夺。这种超个体的抽象性使面容之中包含着一个完全与之不相称的、即便面容的所有者自己也不知道的隐喻：在世界的尽头，是面容在执行着最后的审判。

我在子君已经离去的暗夜中，看见的子君的脸正是这样的"面容"。这张面孔"恳托似的看着我。我一定神，什么也没有了"。（第 126 页）这张面孔从一个我不知道是何方的地方、一个世界之外的地方注视我。这注视使得"我"的自我意识的僵硬而又坚固的内核破碎，使得"我"第一人称叙事的性质发生了彻底

---

[13] 参见 Emmauel Levinas, *Totalité et Infini*, La Haye: Maritnus Nijhoff, 1961; rééd. Biblio Essais, 1990.

改变：这个男性话语的独白故事成了一个忏悔录的写作。

作为忏悔的文学

　　鲁迅的小说创作有相当数量是对以往文本的重写，无论是以《狂人日记》的方式还是《故事新编》的方式。当历史和记忆的魅影成了不停地打扰现在和未来生活的幽灵时，重写作为文学特有的功能，是一种在灵魂深处与幽灵对话的能力，也是对历史和记忆的重构。在此意义上，我们看到文学作为一种虚构所具有的解释与建构"真实"的能力。这里的"真实"显然不是在历史事实的层面上而言，而是亚里士多德在《诗学》中所说的"可能发生的事情"。⑭《伤逝》一文也是在试图通过写作来重构"真实"，然而不同于对经典文本或文化母题的重写，它是个体灵魂的忏悔与重构。

　　《伤逝》始于一个愿望："如果我能够，我要写下我的悔恨和悲哀，为子君，为自己。"（第110页）这是一句多余的话吗？这句话作为写作的开端萦绕着全文。写作开始于一种虚拟，一种与现实相异的可能性，这种可能性扎根于"我的悔恨和悲哀"。这单独构成了一个段落的句子是进入正文的门槛，虽然拿去之后在语

---

⑭ "历史学家和诗人的区别不在于是否用格律文写作，而在于前者记述已经发生的事，后者描述可能发生的事。"亚里士多德：《诗学》，陈中梅译注，商务印书馆，1999，第81页。

气和内容方面都不会影响故事的完整，然而，却是它将叙述，从而也将阅读带向一种祈祷——祈祷不在叙事当中，但却使得叙事成为可能。祈祷将真实的力度带往虚构，赋予了虚构伦理的质地。这个开头让我们感到，写作是在愿望之中孕育的对于愿望的回应。

不仅如此，这个开头也指出写作既是为死者，也是为生者——"为子君，为自己"，为了死亡并不能终止的责任。它向我们暗示出死者在某种意味上仍然在同生者一道生活，人们仍须一道学习生活，至少在文学虚构中还存在着这样的可能性。需要以这样的方式来完成为死者的送葬，然后才能遗忘，并且遗忘这遗忘——"我要遗忘，我为自己，并且要不再想到这用了遗忘给子君送葬。"（第130页）

为死者送葬从来都是生者的义务，无论在哪种文明里都是生者的"必须"。黑格尔用理性的语言来分析过这个"黑夜的法律"：送葬将使死者避免屈从和受制于无理性的个体性（例如自杀的欲望）和抽象物质的力量（具有对于生命的否定性质）；这两者都比死者更加有力，送葬则以一种家庭行为使死者免受了屈辱性行动的支配。⑮在此意义上黑格尔指出：这个"黑夜的法律"也是

---

⑮ 家庭"以它自己的行动（送葬——笔者注）来取代这种行动，把亲属嫁给永不消逝的基本的或天然的个体性，安排到大地的怀抱里；家庭就是这样使死了的亲属成为一个共同体的一名成员……"参见黑格尔：《真实的精神：伦理》，选自《精神现象学（下）》第六章，贺麟、王玖兴译，商务印书馆，1997，第11页。

"神的规律"。[⑯]然而为子君送葬无疑是困难的，因为她走向的，不过是一座"连墓碑也没有的坟墓"，所以我在她去世一年多之后仍强烈地感到，送葬尚未完成，因她的不幸尚未得到令人安慰的"说法"。

"我"的自责在时间上滞后了，它在令人"悔恨和悲哀"的欠负中。人们总是从延误的歉疚感中意识到责任，这是日常生活中行动的过程性特征造成的结果。歉疚感体现了日常时间的特点：时间总是呈线性状流逝，从这一点直接奔向下一点。由于行为的不可逆性和不可预见性，一个在行动中的人必然会是一个需要请求他人宽恕和给予他人宽恕的人，行动过程"正是从这些重负（行为的不可逆性和不可预见性）中吸取力量"。[⑰]宽恕是对于不可预见性的救赎："如果没有他人的宽恕，我们的行动——可以这样说——就会被局限在一项我们难以从中自拔的行为中；我们将永远成为后果的牺牲品，就像没了咒语就不能破除魔法的新来巫师一样。"[⑱]如果没有宽恕，错误将永远没有得到解脱的可能，人们将永远被囚禁在痛苦当中，找不到出路，就像涓生感到的那样："我愿意真有所谓鬼魂，真有所谓地狱，那么，即使在孽风怒吼中，我也将寻觅子君，当面说出我的悔恨和悲哀，祈求她的饶

---

⑯ "神的权利和规律以在现实之彼岸的个体为其内容与权力，但这个在现实以外的个体却并不是没有权力的；他的力量在于抽象的纯粹的普遍物，在于自然的或基本的个体……"参见黑格尔：《真实的精神：伦理》，选自《精神现象学（下）》第六章，贺麟、王玖兴译，商务印书馆，1997，第12页。

⑰ 参见汉娜·阿伦特：《人的条件》，竺乾威等译，上海人民出版社，1999，第228页。

⑱ 同上。

恕；否则，地狱的毒焰将围绕我，猛烈地烧尽我的悔恨和悲哀。"
（第130页）

《伤逝》这里提出的宽恕的难题是：当那个能够给予宽恕的人已经死去，已经由于"我"的过失而死亡时，"我"应该向谁请求宽恕？如何能够得到宽恕？没有人能够自己宽恕自己，有能够给予宽恕的第三方存在吗？宽恕在本质上是个人与个人之间直接的关系，它不同于社会性的赦罪，不是政治行动或法律行动；毋宁说，宽恕问题正显出了政治和法律的限度，而指向了某种法外的"法"，即一种隐秘的对灵魂的拷问。正是由于有这种灵魂的拷问、内心的煎熬，"我要写下我的悔恨和悲哀"。

《伤逝》的语言笼罩在深深的绝望中："现在所有的只是初春的夜，竟还是那么长。"（第130页）"我"只有选择"遗忘"，只有"以遗忘和说谎为前导"。（第130页）因为在这个"无爱的人间"里，既缺乏"我"对子君始终不变的爱，也找不到能够对我的忏悔进行宽恕的爱。但是在选择遗忘之先，"我"必须首先去写，否则遗忘是不可能的，那无法摆脱的幽灵会一再返回。幽灵可以超越生死，超越过去、现在与未来的分界，甚至超越真实与虚幻，就像涓生所感到的：在"半夜"，在"暗中"，子君灰黄的脸会向我浮出，"睁了孩子似的眼睛，恳托似的看着我"。（第126页）因此"我"只有去写，似乎对于种种的不可能，只有文学还是那最后的可能：还可以在一个"无爱的人间"里，写下"我的悔恨和悲哀"，以此"悔恨和悲哀"来完成为子君的送葬，并向幽灵祈求宽恕。

尽管《伤逝》所直面的人生是惨淡的，但"写下我的悔恨和悲哀"却提供了某种希望。"我要遗忘，我为自己，并且要不再想到这用了遗忘给子君送葬。"（第130页）这个遗忘是一种具有送葬的深度的忘却。在这里，忘却正是记忆的深度。这深度是通过"写"来达到的：忏悔式的写作是试图同"我"的无法抹去的过去告别，凭着写作对记忆的覆盖来使"我"的生存避免完全暴露在自然时间的掠夺之中。"我"只有以此结束"死亡的寂静"，开始对于新生的期待。书写既是对过去的责任，也是对未来的责任；是过去和未来之间发生断裂和更新的界限。

然而文学的忏悔也可能是危险和悖谬的。作为一个虚构的忏悔录，《伤逝》采用第一人称叙述视点，以便于将"我"的内心世界完全暴露于光亮之中，彻底呈现人的精神世界的种种可能性。但这也意味着读者失去了阅读的安全性，被迫扮演天主教中的告解神父的角色，而对告解的倾听却是危险的。忏悔录不是简单的自我检讨，忏悔要求先回到自我的"原罪"上，然后再透过上帝的光来省察这原罪的幽暗。彻底的忏悔要求人和上帝的立场都同时到位，既要忠实于历史中的自我，也要忠实于神恩，这无疑有一种冒险，但只有基于此而做出的认罪和悔改才是真正完成了从自我向上帝的转身。然而，穿越幽暗也是进入诱惑，必须小心谨慎；善的力量需要足够强大，才能光照并使得恶显形，而恶也是一位天使、一位美丽的魔鬼。

这种危险性在《伤逝》的叙事中得到了彻底的表现：当"我"的内心活动充分展开之时，"她"总是不得不处于第三人称的沉默和黑暗当中。通篇都是"我"的独白和"她"的沉默，读者由此被置于"我"的内在视角当中。而内在视角的叙事效果常常正好是叙述者"我"借助于叙述的力量来塑造着读者的认同，读者比较容易在一种"自然而然"的状态中接纳叙述所设定的命运以及对此命运的解释。已有学者分析过内在叙事的效果："任何内在的角度都有可能带有某种自我辩护的意向——使有罪的成为在一定程度上可以原谅的，使不可理解的成为可以理解的、使怪诞的成为相对而言正常的。"[19] 内在视角体现的是"我"的意志与自由，它对于"我"而言总是有理由的。事实上在《伤逝》中，直到遭遇"她"的死亡，遭遇到了"死的寂静"，"我"的自我辩护意向才被打碎。

既然写作和阅读忏悔是危险的，那么为什么要写，为什么要读？为了心灵的教育。忏悔录式的写作是一种人性最深刻的自我认识。这种自我认识作为对于历史生命的折叠，使得肉身生命的直接性过渡为灵魂的觉醒，从而实现一次心灵的教育。文学既非意识形态的说教，亦非没有任何伦理重负的语言游戏，而是让人进入具体情境中，去获得对人事之"法"的领悟。这种领悟培育人们对那些对生活而言至关重要的事情的注意力，因为人类灵魂的美好不是出于人类的自然禀赋，而是源自对超越之"法"的学习。

过去的一个世纪表明：文明越是提高人们为自我进行辩护的

---

⑲ 涂卫群：《从普鲁斯特出发》，社会科学文献出版社，2001，第52页。

能力，文明的野蛮便越是以一种对他人的责任心的迟钝来上演。道德不是文明的习得，而是来自人类上方的内在"法"。卡夫卡在《诉讼》中揭示，"罪"的实质就是对"罪"的无知和对"法"的迟钝。忏悔录的写作纪录一个对"罪"从迟钝转入敏感乃至疼痛的过程，在此，文学所处理的，正是这只有文学的精确才能够捕捉到的"罪"与"法"的微妙问题。

（原文曾发表于《文化与诗学》第十三辑，北京大学出版社，2011，有修订）

元素与节奏：试比较荷尔德林与海子对危机的诗学回应

　　海子和荷尔德林的诗中都兼有现代诗所能够容纳的最柔和的声部与最耀眼的电光。作为危机时代诗歌的囚徒，写诗对于他们始终处在这样一种对立之中：一方面是与自然神性结合的强烈欲望，另一方面是对最高法则的诗学坚持，诗歌因而是自然与为自然立法的诗学这两种对立物令人激动的结合。本文试图比较这两位诗人在回应危机方面所产生的诗学差异。

　　由于同样面临历史处境中的剧烈冲突，同样经历着"贫困时代，诗人何为？"的困惑与痛苦，也由于同样拥有对自然的神往和热爱，海子将荷尔德林引为同道和知己。他称许荷尔德林："没有谁能像荷尔德林那样把风景和元素完美地结合成大自然，并将自然和生命融入诗歌——转瞬即逝的歌声和一场大火，从此永生。"① 无论在荷尔德林所向往的古希腊人那里还是在海子从汉语文化中传承的民族无意识中，元素都是世界的始基，一切事物自它诞生又复归于它，尽管内涵不尽相同。在荷尔德林和海子这里，

---

① 海子：《我热爱的诗人——荷尔德林》，选自《海子诗全编》，上海三联书店，1997，第918页。

元素都象征着生命的能动性，是旺盛的具有魔力的自然生命力。然而，从海子所撰写的《我热爱的诗人——荷尔德林》一文来看，海子有可能对荷尔德林产生了某种误读。由于荷尔德林的丰富和神秘，也由于接受条件的种种限制，对于他的误读几乎可以说是很难避免的，我们没有必要对此求全责备。本文所关注的是这样两个问题：其一，这种误差在二者的诗学差异上意味着什么？其二，什么是我们能够从中学习的？

　　本文首先讨论荷尔德林诗学中元素和节奏的关系，然后通过海子的文章《诗学：一份提纲》来分析海子诗学中的元素和节奏的关系，最后在结语部分指出，海子并没有像荷尔德林那样认识到元素的写作需要通过法则——节奏的控制力——来得到超越，而在荷尔德林那里，节奏暗示着这样一种诗歌精神：艺术创造不是自我表达或自我实现，而是以自我牺牲、以对自我的节制来创生另一种现实。

荷尔德林的元素与节奏

　　走向自然神性的救赎，是荷尔德林时代浪漫主义诗人的整体趋向。在 18 世纪资本主义工业文明上升阶段，欧洲人一方面得到了更多的追求自由的可能，另一方面也更深地感受到了旧的社会制度和新的工业文明对自由的双重压迫。浪漫主义在欧洲的出现，首先是在最为靠近人类感性生命体验的文学领域，表达在一个

"死"的世界里面活着的人类心灵的创造力。风景是人感知自然的中介，对风景的描写因而成了表达这种创造力的最重要的手段之一，体现了人类灵魂对世界的感知能力。然而荷尔德林的风景还另有深意：风景是曾经临近而今远离的神所空出的纯洁的距离，也是对于这一段人和神圣的间距的保护。

经过启蒙运动之后的欧洲，神的缺席已经越来越深刻。如何面对这种缺席？荷尔德林最终没有接受康德、费希特或黑格尔的哲学反思的方式。诚然，荷尔德林一切的写作和思想中都浸透了哲学的反思力，但是对他来说，理性不足以把握无限；相反，只有通过对艺术的体验，哲学才有可能运用其思辨或分析的能力。荷尔德林坚持：在诗人的热情体验到了美的地方，他就"预感"到了神性。但他只能接受对神性的"预感"而非神性的"显现"。诗人独特的直觉使他无法接受神的表象（representation），无论这表象是神话式的还是观念式的。这或许是因为表象能够，甚至必须掩盖那给人的自由留出了地盘的"神的缺席"？也或许是因为表象所借助的概念、逻辑的反思力会不可避免地带有毁灭性的特征？无论如何荷尔德林选择了另一条道路，这条道路显得模糊而晦暗，这是本文试图通过分析而勾勒出来的。

荷尔德林指出他的当下现实是一种"神圣黑夜"。"神圣黑夜"的历史意味着什么？不是神死了，而是神远离了人，人们处在转折处。诗人触及了深渊，但这深渊不只是空无，也是野蛮而具有活力的。因为这深渊可能构成某种诱惑，诱惑人扮演神的角色，由此而激发诗人的一种过渡的欲望，这欲望既可能是相对于神圣本身的，也可能是相对于邪恶的；这欲望反过来会威胁诗人。诗人应当如何返回？虽然在文学史上荷尔德林被视为德国浪漫主义的先驱，但他已经对于这种追逐"神圣"的危险有一种先知般的直觉。海德格尔曾试图按照自己的理解借助荷尔德林的道路回到心目中的古希腊，他如愿与否，对本文而言是另一个话题，但他关于荷尔德林的解读极有见地地揭示出了荷尔德林道路中诗意预言的深度和"神圣的清冷"。在《如当节日的时候……》一文结尾处，海德格尔解读荷尔德林的一段描述风景的诗作时已经读出了其中蕴含的克制："'深深的阴影'在'天国之火'过大的光亮面前挽救了诗意词语。'凉风飕飕的小溪'在'天国之火'过强的火焰面前保护了诗意词语。清冷之物的凉快和阴影适合于神圣者。这种清冷并不否定热情激励。清冷乃是对神圣者的期备态度随时都具有的基本情调。"[②]"清冷"正是荷尔德林（尤其是）在其诗歌写作的后期留给神圣者和诗人的遗产。

元素的活力的确赋予了荷尔德林的创作一种勃勃的生机，为

[②] 海德格尔：《如当节日的时候……》，选自《荷尔德林诗的阐释》，孙周兴译，商务印书馆，2000，第91页。海德格尔的这段话是对于荷尔德林一个作于1800年的题为《德国之歌》的残篇的阐释：

……于是坐在深深阴影之中，
当头上的榆树沙沙作响，
在凉风飕飕的小溪旁，德国诗人
畅饮神圣的清冷的溪水，
远远地倾听那寂静天籁
他歌唱心灵之歌。
（残篇第十，第四卷第二版，第244页）

此荷尔德林被海子视为"元素的诗人"。元素也是海子诗学的核心，这是他感到同荷尔德林有一种精神上的契合的原因。海子说："你应该体会到河流是元素，像火一样，……必须从景色进入元素，在景色中热爱元素的呼吸和言语，要尊重元素和他的秘密。"这些句子出现在《我热爱的诗人——荷尔德林》中。然而，在荷尔德林那里，元素虽然是天火，是诸神的标记，是恩培多克勒的基本元素，但更重要的是它们最终都处于与更高的诗学法则的统一之中。在荷尔德林写给他的朋友波林多夫的一封著名信件中，他是如此谈及元素的③：

那种巨大的元素，天国之火和人类的宁静，人类在自然中的生活，以及它们的局限性和满足感，持续不断地紧紧把我抓住……

……

南方人处于古代精神的废墟中，他们的身强力壮使我愈加熟悉了希腊人的真正本质；我了解希腊人的天性和他们的智慧，他们的身体，他们在他们的气候中生长的方式，以及他们借以在元素之伟力面前保护其高傲天才的法则。

这决定了他们的大众性，决定了他们接受外来性情以及感染外来性情的方式，因此，他们具有自己活生生地显现出来的独特

---

③ 此文有两个中译本，一处在《荷尔德林文集》，戴晖译，商务印书馆，1999，第443—444页；另一处在《荷尔德林诗的阐释》，孙周兴译，商务印书馆，2000，第192—194页。此处取后一个译本。

个性，以至于可以说，希腊意义上的最高理智就是反思力，而且，当我们把握了希腊人的英武形体时，我们就可以理解这一点了；它（希腊人的大众性）乃是柔和，犹如我们的大众性。

古代人的面貌给我一个印象，这个印象不只是使我更加理解了希腊人，而且使我一般地更加理解了艺术中至高的东西；这种艺术甚至在概念的至高运动和现象化过程之中，但它又在保持一切之际并且自为地包含着一切具有重大意义的东西，以至于在这种意义上，可靠性就是至高的标志方式。

从这封写于他的创作后期的信中我们看到，他心目中的希腊人生活在元素的伟力和"法则"的统一中，这种统一是艺术中至高的东西，是让火焰一样热烈灼人的艺术灵感变得"可靠"的标志。那么这个"法则"是什么呢？荷尔德林认为它是一种概念式的"反思力"，其作用是使生活在元素伟力中的希腊人得到保护，从而变得"柔和"和具有"大众性"。

在《论诗之精神的行进方式》一文中，元素和"法则"的关系得到了更为清晰的阐述，只不过在这里，"法则"被称为"诗的精神"：

诗的精神在其事业中与每一次的元素和作用圈处于矛盾之中，虽然如此，必须表明，元素和作用圈是如何有益于诗的精神而矛盾如何消解，在诗人选中作为辅相的元素中如何依然有对于诗之事业的接受力，诗的精神在与元素的相互作用中如何于自身实现所有的要求，实现整个诗的行进方式，包含它的比喻性、超越性和它的性格，元素虽然在开始的倾向中抗争并且恰好对峙，但是在中心却与诗的精神相统一。④

在荷尔德林看来，"诗的精神"不是元素的激情，而是那协调和控制了元素的活力，并将其纳入到至高的统一中去的法则。在这个法则的指挥下，富于个性的元素以矛盾的方式呈现，在诗的行进中犹如声部。声部与声部的转换通过持续的节奏进行下去，在节奏中实现了对峙物的统一。但这种统一不同于黑格尔式的辩证法的和解，因为元素的每一个部分都没有因为被协调到法则中去而失其独特性。

事实上，荷尔德林整个的写作实践都表现出，他的诗学注意力是从元素开始，最终向着节奏回归。早期的荷尔德林对元素的接近是赤裸裸的。他的早期代表作《许佩里翁》采用卢梭式的书信体，这是一种宜于直接表达原始情感、体验的体裁。主人公许佩里翁"想要避开自己的形式，界限，而同自然结合……回归到唯一的、永恒的和火热的生活中去，无保留也无度量，这种渴望似是那种我们欲把它同灵感联系在一起的愉快的运动。这种运动也是对死亡的渴望"。⑤另一位主人公狄奥梯马则"由于感情的冲

---

④ 荷尔德林:《论诗之精神的行进方式》，选自《荷尔德林文集》，戴晖译，商务印书馆，1999，第222页。

⑤ 此文对于荷尔德林的理解大量受益于莫里斯·布朗肖的评论:《荷尔德林的思路》，选自《文学空间》，顾嘉琛译，商务印书馆，2003，第278页。

动而死，这种冲动使她同一切都亲密无间地生活在一起，然而，她说：'我们分离只是为了更亲密地同一切事物，同我们自己生活在一种更为神圣的平静中……'"⑥《恩培多克勒》这一荷尔德林的中期作品则采用了索福克勒斯、歌德和席勒的心灵戏剧形式，与《许佩里翁》的写作相比在直抒胸臆上面已经含蓄得多。狄尔泰对这部戏剧的分析提示出，在荷尔德林那里，元素赤裸裸的激情已经同生活的种种限制发生了"争执"：

　　他要表现的是，当个别的激情沉默时，在沉思的人身上升起并不断生长的东西同我们的受条件限制的存在的争执，同生活的种种必然性（它们就像来自我们同无形力量的关系）的争执。这种争执在我们中间的每一个人身上都是相同的，这种争执的前提是：在我们中间的每一个人身上都相同的东西以及在我们之外作为存在同世界的最普遍的关系的东西决定着我们。……这种争执是我们心灵的历史，它比我们所有的个别的激情和成就更为重要。⑦

　　这部戏剧实际上是一种以争执的方式表达出的心灵史。这历

---

⑥ 莫里斯·布朗肖:《荷尔德林的思路》，选自《文学空间》，顾嘉琛译，商务印书馆，2003，第278页。
⑦ 威廉·狄尔泰:《弗里德里希·荷尔德林》，选自《体验与诗》，胡其鼎译，生活·读书·新知三联书店，2003，第340—341页。

史具有节奏的形式，或者说，节奏就是其本质。[8] 事实上，在荷尔德林看来，悲剧的过程是一种节奏，这在他对于他的索福克勒斯译文的说明中得到了清晰的表达。狄尔泰认为，这些说明虽然产生于他的精神崩溃时期，但"其中包含着不少想法毫无疑问是他早就存在心里的，而且是他健康的时候就有的。它们同那个关于在文学作品中得以表现的生命节奏的基本概念相连接"。此外，狄尔泰还特意指出了《恩培多克勒》的节奏形式："一种节奏形式是这样被规定的，以后的每一部分都回过头去涉及开始部分，从而一再深化在开始部分中给定的事情。这是他的《恩培多克勒》的形式。"恩培多克勒最终是在这样一种争执的引领之下进入了自由的死。布朗肖认为："这样的死体现着介入到不可见的世界中去的意志……但愿望仍是同一个：同火元素结合在一起——它是灵感的标志和在场——以达到神灵交往的内在深处。"[9] 但是恩培多克勒在与元素结合之前所经历的心灵的节奏史为荷尔德林成熟的诗歌阶段的到来做了准备，它对于荷尔德林写作实践中的第三阶段，即伟大颂歌阶段具有过渡性意味。

于是，表现心灵事件的关联、流动的内在节奏感终于完美体现在了荷尔德林创作生涯晚期的抒情诗中。这是在这些作品已经完成了一个世纪后，最先将荷尔德林从湮没无闻中发掘出来的狄

---

[8] 威廉·狄尔泰:《弗里德里希·荷尔德林》，选自《体验与诗》，胡其鼎译，生活·读书·新知三联书店，2003，第354页。

[9] 莫里斯·布朗肖:《荷尔德林的思路》，选自《文学空间》，顾嘉琛译，商务印书馆，2003，第278页。

尔泰做出的评价：荷尔德林开始了一种新的抒情诗，"它表现感情的洋溢、从行进内部升起的情绪的抽象主宰力、像是从不确定的远方传来又消失在那里的一次心灵活动的无穷旋律"。⑩

　　狄尔泰是一个细心倾听到了节奏在荷尔德林全部创作生涯中的重要性的读者。在他那篇首次令荷尔德林在较大范围内得到注意的文章中，他指出，节奏是荷尔德林诗学的最高概念，并且分析了在荷尔德林写作的各阶段，节奏是如何展现并逐渐成为成熟的诗学动机和独特的艺术形式的。前面我们已经提到了他对《恩培多克勒》的节奏形式的认识，这里我们再补充他评论《许佩里翁》时发表的看法：小说终结于一首赞歌，"它的节奏贯穿了《许佩里翁》里所有被提高了的段落。这是荷尔德林最独特的艺术手段。对他来说，语言中的节奏，悲剧分段中的节奏，是他的哲学的最后和最高的概念的象征，这是生活本身的节奏。荷尔德林视这种节奏为生命运动中的法则的表述，犹如黑格尔在诸概念的辩证进展中找到了这种法则。尽管荷尔德林日后才发表他经过深思而获得的关于统辖一位诗人直到诗行的一切节奏的学说，在他结束《许佩里翁》时，对于这种关联的感觉已经在他身上起作用了，他可能形成了有关的概念"。⑪

　　让我们再来注意狄尔泰的话，在评论《恩培多克勒》的时候，他指出"悲剧的过程是一种节奏"这种想法"同那个关于在文学

---

⑩ 莫里斯·布朗肖：《荷尔德林的思路》，选自《文学空间》，顾嘉琛译，商务印书馆，2003，第370—371页。
⑪ 同上，第339页。

作品中得以表现的生命节奏的基本概念相连接"。那么什么是生命节奏的内涵？在荷尔德林那里，节奏即诗学的法则，因而也是点化自然、驯服命运的法则。命运集中体现了自然的混浊和暴戾，它也是象征了自然生命力的元素的混浊和暴戾。海子将作为自由个体的人类向诗之精神的奋进比喻为一场血的角逐，并感叹其不可避免的悲剧性——"可惜的是，这场角逐并不仅仅以才华为尺度，命运它加手其中。正如悲剧言中，最优秀最高贵最有才华的王子往往最先身亡。"[12]然而对荷尔德林来说，诗歌需要命运加手其中，正如高贵需要外化自身。或许正是这样的意识促使他改动了《诗人的天职》的末尾，他最先写道："但是，必要时，人在上帝面前无畏惧，／简洁在保护他，／他不需要武器，也不需要伎俩，／只要对他来说上帝并不缺少。"不久之后，最后一句被修改为："直至上帝的缺陷帮助他。"[13]

在写于 1798 年的一封信中，荷尔德林如此表达这种审美体验："高贵本身带着命运的色彩，它产生于这样的命运之中，正如美在现实中呈现自己，必然从中接受一种对于它为非自然的形式，只有同时接受必然赋予它这种形式的情境，非自然的形式才变成自然的形式。"[14]在这同一封信中，荷尔德林反省自己的诗艺："我缺乏的与其说是力量，不如说是轻灵，与其说是理念，不如说是

---

[12] 海子：《诗学：一份提纲》，选自《海子诗全编》，上海三联书店，1997，第896 页。

[13] 莫里斯·布朗肖：《荷尔德林的思路》，选自《文学空间》，顾嘉琛译，商务印书馆，2003，第 279 页。

[14]《荷尔德林文集》，戴晖译，商务印书馆，1999，第 403 页。

微妙的变化,(与其说)是主调,不如说是跌宕有致的音调,是光明,不如说是阴影,而所有这一切出自一个原因:在现实生活中我过分回避平庸。"⑮ 此时,荷尔德林思考的,是关于接纳的问题:如何学会接纳平庸,直至上帝的缺陷也能成为一种帮助?这种思考与我们的习惯性思维相左,显得有些奇怪:"因为我比其他一些人更坚强,就必须更加努力地从对我产生毁灭作用的事物上赢得一种优势,我不必接受它本身,而只是就其对我的真实生命有用而言,接受它。我在发现它时,就已必须预先把它当作不可或缺的材料,没有它,我至深的情志从来得不到完全的表现。我必须接纳它,以便在恰当的时候(作为艺术家,如果我志愿并且应该是艺术家)将之作为阴影来搭配我的光明,作为从属的音调再现它,而我灵魂的声音则更加生动地从中涌现出来。"⑯ 从这里,我们已经可以看到当代诗学的端倪:不再只有纯粹,而是一种具有包容力的纯粹;不再只是追求神圣,而是学习去"理解这种神灵不忠的神圣含义,不是去阻挠它,而是为自身去完成它"。⑰

距离写这封信不长的时间,荷尔德林在《论诗之精神的行进方式》中表现了他对于诗的精神秩序、创造方式的洞见。文章充满了对峙、和解、转换、冲突,不啻为一阕奥妙无穷的思想赋格。这样的思想节奏完美体现出了荷尔德林所倾听到的完美生命的节

⑮《荷尔德林文集》,戴晖译,商务印书馆,1999,第402页。
⑯ 同上,第402—403页。
⑰ 莫里斯·布朗肖:《荷尔德林的思路》,选自《文学空间》,顾嘉琛译,商务印书馆,2003,第282页。

奏。正如狄尔泰所指出的，他所梦想的诗歌精神就是行进在这独一无二的节奏中而变得可感的。布朗肖在评论荷尔德林时也指出："当节奏已成唯一的、独一无二的思想表达方式时，仅仅在此时，才有诗歌。要使精神变为诗歌，它必须在其自身包含着先天节奏的奥秘。……各种艺术作品只是唯一的和同一的节奏。一切只是节奏。人的命运是唯一的上天的节奏，如一切艺术作品是独一无二的节奏一样。"[18]荷尔德林则越来越清楚地意识到：诗之精神的行进推演到"最大胆最后的尝试"是"诗性之我"[19]，它意味着"我"与自身相区分并且已经区分，这是最后的节奏。这"将是所有超越的超越"，而且"它不得不如此"。[20]

荷尔德林最终关心的不是理性的区分，因为理性不是生命的最高原则。他所关心的也不是空洞的无限性或统一，因为其中缺乏存在的具体。他真正关心的是人与自身的区分，是感性生命经验的塑造和完成。在此，荷尔德林跨越了他的老师费希特的绝对之我和纯粹之我，也扬弃了哲学的局限，从而踏入智慧。而人与神圣者之间的关系也超越了康德的道德理想主义，诗的想象力和创造力使精神行进于可感的无限和统一之中。

于是留给诗人的任务是："必须努力认识自己，试图在世界中自我区分，就世界是和谐的而言，他使自己成为对峙者，就世界

---

[18] 莫里斯·布朗肖：《文学与原初的体验》，选自《文学空间》第七章，顾嘉琛译，商务印书馆，2003，第 229 页。

[19] 荷尔德林：《论诗之精神的行进方式》，选自《荷尔德林文集》，戴晖译，商务印书馆，1999，第 219—239 页。

[20] 同上。

为对峙的而言，他把自己变为统一者。"㉑ 在此，诗人已不再只是为自然所"教育"，而是拥有清醒的意识、确定的把握能力的人。这使荷尔德林在感到来自自然和火的伤害的过度时能够说："今天我们处在一位更真实的宙斯的法则下。这位更真实的神把走向另一个世界的自然进程折回大地，这进程永远地敌视人类。"㉒ 这种清醒对于这位大自然的儿子来说十分惊人，尽管他最终被那种为抵御把他冲向一切的过度的势头、抵御黑夜野蛮的威胁而做的努力压垮了，但他也同样粉碎了这种势头与威胁，完成了向着大地的回归。㉓ 或许对于荷尔德林，这种清醒才是真正地"还乡"。

海子的元素与节奏

元素的力量充溢于海子的写作中，迸发出耀眼的光芒。如果说，没有什么比对节奏的倾听更需要内心的无为，需要同世界无限遥远的距离，似乎也没有什么比对元素的体验需要更为持久忘我的激情，需要由迷恋抵达直觉的能力，以至进入一种精神幻境。

㉑ 荷尔德林:《论诗之精神的行进方式》，选自《荷尔德林文集》，戴晖译，商务印书馆，1999，第 232—233 页。

㉒ 莫里斯·布朗肖:《荷尔德林的思路》，选自《文学空间》，顾嘉琛译，商务印书馆，2003，第 281 页。

㉓ 同上，此处的观点和论证借用了布朗肖的研究。参见莫里斯·布朗肖:《荷尔德林的思路》，选自《文学空间》，顾嘉琛译，商务印书馆，2003，第 277—287 页。

　　具有元素能力的典型诗人，在海子的坐标系中，是歌德。[24]在歌德那里，元素的世界是一个有机的生命世界，而且一切都应当统一于有机物的生命过程。诗人只承认世界的原现象。但是一如歌德所认识的那样，元素的世界同时也可能是一个陷在"魔灵"（demon）掌控之中的世界。如何在通灵于自然神性的同时又能够避开自然魔灵的诅咒？这问题困扰过歌德，但也促成了他的丰产。

　　在海子那里，虽然"元素"这个词偶或闪现其与西方文学的联系，但在《诗学：一份提纲》（以下简称《诗学》）中，这个概念主要地与这些词语紧密关联："自然"[25]"生命"[26]"母本"[27]"原始"[28]"凶猛"[29]"碎片与材料"[30]"变形"[31]"轮回"[32]。骆一禾曾对海子的"元素"做过这样一种描述性的定义："一种普罗提诺式的变幻无常的物质与莱布尼茨式的没有窗户的、短暂的单子合成的突体，

---

[24] 海子在《诗学：一份提纲》一文几次提及歌德的元素能力，重要的有两处：1. "他在这种原始力量的洪水面前感到无限的恐惧，歌德通过秩序和拘束使这些凶猛的元素、地狱深渊和魔法的大部分担在多重自我形象中，这些人对于歌德来说都是他原始力量的分担者，同时又借他们完成了悲剧主体的造型。"（第894页）2. "诗歌生存之'极'为自然或母亲，或黑夜。所以《浮士德》第一卷写了三场'夜'。浮士德哥哥之死、恶魔携带你的飞翔。在《浮士德》第二卷中写了空虚中的母亲之国……"（第902页）

[25] 海子：《诗学：一份提纲》，选自《海子诗全编》，上海三联书店，1997，第889页。

[26] 同上，第891页。

[27] 同上，第892、895页。

[28] 同上，第892页。

[29] 同上，第893页。

[30] 同上，第899页。

[31] 同上，第895、898、899页。

[32] 同上，第902页。

然而它又是'使生长'的基因，含有使天体爆发出来的推动力。"㉝
紧接着这个描述，骆一禾补充道："也就是说海子的生命充满了激
情，自我和生命之间不存在认识关系。"㉞如果说认识要以反思、区
分为基础，这是否意味着，某种在荷尔德林看来至关重要的法则，
在海子那里却是缺失的？海子如何面对歌德的问题？

　　海子自己并非认识不到这些。恰恰相反，《诗学》表现出的
海子，一方面陷入了"元素"的困扰之中，而另一方面，他也正
试图对这样一种困扰进行突围。这明显地表现在，当他说到心目
中的伟大诗歌时，总是会一再表达对于"元素"的某种暧昧而忧
心忡忡的态度：

　　在亚当型巨匠那里（米开朗琪罗、但丁、莎士比亚、歌德）
又是另外一种情况，原始力量成为主体力量，他们与原始力量之
间的关系是正常的、造型的和史诗的，他们可以利用由自身潜伏
的巨大的原发性的原始力量（悲剧性的生涯和生存、天才和魔鬼、
地狱深渊、疯狂的创造与毁灭、欲望与死亡、血、性与宿命，整
个代表性民族的潜伏性）来为主体（雕塑或建筑）服务……歌德
通过秩序和训练，米开朗琪罗通过巨匠的手艺，莎士比亚通过力
量和天然接受力以及表演天才，但丁通过中世纪神学大全的全部
体系和罗马复兴的一缕晨曦（所有人都利用了文明中基本的粗暴

㉝ 骆一禾:《海子生涯》，选自《海子诗全编》，上海三联书店，1997，第4页。
㉞ 同上。

感性、粗鄙和忧患——这些伟大的诗歌力量和材料），这"父亲势力"可与"母亲势力"（原始力量）平衡。产生了人格，产生了一次性行动的诗歌，产生了秩序的教堂、文明类型的万神殿和代表性诗歌——伟大的诗歌：造型性的史诗、悲剧和建筑，"这就是父亲的主体"。[35]

这一世纪和下一世纪的交替，在中国，必有一次伟大的诗歌行动和一首伟大的诗篇。这是我，一个中国当代诗人的梦想和愿望。因此必须清算、打扫一下。对从浪漫主义以来丧失诗歌意志力与诗歌一次性行动，尤其要对现代主义酷爱'元素与变形'这些一大堆原始材料清算。[36]

从第一段引文中，我们不难感到海子对于元素的复杂心情。对那些非"亚当型巨匠"的元素性诗人，海子本人明显是有强烈偏爱的，因而当他提及他们时，常会情不自禁："另一类深渊圣徒和一些早夭的浪漫主义王子一起，他们符合'大地的支配'，这些人像是我们的血肉兄弟，甚至就是我的血。'我来说说我的血'。"[37]尽管如此，海子确立的伟大诗人——"亚当型巨匠"——的标准，不能说没有包含着某种自我认识和自我批评的意识。

---

[35] 海子:《诗学：一份提纲》，选自《海子诗全编》，上海三联书店，1997，第894页。

[36] 同上，第898页。

[37] 同上，第893页。本文接下来所有的引用当不另外做注时都是引自海子的《诗学：一份提纲》。

第二段引文的批判态度更为清晰。然而，这段话（出现在《诗学》第四节"伟大诗歌"）与全文的首句（第一节"辩解"第一句）有着令人费解的矛盾之处。全文首句是："我写长诗总是迫不得已。出于某种巨大的元素对我的召唤，也是因为我有太多的话要说，这些元素和伟大材料的东西总会涨破我的诗歌外壳。"由此，我们可以感到，海子在写长诗时，可能会处在怎样一种强大而凶猛的元素的冲力和对于这种冲力的抵御之间。正如骆一禾所说的，海子的诗歌道路在追求史诗构想的情况下，"决然走上一条'赤道'：从浪漫主义诗人自传和激情的因素直取梵高、尼采、荷尔德林的境地而突入背景诗歌——史诗。……在这种情况下，海子用生命的痛苦、混浊的境界取缔了玄学的、形而上的境界，独自挺进……"[38]

虽然都是关于诗学的探讨，《诗学》同荷尔德林《论诗之精神的行进方式》相比，差异是巨大的。《诗学》是一篇没有完成，其实也是无法完成的草稿。几个组成部分之间没有紧密的逻辑关联，唯有"元素"是贯穿各部分的动机。出于强烈的危机感，《诗学》从"辩解"开始：为什么要写长诗甚至史诗？是由于元素的巨大召唤。然而海子并非不懂节制，他立即谈到了"舍弃"：为了诗歌本身，"我得舍弃我大部分的精神材料，直到它们成为诗歌"。接下来的一段，海子谈的是"丧失"，是大地"本身恢宏生命力"——亦即元素的力量——的丧失。然而，与这种危机意识并存，他写四季循环，循环具有节奏与再生的感觉："对于我来

---

[38] 骆一禾:《海子生涯》，选自《海子诗全编》，上海三联书店，1997，第4页。

说，四季循环不仅是一种外界景色、土地景色和故乡景色。更主要的是一种内心冲突、对话与和解。在我看来，四季就是火在土中生存、呼吸、血液循环、生殖化为灰烬和再生的节奏。"但可惜的是，这"循环"与"节奏"在海子这里最终却转化成了语言和诗中的"元素""生命之兽"："我用了许多自然界的生命来描绘（模仿和象征）他们的冲突、对话与和解。这些生命之兽构成四季循环，土火争斗的血液字母和词汇——一句话，语言和诗中的元素。它们带着各自粗糙的感情生命和表情出现在这首诗中。"而且在这一节里，古典理性主义是以"砍伐生命"者的形象出现的。

第二节谈论上帝的创世与造人，然而海子关心的核心是围绕着"挣脱"和"循环"展开的："创造亚当实际上是亚当从大地和上帝手中挣脱出来。主体从实体中挣脱出来。男人从女人中挣脱出来。父从母、生从死挣脱出来……"同样，上帝造女人被解释成为夏娃对亚当的挣脱，并以此象征变乱世界和世纪末的精神。海子以自己的方式进行的解释与《圣经》文本的关系甚微，《圣经》中的上帝以自己的形象造人以及以自己的气息造人都没能进入到他的注意力范围。"上帝七日"实际上仅仅只是他内心挣扎着的时间感受，他将这种挣扎的反复视为历史："历史始终在这两种互为材料（原始的养料）的主体中滑动：守教与行动；母本与父本；大地与教堂。"于是，在他那里，遇到的问题是：在现代时间，当黑夜替代了圣火，诗人是应当试图冒着被天火灼伤、崩裂四碎的危险重返过去，担当人与神之间的中介——祭司，还是索性沉湎于黑夜元素过度的激情，去做一个黑夜的王子？

45

荷尔德林其实已经渐渐将问题转化成为：诗人应当如何守夜？并且在后期试图通过诗歌和翻译古希腊悲剧来解决，然而《诗学》中的海子却始终置身于一种对立和循环之中：一方面，第三节"王子·太阳神之子"扼腕叹息并赞美了诗歌王子们个体生命和才华的命运悲剧；另一方面，第四节"伟大的诗歌"则提出了当代中国诗歌的伟大目标——它应当是"主体人类在原始力量中的一次性诗歌行动"。第四节同时对人类诗歌史上创造伟大诗歌的两次失败进行了分析：一次是由于民族诗人"没有将自己和民族的材料和诗歌上升到整个人类的形象"，另一次是由于碎片和盲目这两种倾向所导致的。至此海子显示了一种史诗般的气魄，然而从第五节开始，在一种黑暗而空虚的灵氛中，元素的力量却在一种更高的程度上上升，使伟大史诗的梦想氤氲模糊，而一切又都重新沦为幻象：

今夜，我仿佛感到天堂也是黑暗而空虚。

所有的人和所有的书都指引我以幻象，没有人没有书给我以真理和真实……

"幻象的根基或底气是将人类生存与自然循环的元素轮回连接起来加以创造幻想。"然而，这种幻象所达到的天堂是寒冷的，虽然华美无上。因而接下来承受这幻象的人忍不住要问的必然是：在这高寒天空之下，万物与众生存在的地方是否还有欢乐？是否这时，欢乐只是一只盛血的杯子？在这一节的结尾，海子在几近喃喃自语中进入了他孤独难测的诗行：

> 国度，滚动在天空，掉下枪支和蜜——
> 却围着美丽夫人和少女燃烧
> 仿佛是营火中心　漂泊的路

我们不禁猜想，是否那过于强烈的元素——"血"的意象已将其紧紧拽住，而他正深陷于魔法召唤之中？只有一小段"漂泊的路"曾经清晰。

第六节，朝霞之后是沙漠，是世纪病——女性的报复。"她们是'原始的母亲'之桶中逃出的部分。"而"我"终于提出了这个问题："在时间和生活中对神的掠夺是不是可能的？！"看来海子已经感到了一种摇摆，在诗歌和悲剧之间：诗歌是大自然"突然冲进"人的生活而造就的诗歌；悲剧则是"人的混浊和悲痛的生活冲进大自然"而造成的悲剧。[39]此后，"猛犸的庆典"开始了，而这篇文章也逐渐进入了诗意的跳跃。这种跳跃的剧烈和变幻莫测使得文本拥有了一种狂想曲式的、抵制对其进行读解的辉光。我们只能在无序而不断繁复增生的百科全书式意象面前猜测，

---

[39] "大自然是不是像黄昏、殷红的晚霞一样突然冲进人类的生活——这就是诗歌（抒情诗）。那么，在什么时候，什么地方，人的混浊和悲痛的生活冲进大自然，那就产生了悲剧和史诗（宏伟壮丽的火与雪）（景色和村落）；什么时刻，一个混浊而悲痛的生活携带着他的英雄冲入自然和景色，并应和着全部壮观而悲剧起伏的自然生活在一起——时间就会在"此世"出现并照亮周围和他世。"参见海子：《诗学：一份提纲》，选自《海子诗全编》，上海三联书店，1997。

是否这是由于元素那过于迅猛的语言繁殖力已经涨溢出了海子的控制能力？然而激情仍在不可抑制地朝前奔涌，涌过了第七节和第八节。从那猝然终止的时间看来，那时是"凌晨三点"，海子正在试图把梦、把内在的黑暗变成语言，正试图越过某种界限，像一个梦游的人，浑然不觉危险。然而，的确有一种可怕的危险在等待着他？禁区只是对于抵达界限的人才真正存在，于是问题在于：一个倾听到了元素的巨大召唤的人是否也能同时倾听到禁令：命令诗人的竖琴休止在诱惑的外部，而去做一个守夜的人——为语言守夜？难道这不正是一种尊重元素、热爱"人类秘密"的方式？

结语：不可掠夺的距离

联系到海子的提问，即"在时间和生活中对神的掠夺是不是可能的？！"我们有理由猜想：海子已经感受到了那种由于人和自然之间失去了必要距离而造成的失控。对于诗人，理想的生活是人的生活能够与"悲剧起伏的"自然相应和的生活，然而应和中应当存在着区分和节奏——这是一段不可掠夺的距离。

关于这段距离，荷尔德林已经有了清晰的思考，即严格的间接性是诗艺应该遵守的法则。"诗艺在整个本质上，在其激情中是一种欢悦的对神的崇拜，从来不使人成为神或是神成为人，从来不犯偶像崇拜的嫌忌，而只是允许众神和人相互更为接近。"⑩而悲剧则从反面说明了这一点：当人失去了同自然以及同神的距离时，命运就会兴风作浪而激起人类经验无法克服的矛盾。"神和人显得合一，随之命运，它激起人的所有谦卑和骄傲，并且在结束处一方面留下天神的威尊，另一方面留下净化的性情作为人的财产。"⑪对于人，悲剧是作为教训："悲剧的表现首先基于这样一种骇世惊俗之举，神与人如何结为伴侣，自然力量与人的至深情志如何在愤怒中永无止境地相与为一，从而领会到，无际的相与为一是通过无际的区分净化自身。"⑫这就是俄狄浦斯，他被迫远离了神和人，而他最后居留的双重远离之地却成了时间的起点，成为福地。这就是为什么荷尔德林在疯狂的边缘要坚持对《俄狄浦斯》与《安提戈涅》作出说明。在荷尔德林看来，向世人揭示出这个悲剧的教训是他的使命。正是这种诗学思想促使荷尔德林发现了悲剧运行中那种"无表达"的空灵之美。⑬作为一个语言和艺术范畴，"无表达"是介于音节与音节之间的停顿，与节奏相逆的休止，这

⑩《荷尔德林文集》，戴晖译，商务印书馆，1999，第433页。
⑪ 同上。
⑫ 荷尔德林:《关于〈俄狄浦斯〉的说明》，选自《荷尔德林文集》，戴晖译，商务印书馆，1999，第269页。
⑬ 荷尔德林："悲剧的运行实际上是最空灵而最无羁的。而运行表现在观念的节奏鲜明的次序中，因此人们在音节中称作停顿的东西，纯粹的言辞，与节奏相逆的休止、才为必要的，以便在高峰处这样来应付迅疾的观念变化，显现的不再是观念的辗转变灭，而是观念自身。"——《关于〈俄狄浦斯〉的说明》，选自《荷尔德林文集》，戴晖译，商务印书馆，1999，第263页。

个时刻由于面对着最为迅疾的观念变化而拥有最大的威力空间。[44]

如何能够超越元素的写作，最终看来，是一个如何能超越自我，进入到对更高法则的倾听中去的问题。或许，思考荷尔德林对这个问题的回应，对海子的元素式浪漫主义精神，不失为一个恰当提醒。

（原文曾发表于《南京师范大学文学院学报》2011年第4期，有修订）

---

[44] 狄尔泰和本雅明都关注到过"停顿"这种艺术手段在荷尔德林的美学中的重大意义。尤其是后者，曾在《评歌德的〈亲和力〉》一文中对此进行过很有见地的强调："艺术作品中波澜壮阔的生命非得凝固不可，而且必须显得突然被凝固了。在艺术作品中构成本质的是单纯的美、单纯的和谐，这种和谐中弥漫着混乱——确实是混乱而不是世界——并只是在表象上使其变得富于生命力。阻止这一假象、凝固这一运动而且打破这种和谐的是无表达。先前那种生命建立的是秘密，而这样的凝固建立的则是作品的内涵……正是无表达击垮了一切美德表象中作为混乱的遗产仍存在着的：假的、容易造成迷误的整体性——即绝对整体性。无表达才会使作品完结，它将作品击打得残缺不全，击打成了真的世界的断片、一个象征的未完成。无表达是一个语言和艺术的范畴，而不是作品或体裁的范畴，对它所下的最严格的定义出自荷尔德林关于《俄狄浦斯》的评论——该定义不仅是对悲剧理论，甚至对艺术理论也具有奠基性意义，但人们似乎尚未认识到这一点。……（停顿）在悲剧中表现于主人公的沉默，在颂歌中则表现于韵律的中断。是的，对这种韵律的最精确描述就是：它与作者毫不相干，却使作品中断。"参见本雅明：《经验与贫乏》，王炳钧、杨劲译，百花文艺出版社，1999，第208—210页。

卡夫卡："洞"的寓言

寓言性写作

寓言，按照本雅明的理解，主要出于对一些现代艺术在文体学、风格学方面的考虑。寓言以文本的自然方式来抗拒一个衰败世界强加给它的虚假意义的暴力，独自围绕某个富有寓意的意象中心而不是概念来展开文本的织体，它编织一个图式，它的意义只从图式自身的存在深度中呈现，而无须归结为图式背后的某个固有本质。图式体现出历史以瞬息万变的字体在自然面孔上的书写，构成它的每个部分随时都可能碎裂开来，相互重新组合，并且每个断片都将具有高度指意功能，表现出某种直观的洞察力。由于图示及其碎片的洞察力是借助于自然材料形式直接达到的，它将永远特殊，永远无法被固定和简化为一个单纯的概念。寓言的意象因而既是一个"去进行"固定的符号，也是一个"有待于"固定的形象；写作也可以无休止地重新开始、偏离、摇曳、堆积，在差异中重叠而没有严格的目标限制。本雅明将这种无限堆积的过程理解为在一个废墟世界中对奇迹无限期待的视野。[①]

在本雅明看来，卡夫卡写作的正是这种现代寓言。阅读现代寓言最好能随身带上一把可变的钥匙，以利于阅读的持续深入；但现成的钥匙又是没有的，得每个人亲自去作品中寻找。于是情形便是这样的一个悖论：我们必须想方设法地进到房间里去寻找那把可以帮助我们进入房间的钥匙；然而假如我们发现自己置身于房间里了，就会看到钥匙不在房内，而在门上插着。寓意显现的特征便是如此，相对于观念思维而言，它更多地依赖于隐喻的发散性和直觉的神秘性。在观念的思维中，观念始终处于控制者的位置，语言体现为及物者；现代寓言则是在概念的流放和语言自身不及物的言说中，瞬间敞开历史在语言身体上的全部印迹（记忆和想象）——犹如一扇忽然打开的梦境之门。这种转换在卡夫卡的语言工作中体现得极为明显，那是一种只有从地形学／拓扑学（topology）的角度才能进入的语言，正如布朗肖在其最早关于卡夫卡的评论中所指出的："我们不知道自己是否已被它拒绝（因而徒劳地在其中寻找那些能够被牢牢把握的东西），还是将会被永远地囚禁于其中（因此转而绝望地朝向外面）。这样的生存是一种最彻底意义上的流放（exile）：我们不在那儿（there），我们在别处（elsewhere），然而，我们从不可能停止在那儿（being there）。"[②] 这使得写作和阅读都注定要成为一个不断寻找和迷失的

---

① 参见本雅明：《德国悲剧的起源》，陈永国译，文化艺术出版社，2001。
② 转引自 Gerald L. Bruns, *Maurice Blanchot: The Refusal of Philosophy*, The John Hopkins University Press, 1997, p.62.

过程。因此，在写给菲丽丝的一封信中，卡夫卡曾这样描述"一个写作的人"："他的时间总是不够，因为路是那样长，而且很容易迷路，有时他甚至会害怕，并在没有强制力和诱惑的情况下有了往回跑的欲望（一个以后不断遭重罚的欲望）……"③此时，文字则像《和祈祷者谈话》中那位祈祷的男子发出的声音："我一向对自己的生活缺乏自信。我只是用一些非常陈腐的观点理解我周围的事物，我总以为，这些事物曾经生存过一次，但是现在，它们正沉没……"④"……我的不幸是一种动荡不安的不幸，一种在薄薄的尖端上动摇不定的不幸，一旦你碰到了它，它就会落到提问者的身上。"⑤这样一位患着"大陆上的晕船病"的男子是那些站在"洞"的边缘朝虚空望去时感到头晕的"分子"，他看见事物都像"'巴别塔'田野里的白杨"一样，"无名地摇晃着"，连他自己也无法避开同样的命运，需要从别人那儿才能获得某种确定性——"我生活的目的就是被人们注视"。⑥卡夫卡惊讶地发现了那结构在人们的精神和社会生活中的"洞"：作为作家，他挖掘那存在于语言中的"洞"；作为一个提问者，他意识到了我们的知识本身存在着"漏洞"；作为一个孤独的人，他渴望而又担忧着"洞与

---

③《致菲丽丝的信》，1913 年 1 月 13—14 日，选自《卡夫卡全集》第 9 卷，洪天富等译，河北教育出版社，1996，第 213 页。

④《和祈祷者谈话》，选自《卡夫卡全集》第 1 卷，洪天富等译，河北教育出版社，1996，第 256 页。

⑤同上，第 254 页。

⑥同上，第 252—259 页。

洞通婚"的奇特现象。⑦

"洞"的首要特性是幽灵性。幽灵性是现代艺术的特征。关于幽灵，卡夫卡在《不幸》中这样谈论道："您显然还从未跟幽灵说过话。从它们那里，您是永远无法得到明确的答复的。它们只会讲来讲去，但毫无结果。看来，这些幽灵比我们更加怀疑它们自己的存在……"⑧

什么是幽灵？《不幸》中这样描绘：

一个就像小小的幽灵的孩子，从那尚未点灯、因而漆黑一团的走廊里钻了出来，踮着脚尖站在微微晃动的大方木料做成的地板上。我房间里微弱的灯光顿时使她目眩，她正想迅速地用双手遮住脸，却意外地朝窗子看了一眼，使自己安静下来，在十字形的窗棂前面，街灯袅袅上升的烟雾终于被黑暗笼罩住。她站在开着的房门前面，用右肘倚着房墙，让外面的气流从四面八方抚摩她的脚关节、脖子和太阳穴。⑨

这自黑暗深处而来，无比轻盈的幽灵引起了地板的"微微晃动"——"我"的世界被幽灵的到来摇撼着；但同时，"我"房间里的灯光也"顿时使她目眩"。"她正想迅速地用双手遮住脸"，

---

⑦ 参见卡夫卡：《论洞的社会心理学》，选自《灵魂的边界》，王家新、汪剑钊主编，云南人民出版社，1996，第284—286页。

⑧《不幸》，选自《卡夫卡全集》第1卷，洪天富等译，河北教育出版社，1996，第34页。

⑨ 同上，第30—31页。

对于这次相遇的惊讶，她需要"意外地朝窗子看了一眼"，才能"使自己安静下来"。显然，这是两种异质世界的相遇，中间为一道"门"所隔。她的惊慌被这样的景象安抚了："在十字形的窗棂前面，街灯袅袅上升的烟雾终于被黑暗笼罩住。"这暗示了"黑暗"——她由之而来的那个世界，仍然为她保留了确定性，不但没有为来自我的世界的光吞没，相反，还"笼罩"了光。她是属于"外面的"那个世界的精灵，她和"气流"之间无以言表的亲密暗示了她与那个世界的关系。

在这个故事的后半部，当"我"试图把这次相遇纳入"我"和同一层楼的房客的交谈之中时，"我"只是陷入了谈论的矛盾、恐惧和不安。最后，由于"感到格外孤独，我宁愿走上楼去，然后躺下睡觉"。[10]

幽灵的临近带来了深深的孤独，以至于需要睡眠的治疗。幽灵，既不在房内，又已经在房内——因而，我和她围绕着是否已经把门关上了争论不休；既是我所等待的，又出乎意料——"一句话，我什么也不缺，缺少的恰恰是这孩子突如其来的拜访。"既是我从前就熟悉的，又是对其未来全然陌生的——"这叫友好吗？""我说的是从前。""您知道，我往后会是什么样的人吗？""一点儿也不知道。"[11]接近幽灵，意味着自身的弃绝——被自己所弃，这正是卡夫卡写作的姿态：作者自身消失，以回应作

---

⑩《不幸》，选自《卡夫卡全集》第1卷，洪天富等译，河北教育出版社，1996，第34页。

⑪同上，第30—34页。

品的要求；或者说，让作品的绝对要求来浸透作家个人的愿望。

睡眠是人类承受幽灵世界的方式，也是关于文学和艺术的隐喻。睡眠时，自我意识既在又不在：睡眠将人向一个不可知的幽灵世界交托，这交托又重构了意识。艺术具有与黑夜的神秘相通的权能，不同于白昼劳作的语言，它具有和睡眠相似的神圣意义。借用莎士比亚在《麦克白》里的话来形容它，可以这样说，艺术，在某种意义上，也就是"那清白的睡眠，把忧虑的乱丝编织起来的睡眠，那日常的死亡，疲劳者的沐浴，受伤的心灵的油膏，大自然最丰盛的菜肴，生命的盛宴上主要的营养"。[12]因而是睡眠（艺术），在帮助《地洞》中的"我"承受不停地挖掘的苦役，承受在此过程中永无休止的失败感和恐惧感。[13]

正如本雅明早已指出的，卡夫卡发现了"补充物"，而且他始终在讲述这个发现。[14]尽管他知道，他所发现的决定了他的讲述会失败，但他也只有以失败的方式才能接近这个发现。于是，在我和幽灵之间，发生了这段对话：

"……无论如何，我将记住，您一直都在恐吓我。"（幽灵说）

"什么？我一直都在恐吓你？千万别这样说。我非常高兴，您终

---

[12] 莎士比亚：《麦克白》，选自《莎士比亚全集》，朱生豪译，大众文艺出版社，1999，第1359页。

[13] 参见《地洞》，选自《卡夫卡全集》第1卷，洪天富等译，河北教育出版社，1996，第470—504页。详见本文第4部分的分析。

[14] 参见本雅明：《致格尔斯霍姆·朔勒姆的信》，选自《经验与贫乏》，王炳钧、杨劲译，百花文艺出版社，1999，第385页。

于在这里。我说'终于（at last）'，是因为天色已经很晚了。我真不理解，您为何这么晚到我这儿来。也许，当您来的时候，我由于高兴，胡言乱语了一阵，而您恰恰是这样理解我的意思的。不错，我10倍地承认，我是这样说过的，不错，我用您所希望的一切威胁了您。——天呀，千万别吵架！……"⑮

什么是这幽灵所希望的？是正在生成并对幽灵（文学）自身具有威胁力的文学经验。这"威胁"的力量源于"我"对那未知的"终于"的等待，这等待就是幽灵（文学）"所希望的一切"。

卡夫卡的"补充物"的独特之处在于：它不是任何别的，而仅仅是一个"洞"，一个"无物"。这意味着什么？难道，这不是语言的终止之处吗？然而洞却需要语言来说出自身：

"洞出现在没有东西的地方。

洞是非洞的永恒伙伴：洞不可能单独出现，这一点使我深感遗憾。"⑯

洞无法说出自身，更准确地说，洞只有通过非洞来向我们暗示自身。而这并不等于说，洞是消极的东西——"人是非洞，但

---

⑮《不幸》，选自《卡夫卡全集》第1卷，洪天富等译，河北教育出版社，1996，第32页。
⑯同上，第284页。

洞是第一性的"。[⑰]

"洞"如何显现

既然寓言是一个图式，一个以洞为寓意中心的图式将如何被观看？我们的目光、我们的视线将如何伸展？洞不同于那种为波佩的面纱遮盖的同时又揭示出来的欲望空间，这个欲望的空间虽不在场，但已吸引我们的凝视，激发我们的想象力去实现对它的同化和占有。而熊熊燃烧的欲望之火虽有可能借助主体的精神力量来穿透波佩的面纱，却无法接近洞的空间。因为在那里，所有来自我们的光线都会沉没、失去方向："……（被点燃的）蜡烛并没有因此产生亮光，却只惊动了那些先前安息在这里的幽灵，它们一闪一闪地在墙上跃动。"[⑱]

虽然我们的光无法照亮那个地方，但也不能简单地将它理解为一个仅仅作为光明之反面的黑暗。它在拒绝来自于我们的光线的同时，也拒绝那来自于我们的黑暗。相反，我们在梦境中的观看倒是借助了来自"洞"的光线，因而置身于梦境中的人无法拥有固定的视点："从老远的地方，他就注意到了一座新堆积起来的坟丘……可是，有时候他又几乎看不见那座坟丘……就在他把目

[⑰]《不幸》，选自《卡夫卡全集》第1卷，洪天富等译，河北教育出版社，1996，第286页。

[⑱]《猎人格拉胡斯》，选自《卡夫卡全集》第1卷，洪天富等译，河北教育出版社，1996，第370页。

光再次投向远方的时候，他突然发现那同一座坟丘就在自己身旁的路上。"[19]

拥有固定的观看视点是主体权利的体现，而梦中的行为者永远是被动和分裂的：在《一场梦》中，约瑟夫·K分身为K自己和另外三个男人。他们围绕着坟、墓碑和在墓碑上的书写表演了一出"自我"死亡、埋葬的戏剧。这是看见自己的死的唯一方式，因为死亡总是他人的死亡，是一个仅仅为仍然活着的人所使用的概念。[20] 要观看自己的死亡，必然只有借助于梦境（艺术）。但有趣的是，这里，那个分裂为艺术家的"我"用十指刨开的坟丘，不过是一个"大洞穴"。"K感到被一股轻微的气流从背后转动了一下，随即坠入洞中。"[21] 死亡在此意味着一个不可知的"洞"。

一旦意识到"洞"的存在，对这世界的观察就会多出某种虽看不见，但却令人惊异的东西：来自"洞"的光线和气息使得日常的观察充满神奇。卡夫卡总是对观看本身保持着特殊的迷恋，他记述自己"心不在焉地向外眺望"时，充满了我们难以理解的

---

[19]《一场梦》，选自《卡夫卡全集》第1卷，洪天富等译，河北教育出版社，1996，第196页。

[20] "死亡是一种我们与他者之关系的连接形式。我只因他者而死：借助他，为着他，在他身上。我的死被再现，只要愿意，人们可以使这个词变化多端。"参见德里达:《被劫持的言语》，选自《书写与差异》（下），张宁译，生活·读书·新知三联书店，2001，第326页。

[21]《一场梦》，选自《卡夫卡全集》第1卷，洪天富等译，河北教育出版社，1996，第198页。

兴趣。㉒像窗户这样寻常的事物，对于他这样一个常年孤独地生活在室内的人，由于具有了向外观看的功能，便很容易引起他近乎病态的关注。他夸张地描写"临街的窗户"："谁孤独地生活，却有时想和别人交朋友，谁考虑到日时、气候、职业情况以及诸如此类的变化，却随随便便地想看到任何一只他可以抓住的手臂——那么，没有一扇临街的窗户，他是难以坚持下去的。而他的情况却是这样的：他根本什么也不寻求，不过是感到厌倦的人，让自己的目光在民众和天空之间上下地移动……"㉓于是，他的位置，如果有的话，总是在窗户旁边："有这么一个传说：皇帝向你这位单独的可怜臣仆，在皇天的阳光下逃避到最远的阴影下的卑微之辈，他在弥留之际恰恰向你下了一道圣旨……但当夜幕降临时，你正坐在窗边遐想呢！"㉔

可是，"洞"虽诱发了人们无限的好奇心，让人禁不住想去窥探，但它的深不可测对人却不无危险："组成洞的边缘的分子朝洞里望去是会头晕的，"㉕因而，"就连窗外的景象，对我而言，都显得过于辽阔了！"

㉒ "在眼下正在降临的这些春日里，我们将做些什么呢？今天清早，天空灰蒙蒙的，可是，如果你现在走到窗子旁边，你就会大吃一惊，并把你的面颊靠到窗子的把手上……"参见《心不在焉地向外眺望》，选自《卡夫卡全集》第1卷，洪天富等译，河北教育出版社，1996，第19页。

㉓《临街的窗户》，选自《卡夫卡全集》第1卷，洪天富等译，河北教育出版社，1996，第27页。

㉔《一道圣旨》，选自《卡夫卡全集》第1卷，洪天富等译，河北教育出版社，1996，第186页。

㉕ 卡夫卡:《论洞的社会心理学》，选自《灵魂的边界》，王家新、汪剑钊主编，云南人民出版社，1996，第285页。

"洞最奇特之处是边缘。边缘虽然仍属物体，却往往总是望向虚无，边缘是物质世界的边哨。"㉖作为这样一种"物质世界的边哨"，同窗户类似，门、墓碑和桥这种具有空间与空间的中介意味的事物会格外吸引他的目光：在《叩击庄园大门》里，"我妹妹"莫名其妙的敲门动作给我造成了一系列麻烦㉗；在《一场梦》里，艺术家暧昧地在墓碑上展示他的精湛技艺㉘；至于《桥》，"我是一座桥，跨卧在一条深涧上……"㉙桑丘·潘沙，这么一个清醒地置身于堂吉诃德的中魔世界和日常世界之间的家伙，一个"能一条腿站在洞里，另一条腿站在我们这里"的人，被视为"真正的智者"。㉚"一个自由自在的人，沉着地跟着这个堂吉诃德——也许出于某种责任感吧——四处漫游，而且自始至终从中得到了巨大而有益的乐趣。"㉛所以，"洞"，是"永远有益的"，作为精神空间的隐喻，它不同于我们的日常逻辑，因为我们只习惯于悲伤时的

㉖ 卡夫卡：《论洞的社会心理学》，选自《灵魂的边界》，王家新、汪剑钊主编，云南人民出版社，1996，第285页。
㉗《叩击庄园大门》，选自《卡夫卡全集》第1卷，洪天富等译，河北教育出版社，1996，第388—389页。
㉘《一场梦》，选自《卡夫卡全集》第1卷，洪天富等译，河北教育出版社，1996，第197—198页。
㉙《桥》，选自《卡夫卡全集》第1卷，洪天富等译，河北教育出版社，1996，第367页。
㉚ 卡夫卡：《论洞的社会心理学》，选自《灵魂的边界》，王家新、汪剑钊主编，云南人民出版社，1996，第286页。
㉛《桑丘·潘沙真传》，选自《卡夫卡全集》第1卷，洪天富等译，河北教育出版社，1996，第507页。

"千疮百孔"和缺乏时的"空洞"。㉜

"洞"是关于精神结构方式的隐喻。"洞"这样一个精神性的位置就是对于"非洞"的拒绝。本雅明曾经指出，卡夫卡的作品具有否定性的特征，而且"这否定性特征恐怕会比肯定性特点更有价值"。㉝但"洞"的否定并不是简单地颠倒或者说"不"，而是犹如死亡沉默的洞穴对生的警醒，犹如异乡对故乡的遗忘，犹如梦中人自我意志力的消散。这拒绝使得日常世界中的重力、思维习惯、语言逻辑被解散和重构，所以，从这个位置观察，"我们就像是雪中的树干。表面上看，它们平放着，只要轻轻一推，就可把它们移开。不，这是办不到的，因为它们牢牢地和大地联结在一起。不过，你要知道，即使那样也仅仅是个外表"。㉞

洞和非洞之间的交界处被保留给了动物、昆虫、幽灵、助手、女人、信使和死者，这是一些摆脱了重心和语法规则的象征物。它们全都从压抑的地面或地底被释放到悬置了重力的空气里，自由嬉戏。语言和死亡这样的东西如同一只小船漂离了土地，在《猎人格拉胡斯》里，"像是被人在水面上抬着似地，轻轻地、晃晃悠悠地漂进了小巷"。㉟

㉜ 卡夫卡：《论洞的社会心理学》，选自《灵魂的边界》，王家新、汪剑钊主编，云南人民出版社，1996，第285页。

㉝ 参见本雅明：《致格尔斯霍姆·朔勒姆的信》，选自《经验与贫乏》，王炳钧、杨劲译，百花文艺出版社，1999，第385页。

㉞《树》，选自《卡夫卡全集》第1卷，洪天富等译，河北教育出版社，1996，第29页。

㉟《猎人格拉胡斯》，选自《卡夫卡全集》第1卷，洪天富等译，河北教育出版社，1996，第369页。

　　人类对时间的理解通常借助于空间感来获得，例如直线或循环式的时间感。在卡夫卡的作品中，时间常是某个临界点，某个生与死对话的地方。在《猎人格拉胡斯》里，"我"（市长），被"女人"唤醒后，听到一只"大得像公鸡似的鸽子"向我汇报"一个死人"要来的消息。"你是谁？"……"里瓦市市长。"……"这我早就知道，市长先生。不过，在最初的时刻我总是忘了一切，我头脑有些糊涂，所以，即使我什么都知道，还是要问一问，这样会更好一些。"洞作为拒绝，首先是对日常记忆的拒绝，也是对日常时间的拒绝，是"忘了一切"。遗忘，以寻找事物诞生之前的面容：因而在这里"你是谁？"成了问题；而且，即使"我早就知道"这个"里瓦市市长"的身份，问题依然存在，因为它关乎那"最初时刻"。遗忘，是为了让"死者"的语言开始自身言说。生者的问题总是简单而又合乎逻辑："您是死了吗？""天堂里并没有您的份？""难道您在这方面丝毫没有过失？""究竟是谁错了呢？"在这儿，语言全都只有一个方向：顺着提问者意志的方向，顺着我们这个世界的光。可死者的回答却能让语词在逆光中、在自身的丰富歧义中漂流，于是"死"和"活"、"天堂"与"过失"全都像蝴蝶一样飘忽起来，"在漫无边际的露天台阶上游荡，忽上忽下，忽左忽右，始终处在运动中"，这漂流"没有舵，只能随着从冥府最深处吹来的风行驶"。[36]

---

[36]《猎人格拉胡斯》，选自《卡夫卡全集》第1卷，洪天富等译，河北教育出版社，1996，第369—378页。

这就是卡夫卡在写作中进行的对于"洞"的不可能体验。写作，因而就是"骑马到邻村去，而不用担心——完全撇开众多的不幸的偶然事件不谈——这寻常的、幸福地流逝的生命时间，对这样一次骑行来说已经远远不够"。[37]

写作因而在安静中实现了一种奇妙的奔驰："但愿你成为一名印第安人，这样，你就会乐意骑在奔跑的马上，在空中斜着身子，越来越短促地战栗着驰过颤抖的大地的上空，直至你丢开马刺，因为在你扔掉缰绳之前，并没有马刺，因为实际上并没有缰绳，当你刚刚看到你眼前的土地是一片割得光光的草原的时候，却早已看不到马脖子和马头了。"[38]

写作，就是去做桥梁，等待某一天托住一个信赖你的人："要是他脚步不稳，你就悄悄地让他保持平衡，而要是他步履蹒跚，你就公开自己的身份，像一位山神那样把他猛地抛到对岸。"[39]

写作，"总之，要用自己的手压住幽灵般的生活中还剩下的东西，也就是说，要继续扩大那最后的、像坟墓一般的安宁，除此之外，什么也别让留存下来"。[40]

---

[37]《邻村》，选自《卡夫卡全集》第1卷，洪天富等译，河北教育出版社，1996，第182页。

[38]《希望成为印第安人》，选自《卡夫卡全集》第1卷，洪天富等译，河北教育出版社，1996，第28页。

[39]《桥》，选自《卡夫卡全集》第1卷，洪天富等译，河北教育出版社，1996，第368页。

[40]《下定决心》，选自《卡夫卡全集》第1卷，洪天富等译，河北教育出版社，1996，第13页。

"洞"的法哲学寓意

来自"洞"的呼吸弥漫在卡夫卡的写作中，渗透进最日常的生活空间，构成了难以理解的四维时空特征。文学正是源出于这个无法被说明的地方，这个神秘的"有"（Es gibt/ il y a）。欧洲现代文学从但丁中年的梦开始，从哈姆雷特遇上幽灵开始，从着魔的堂吉诃德开始。这开始就是我们离开自己的出发，是从某种终结里幸存的开始，但也是对一切毫无所知的开始。在这里，世界对于我们始终是一个谜，我们只是发觉熟悉的事物在慢慢显得陌生，连呼吸也变得不同：这未知是保留给文学的空间，其中孕育着人类生活的秘密。

卡夫卡发现了"洞"这个比喻的原生性："洞是这个社会制度的基本支柱。"[41] 它首先表明在法——那奠定了一切社会制度的法中。法具有某种洞的构形，但仅仅是个构形，一个无底深渊。[42] 法律事件的发生是个人行为与法的一般、普遍性要素的摩擦，其中包含的根本问题在于：个体性的意识是如何与作为共相的规律发生关系的？这在《在法的门前》中被转换成了一个直观的场景：

在法的门前站着一位门警。一位乡下人来到他的身边，请求

---

[41] 卡夫卡：《论洞的社会心理学》，选自《灵魂的边界》，王家新、汪剑钊主编，云南人民出版社，1996，第285页。

[42] 此处内容分析参照德里达：《在法的门前》，选自《文学行动》，赵国兴译，中国社会科学出版社，1998，第119—154页。

进入法的大门。但门警说，他现在不能准许他进去。……"人人都在追求法，"乡下人说道，"但在这么多年里却没有一个人要求进法的大门，这是何故呢？"门警看出此人已经走到了他的尽头了，为了让他正在消失的听觉还能听得见，他对他大声嚷叫道："这里再也没有人能够进去了，因为这道大门是仅仅为你而开的。我现在就去把它关上。"[43]

　　根本意义上的法是作为对罪进行禁止和处罚而存在的东西，对于没有意识到它的人而言，仅仅是一架古怪的机器。这里的"意识"强调的是一种认识的虚拟性，例如罪疚感。法的关键因此不再只是一种被约定俗成的外在判断或事实，而是与个人无意识发生深刻关系的事实性。对这种事实性的意义，德里达从弗洛伊德那里读到了："某种领悟：无意识中不存在现实的暗示，所以，人们无法区分事实与受到深情专注的虚构。"[44]这里涉及生命外在时间和内在时间感受的关系、记忆与无意识的关系。无意识作为意识之"无"，是为意识所包围的"洞"。

　　这原初对"法"的记忆来自哪儿？

　　罪疚感的产生不一定是出于犯罪事实；同样，有犯罪行为的人也不一定就会产生罪疚感。《在流刑营》中，一架古老的法律机

[43]《在法的门前》，选自《卡夫卡全集》第1卷，洪天富等译，河北教育出版社，1996，第171—172页。
[44] 转引自德里达：《在法的面前》，选自《文学行动》，赵国兴译，中国社会科学出版社，1998，第135页。

器企图通过对肉体的残忍刑罚来将罪疚感刻写进犯人的神经系统中，以使犯人真正认罪，也就是说，领受法的尺度。[45] 这里有一种充满悲哀的幽默感："法"无望地试图以其钢筋镣铐扣锁进犯人的"先验"时间感受中，而那里，只是属于秘密——反过来说，就是自由——的领地。这里有法和自由之间永恒的矛盾。

罪疚感是一种对时间别样的感受方式。在这里，时间是被赠与的、延迟到来的事件，但却是我对生命的深度介入和醒悟。此时时间是责任心的产物。没有责任心，没有为了责任的消极等待和耐心，就无法真正拥有时间。[46] 罪疚感作为建立在个体生命感受深处的虚拟的欠负机制，比任何主体意识都更严格忠诚地执行着守卫生命的功能，但它的确不在任何一处占据地盘。我们不妨借用卡夫卡自己的一句片语来形容它："他找到了阿基米德支点，却用来对付自己，显然只有在这个前提下他才可以找到它。"[47]

这奠定了个体无意识形式的罪疚感既是最富于个体性的秘密，又最具有人类意义上的普遍性。作为道德和法律的根基，法的法，它的产生意味着一个人开始与命运性的东西相遇：他结束了童年生活，进入成人阶段；也就是开始与"类"相遇。如同法一样，"类"这个概念在卡夫卡那里也具有"洞"的构形。他是在

---

[45]《在流刑营》，选自《卡夫卡全集》第1卷，洪天富等译，河北教育出版社，1996，第78—105页。

[46] 此处对于时间的理解参照法国哲学家列维纳斯在其著作中的观点：《上帝·死亡和时间》，余中先译，生活·读书·新知三联书店，1997年。

[47]《〈他〉补遗》，选自《卡夫卡全集》第5卷，洪天富等译，河北教育出版社，1996，第264页。

《一条狗的研究》中，以"狗类"来诠释这个"洞"的。罪疚感在卡夫卡看来正是"狗类"的不幸气质，但它也正是"美"存在的地方——"使她们变得漂亮的，不可能是罪过……使她们变得现在这样漂亮的，也不可能是恰如其分的惩罚……而只可能是那种以某种方式强加给她们的、对她们提起的诉讼。"[48]这里的"某种方式"指的显然是那个在我们内心起作用的法。

法的确立构成了人类命运的新开端。希腊悲剧《复仇者》里，希腊人通过制定法律告别了自然的襁褓，完成了城邦的建立，使散乱的分子式的人群开始共同遵守一个统一的规则，这个规则是人们作为"人类"存在的基础。法使人类区别于任何其他物种。个体人在和"人类"相遇后才出现了命运问题，这是俄狄浦斯从揭示"人"这一刻起开始的遭遇。因此，当漫长的诉讼结束后，K 也仿佛意识到了什么，他说"真像是一只狗"，而这么说，"意思似乎是，他的耻辱应当留在人间"。[49]这个结尾耐人寻味。

在卡夫卡的作品中，"狗类"常常意味着这样一种特性：它们彼此的陌生、冲突和对抗被强制于一个内在的法律之中。为了将这内在法与现存的和将来的一切法律制度相区分，卡夫卡用"音乐"来暗示它。像"狗类"这种经由音乐来联结的自由"社团"，注定经常会面临分崩离析的危险。这个社团是如此之松散，以至于人们几乎

---

[48] 转引自本雅明：《弗兰茨·卡夫卡》，选自《本雅明：作品与画像》，孙冰编，文汇出版社，1999，第 59 页。

[49]《诉讼》，选自《卡夫卡全集》第 3 卷，洪天富等译，河北教育出版社，1996，第 183 页。

看不出它有多少团体性："狗类无处不在，却又无处可寻"。这也说明了为何狗类的领地对于"我"，永远充满神秘的异乡气息。他就是如此描述"我"和狗类的第一次相遇的："我当时在黑暗里长时间地奔跑，预感到……即将有大事发生……当我感觉到我已到了正确地点的时候，我突然停住脚步，抬头一看，发现此时已是大白天，只有少许雾气，周围的一切充满了胡乱起伏和令人陶醉的气味……"[50]

狗类的法，既是无形的统治，又是情不自禁的诱惑与吸引；既是灵魂内部的音乐之声，又始终保持其对我的异质性。这就是法与人的独特关系：法令人成其为人，而人亦使法成其为法。二者的辩证性，正是洞与其边缘的关系。

"洞"的艺术

法没有固定的实质性内容，仅仅只是禁止和守卫的形式，甚至只是这种形式感。守卫的责任构成了法的大门，也构成了"洞"的建筑过程。这是一个无休止的防御过程，对此，卡夫卡在《地洞》中给予了直观性的描述。

地洞的构造目的本是用于防御敌人以维护自己的安全，但恰恰是这项为了将危险排除在外而建造的工程会不断引发新的危机，以至于工程永远无法达到目的，永远无法完成。地洞既是藏身之

---

[50]《一条狗的研究》，选自《卡夫卡全集》第1卷，洪天富等译，河北教育出版社，1996，第429页。

所，也是陷阱；既是堡垒，又是牢房；既带来宁静和睡眠，又造成了更大的恐惧和不安。"这是在《地洞》中，卡夫卡的兽的劳作使人们联想起的那种行动。在那里筑起了坚固的防御来对付地上面的世界，但却暴露在下面的不安全面前。按照白天的做法来修建，却是在地下面进行，筑起的东西又塌陷下去，树立起的东西又倒塌。洞穴越像是朝外面关闭得严实，同外部一起被封闭在洞里，无出路可退的危险就越大，而当一切来自外部的威胁似被排除出这个完美无缺的紧闭的内在深处时，正是这内在深处变成了富有威胁性的古怪，此时，危险的本质显示出来了。"⑤

对于卡夫卡，构筑地洞就是建构作品。写作是一个不断挖掘、延宕的过程。对于这种延宕的意义，本雅明和布朗肖分别从不同角度进行过论述。

本雅明认为，延宕源于"对终结的恐惧"⑫："卡夫卡的真正天才之处就在于，他做了前所未有的尝试：为了坚持真理的传递，坚持哈伽达⑬因素，他宁愿牺牲真理。"⑭"因此，卡夫卡的作品中已没有智慧可谈，只有智慧的支离破碎的产物。"⑮本雅明的评论揭示了卡夫卡的写作与犹太教传统的复杂关系：支离破碎的变形，

⑤ 布朗肖：《文学空间》，顾嘉琛译，商务印书馆，2003，第169页。
⑫ 本雅明：《评弗兰茨·卡夫卡的〈建造中国长城时〉》，选自《经验与贫乏》，王炳钧、杨劲译，百花文艺出版社，1999，第341页。
⑬ 一种犹太教的释经法，这种释经法认为文本具有无限的可诠释性，反对用一种观念、结论、教义来固定文本具有隐喻性的丰富含义。
⑭ 本雅明：《致格尔斯霍姆·朔勒姆的信》，选自《经验与贫乏》，王炳钧、杨劲译，百花文艺出版社，1999，第385页。
⑮ 同上，第386页。

极其个人化的继承与背叛。

布朗肖发展了本雅明延宕的观点，将卡夫卡引入自己的"外部"作家星群。他认为，延宕是为了向"他者"敞开，而这个"他者"只是"根本的空无"——一个作为"另一种夜"的夜，它与服从于白昼的建构法则的黑夜不同。"另一种夜"是卡夫卡全部的文学行动都在致力的"外部"。[56]

在布朗肖那里，"外部"是一个与认知、语法空间相对、不可知的喧哗躁动的中性空间，是作品对于作者的绝对要求。"挖地洞就是把夜向另一种夜打开"，而这个挖掘和打开的过程是无限的。[57] "卡夫卡的故事没有结尾。最后一句话是针对这项无结束的行动：'一切继续下去无任何变化。'有一家出版社说，只缺数页，即描写故事主人公死去的那场决定性战斗的几页。真是完全没有读懂作品。不可能有什么决定性战斗：在这样的战斗中没有决定，也无更多的战斗，而只有等待，接近，猜想，变得越来越富有威胁性的威胁的变化，但这威胁是无限的，不明确的，全部包含在它的不确定性本身之中。"[58]

如果布朗肖的判断没错，那么我们就可以如此理解卡夫卡的焦虑不安：走向"另一种夜"意味着无尽的流浪和永无休息。"另一种夜"的艺术不是梦想、虚构，也不仅仅是真理、创造；"另一

---

[56] 参见 Maurice Blanchot, "Kafka and The Exigency of Work," *The Space Of Literature*, Trans. Ann Smock. Lincoln, University of Neabraska Press, 1982.

[57] 布朗肖：《文学空间》，顾嘉琛译，商务印书馆，2003，第170页。

[58] 同上，第169—170页。

种夜"既不是任何用来填补空缺的手段，也不是"另一个世界"，而是"世界的他者"（the other of all worlds），是被世界所包围的"洞"。⑤⑨

提到洞的隐喻，我们很容易联想到柏拉图在《理想国》中所说的人在洞穴里的自然生存处境。在此，洞相对于理性、知识的光明而言，意味黑暗、遮蔽和谬见。但在卡夫卡这里，"洞"相对于世界被物质、知识、理性、价值充满的状态而言，是一种缺席的自由，表达了艺术家对这种"充满"状态的异见。在这里我们似乎可以隐约感到卡夫卡式的"洞的艺术家"对柏拉图式的理性主义哲学家的抗辩：扩张理性的欲望里难道不正包含着对虚无的恐惧？理性的劳作难道不正是虚无的成果？洞的艺术家不认为理性的"充满"可以带来从虚无的胁迫中摆脱的道路，相反，绝对的"充满"会令人窒息。

于是，洞的艺术家们"构建起作品像筑地洞一般，他们欲在其中以空无为遮挡，他们正是在挖掘，在加深空无，在他们周围造成空无时才建起这地洞"。⑥⓪也就是说，对于他们，仿佛只有"空无"才能最好地遮蔽虚无。艺术家们在空无中找不到任何可以长时间逗留的地方，但这空无却并非无意义，恰恰相反，它是对于无意义的守卫。甚至可以说，洞是"安全的"，虽然"我"从未为之停止过忧虑，但"那是另一种的、更为骄傲、内容更为丰富

---

⑤⑨ 参见 Maurice Blanchot, "Kafka and The Exigency of Work," *The Space Of Literature*, Trans. Ann Smock. Lincoln, University of Neabraska Press, 1982.

⑥⓪ 布朗肖:《文学空间》, 顾嘉琛译, 商务印书馆, 2003, 第171页。

的、深深压抑着的忧虑"。⑥"当我设想我是处于危险之中时,那么我就要咬紧牙关,用尽意志的全部力量来证明这地洞不是别的,而仅仅是为拯救我的生命存在的一个窟窿,它必须尽可能完美地完成这个明确地赋予它的任务,而别的一切任务我都给豁免了。"⑥

就这样,沿着《地洞》,我们被引向《夜晚》,另一个守卫的原初场景:

沉寂的深夜。就像一个人有时垂头沉思一样,大地完全沉入了夜色。人们在四周睡觉。他们以为自己正睡在房间里,在结实的床上,在坚固的屋顶下,伸展四肢或蜷缩着身体躺在床垫上,头上裹着围巾,身上盖着被子,其实,他们像从前先后经历过的没有两样,依然聚集在一片荒野里,在露天安营扎寨,到处是黑压压的人群,这是一大群老百姓,他们在寒冷的露天下,冰冷的地面上,倒卧在他们早先站过的地方,额头枕着胳臂,脸朝着地,平缓地呼吸着。而你正在站岗,你是一位守卫者,你挥动一根从你身边的干柴堆捡起的燃烧着的柴枝,发现了你最亲近的人。你为什么要站岗呢?据说得有人站岗。必须有个人在那儿。⑥

守卫要警惕的是什么?危险的事情是什么?在一个这样的夜

---

⑥《地洞》,选自《卡夫卡全集》第1卷,洪天富等译,河北教育出版社,1996,第484页。

⑥ 同上。

⑥《夜晚》,选自《卡夫卡全集》第1卷,洪天富等译,河北教育出版社,1996,第510页。

里，任何敌人都已经入睡。危险的事情是：人们其实从来都置身于荒野，而他们却自以为正安全地睡在房里。但人们需要害怕的不是荒野里的狼群。在这样的夜里，任何狼群都和大自然一道入睡了，自然的力量已沉沉酣眠，一切都是无声的，连幽灵、梦都不再有；到处是"黑压压的"无名的人群，甚至连"人"也不再有了；时间已失去了意义，既没有等待，也没有忧虑，过去、现在和未来都不会再有了！

危险的事情是，似乎一切都已入睡，但其实连睡眠也都不再有了。人们既不会醒来，也不会失眠，更不会再次入睡，他们不过是"脸朝着地，平缓地呼吸着"。他们并不拥有睡眠的地方，虽然"他们以为自己正睡在房间里，在结实的床上，在坚固的屋顶下"，但其实，"他们与从前先后经历过的没有两样，依然聚集在一片荒野里，在露天安营扎寨"。

对于睡眠而言，"地方"并非一个无关紧要的"某处"，而是一个基本条件。睡眠"摸索着"同某一个地方的力量保持联系，在意识和地方之间建立起根基性的关联，这关联的保障就是守卫者。因此，在《地洞》里，真正的睡眠是地洞给予它的守卫者的回报，充满欢乐的回报，它让这苦恼的挖掘者"睡得比任何时候都香甜"，醒来时，"胡子上还滚动着欢乐和宽慰的泪珠"。⑥

最危险的事情就是这吞没一切的寒冷荒野，这无边无际、无

---

⑥《地洞》，选自《卡夫卡全集》第1卷，洪天富等译，河北教育出版社，1996，第478页。

差别的"无"，这时候，甚至连只出现在"没有东西的地方"的"洞"都消失了。

因此必须有人站岗，那站岗的人点起火堆驱逐寒冷，那光带来区分，视线将要去注意、去分辨，那人将要从火光中寻找他最亲近的人。"守卫"将带来时间，因为长夜里有一个声音在不断询问：夜已到了几时？是否黎明将至？

洞的艺术家守卫边界和差异，反对虚无对差异的吞没。在他们看来，取消差异就意味着虚无，守卫边界则同时启动了洞和非洞两方面的世界。差异的发生总是伴随着新的语言和故事，文学就是这差异留下的皱褶。洞的艺术家在这个世界扮演守望者的角色，他们的目标是不断地重新触摸和标定洞的敏感界限，以使那些死去的语言、时间和记忆复活。在卡夫卡的故事里，无论塞壬还是尤利西斯、亚伯拉罕还是普罗米修斯，全都要重新苏醒在这条界限上。洞的艺术家的使命是改变和规避虚无的惯性——这惯性比死亡更强大，它意味着连死亡也得再次去死。

（原文曾发表于《多边文化研究》第二卷，新世界出版社，2003，有修订）

布朗肖与文学空间

无尽的对话

布朗肖虽说是萨特、巴塔耶、列维纳斯的同龄人,罗兰·巴特、德里达、保罗·德曼、福柯的前辈,他的名字在法国以外的文化圈却常常迟于他们到来,但这无碍于他的思想所保持的领先位置,这是由其思想自身的姿态来保证的:从自己消失的点上开始出发。因此布朗肖这样来回答"布朗肖是谁?"——"莫里斯·布朗肖,小说家和批评家,生于 1907。他的一生完全奉献于文学以及属于文学的沉默。"这段题词留在了他许多书的扉页上。[①]

那是一个忍耐的点、悲哀的点。通过对这个点说"是的",他持留在俄耳甫斯对黑夜的凝视中:"在黑暗中挽留仅通过黑暗而发光亮的东西并且将这东西保持黑暗直至在黑暗把光明视为第一

---

① Ullrich Haase and William Large, *Maurice Blanchot*, Routledge, 2001, p.125.

缕曙光中。"（第 236 页）^② 这是盲人的洞察力。"在这目光中，瞎仍是一种视觉。"（第 15 页）这是不可能的观看，也是"看"的不可能。从这个点开始，激情成为色彩，寂静成为声音，神的缺席转为了对那"不可命名的"的等待，而等待在遗忘中。在遗忘的掩饰之中，等待似乎更加轻快、更加真实。在遗忘中，空间摆脱了时间，开始了神圣的转换，进入"另一种"时间，一种重新开始的时间。"重新！重新！"这先于开始的强大力量！文学空间，是对于这种"重新"的体验，"我的生活是出生前的踌躇"。（第56 页）

通过《文学空间》，布朗肖拒绝了萨特对"文学是什么？"的亚里士多德式回归，而坚持让作品"成为通向灵感的道路"。（第190 页）这是一条拒绝返回自身的路。同时也是一条迎接他者、等待他者的永恒复返的道路。那不可命名的他者先于世界，正如"另一种夜"先于白天和黑夜以及这二者的辩证法。有一种说法把20 世纪40—70 年代的萨特比作法国知识界的白天，布朗肖是夜晚，那么布朗肖的夜是别样的。他部分地承接了德国浪漫主义和法国象征主义的文学精神，也部分地承继了德国哲学家的词汇与言说方式，但他却在这一切之外，也在自身之外。他孕育了萨特以后的法国解构思潮的丰产。

显然，布朗肖是重要的，但这并非一个价值判断，而是由于

---

② 莫里斯·布朗肖:《文学空间》，顾嘉琛译，商务印书馆，2003。以下本文中的引用部分凡使用括号标明页码直接置于正文后的都属对《文学空间》一书的引用，不再另外注明。

他所参与的这样一场对话：我们在他的字里行间可以发现许多熟悉的声音和背影：黑格尔、尼采、海德格尔、列维纳斯、巴塔耶、荷尔德林、卡夫卡、马拉美、里尔克、勒内·夏尔、策兰等等。那些名字所代表的天赋与苦恼在他的作品中磷火般地跃动，但却不再只是它们自己，它们是它们自己的"不可能"。那些富于时代精神的词汇和隐喻穿梭流淌，交相辉映，在布朗肖的写作中汇成河流，但却是为了完成一个消逝的过程。"消逝"正是河流的别名。在一种激情中持续的，不是超越，而是解体。这条河在世界之外，时间之外，永无止尽，永不停歇，而河流中的每一个名字，每一个部分都空出自身，融入一个等待的过程：

"如果我们一起等待，每样事物都将改变。"

"是的，假如等待是能够分享的，假如我们都属于等待。然而那正是我们正等待着的，不是吗，在一道？"

"是的，一道。"

"但在等待之中。"

"一道，等待，却并非等待某种东西。"③

最后一句的原文是：Ensemble, attendant et sans attendre. 正是这个 et ④ 构成了布朗肖的文学空间。它既连接又分离，既混淆又

---

③ Timothy Clark, *Derrida, Heidegger, Blanchot: Sources of Derrida's Notion and Practice of Literature*, Cambridge University Press, Cambridge, 1992, p.99.

④ 法文 et（连词），意为：和，与，及，并；又，而，并且，而且等。

拒斥，在双重不在场之间逗留。这种"等待，却并非等待某种东西"的姿态既属于文学本身，也属于那个人——"他的一生完全奉献于文学以及属于文学的沉默。"在这个神不在场，甚至不在场也已被遗忘的时代，文学成了对其自身实质的关注，它试图寻找它的本质，而这本质就是非本质，是对于本质的打断——这个纯洁而空无的词 et。在它的引导下，文学是等待和等待的自身涂抹。这场关于等待的对话没有起点也没有终点，在 et 的打断中接近沉默，接近沉默中的震撼，而这震撼是不可接近的、可怕的力量，死亡的本质力量，是灾祸、剥夺和失败。不可能性成为布朗肖一切作品的主角，它寒冷的气息弥漫于布朗肖写作的笔调，而布朗肖自己则渐渐隐匿了，让位于一个无名的叙述的声音——等待的无能为力成了叙述的能力。

无尽的对话也在布朗肖与较他年轻的读者之间展开（但这实际上是属于文学内部自身的对话，所以有时听着像一种喃喃自语？），因而也持续在罗兰·巴特、德里达、福柯、德勒兹、南茜等人的写作中。但我们却并不能就此说布朗肖是他们的源头，因为如此评价，就等于否认了他们从各自的方向上开始的对于不可能性的敞开。然而，在布朗肖已经拒绝了黑格尔、尼采、海德格尔式的死亡之后，从"死亡的不可能性"铺展开来的"可能的不可能性"（与海德格尔"不可能的可能性"相对）的视野已经以各种方式渗透在他们的思考中。不可能性首先意味着启蒙运动以来的主体和理性的失败，然后是以整体性、同一性为特征的西方形而上学传统的解体。这是在这个时代从事思想活动所要面对的根本语境，由此开始了一个解构时代的探索。

自我撤退的步态

布朗肖在《文学空间》中对荷尔德林、马拉美、里尔克、卡夫卡等人的解读不仅仅是一种批评和注解。与以往的作家和作品研究不同，他开始了一种文学现象学：以哲学的洞察力进入文学，但又以文学来对哲学进行解构，因而提供了一个全新的空间。读过这本书后，列维纳斯在发表于 1956 年的评论《诗人的视野》中这样评价布朗肖：他对于艺术与文学的反思具有最大的活力。[5]

在这本书里，七章正文与四节附录构成了主题的呼应。同一个动机不停地在全文重复，以各种方式开始和退出。显然这并不能简单归因于他的许多章节在最初写作时的独立性（它们大都是布朗肖为报纸专栏而发表的，最初都是独立的短篇，这本书是对它们的集结），而应当看到这是写作本身对他的要求。在他后来的著作中，文体的独特风格以对话、碎片的形式被更加密集地呈现出来。

布朗肖的笔调富于智性却不雄辩，清澈却不易穿透，充满节制但毫无保留，有入迷的力量但并不失度，重复却并非自我复制。他的写作追求的是断裂而非持续，是从自我中不停地撤退，以便

---

⑤ Emmanuel Levinas, "The Poet's Vision," *Proper Names*, Trans. Michael B. Smith, The Athlone Press, London, p.127.

从一次断裂到达下一次。断裂的重复形成节奏，这节奏永无止尽、永不停歇。写作就是进入到这节奏的魅力之中，因而阅读似乎也可以从这本书的任何一个章节开始。或许，这与解构的风格是相宜的？解构是一场没有起点也没有终点的漫游，因此德里达说，解构可以从任何一个地方开始。⑥

也许，阅读布朗肖，最重要的就是能够听到它的节奏。无声的节奏，来自"外部"（dehors），然而又似乎不可进入，全然封闭。因此，追求断裂恰恰意味着等待，等待在写作中一次次回到写作的源头、写作之谜。而返回，就是"我"的位置转换——"我"只是一个被动的、接受的位置。在此，文学空间已不同于海德格尔《艺术作品的本源》里的"大地"。"大地"仍然还是"世界"的地平，蕴含着对世界的回复。而布朗肖的大地则是一个移动的、从世界中迷失的外部，没有地平，有的只是无尽的流浪——犹太式的命运。

犹太人是这个世界上唯一不将自己的根基建立在土地上，而是建立在一本书——《圣经》——上的民族。这本书又名"Ecriture"（法语：写作）。（第59页）正是这种犹太式的步态奠定了布朗肖与列维纳斯在思想上的友情，结成了与海德格尔对峙

---

⑥ 为了对这句话有更为严谨的理解，进行以下补充是必要的："我曾说过如果要我给'解构'下个定义的话，我可能会说'一种语言以上'。哪里有'一种语言以上'的体验，哪里就存在着解构。世界上存在着一种以上的语言，而一种语言的内部也存在着一种以上的语言。"德里达：《书写与差异》，张宁译，生活·读书·新知三联书店，2001，第23页。

的"秘密联盟"。⑦然而，他们之间也有差异。这个差异的关键在于：作为"责任者"（responder）而存在的主体最终所回应的是一个从伦理中到来的上帝，还是那作为中性的"外部"。在布朗肖那里，虽然他赞同说，一般而言，"他异"（alterity）是通过关于"他人"（the other person）的经验才成为可思考的，但是他更愿意将语言视为原初性的异质空间。⑧从这个意义上，或许可以说，他仍然保留了海德格尔思想中的希腊因素：原初性的东西总要先于伦理。追问本源性的希腊精神难以忍受自己被分割，因此苏格拉底把知识视为至善，而克尔凯郭尔最终还是无法避免把信仰还原为在场性的"真理"。⑨如此，布朗肖依然保持了中性——既非海德格尔，又非列维纳斯，而是处在双重否定"之间"，两者的"外部"。

于是，在布朗肖那里，写作成为一条从"我"转向"他／它"（Il）的通道。"Il"是非人格的无名者，一个正在经历死亡的人。这条道路如此奇特，以至于那些最富有阅读经验的人也感到陌生和困难：似乎已经知道了，却又尚未完全清楚；明明已经读过了，却又总像是第一次阅读。这不仅是一个语言的问题，而是他的文

---

⑦ Maurice Blanchot, "Our Clandestine Companion," *Face to Face with Levinas*, Edit. Richard A. Cohen, State University of New York Press, 1986, p.41.

⑧ Timothy Clark, *Derrida, Heidegger, Blanchot: Sources of Derrida's Notion and Practice of Literature*, Cambridge University Press, Cambridge, 1992, p.107.

⑨ 当然，这仅仅只是相对于列维纳斯把非在场性的伦理视为信仰的根基而言。对此观点的分析详见 Emmanuel Levinas, "Kierkegaard: Existence and Ethics," *Proper Names*, Trans. Michael B. Smith, TheAthlone Press, London, p.67.

本对读者的要求：放弃原有视界，去经历阅读的冒险。虽然许多后现代作家的写作已在不同程度上给读者的阅读造成了受伤的记忆，但对于理论著作而言，这仍然是让人难受的。

这条道路的奇特和困难也许来自于文明内部，反映出文明自身内在的伤痕和挣扎的剧烈程度。所以，当列维纳斯试图为这个文明的伤口打上补丁并另外注入新鲜血液时，他不得不在"我与他者"这种既无中介，也不融通的"面对面"关系中重新寻找语法，因为，对于这个关系的真理，"传统逻各斯是永远不会接受的"。⑩"这是个有关鲜活经验的难以想象的真理，列维纳斯将不断回到这个真理上来，而哲学言语无法在试图隐藏它的时候，不随即在其自身的光照中暴露出那些不幸的裂缝以及那被误解为是颠扑不破的僵硬。"⑪列维纳斯的写作不得不"总是在关键时刻，沿着这些缝隙进行运动，通过否定，通过否定对否定巧妙地循序渐进。他的进路并非那种'要么……要么……'式的，而是一种'既非……既非……'式的。隐喻的诗意力量常常就是这种被否决的取舍及语言中的这种伤口的印迹。通过这种印迹，在它的敞开处，经验本身在沉默中显现"。⑫

如果说在列维纳斯那里，隐喻的诗意力量是一种否决和受伤的印迹，那么在布朗肖那里，隐喻干脆就是起点，而且再也没有别的起点了。他直接就是从这样的跳跃开始的。如果没有对那原

---

⑩ 德里达:《书写与差异》，张宁译，生活·读书·新知三联书店，2001，第151页。
⑪ 同上，第151—152页。
⑫ 同上，第152页。

初的"另一种夜"的断然肯定，就再没有其他的可能性到达那儿了。但这个步子却并非超越的步子（le pas au-delà）。超越仍然是从这个世界出发，而那儿是不可能性。无论从白天还是黑夜都无法通向它，也没有通向它的时刻——"子夜从不在子夜时降临。当骰子掷出时，子夜降临，但只有在子夜时分才能掷出骰子。"

"另一种夜"就是布朗肖的"他者"（与列维纳斯人格化的"他者"不同）。"而听到他者的就变成了他者，接近他者的就远离了自身，就再也不是接近他者的人，而是避开他者，从这处、那处走开。"（第170页）布朗肖的语法，像卡夫卡一样，是一种不断地自我撤退的语法，为了转向不在场，转移到最内在和最不可见之中，一个"无名的某处"。这种转换后来以越来越多的间隔形式出现在他以后的文本，而我们也不再能够肯定那究竟属于文学还是哲学。在这些等待的间隔中，作者消失了，词语转换成了另一种语言，表达着公共存在的无限丰富。词语从对于某一权威声音的归属中释放出来，开始了真正的诞生和交流。同时发生改变的还有我们进入语言的方式，我们由此而得以进入了语言的另一个维度，那是从空无中显现出来的，但这空无并非一无所有，而是走向更高、更具有严格要求的意义，更接近意义的源头和意义源头的喷发。

文学与僭越

布朗肖所说的文学，主要是指一种广义上的书写（L'écriture）。这是一个具有欧洲历史性的概念，一种与民主制度存在某种同盟关系的建制。它一方面与启蒙相关，另一方面与反对偶像崇拜有亲缘性——书一旦完成，就会面临着被偶像化的危险。对于"大写的书"而言，写作不过是服务于使用这一归宿，语言不过是思想和表达的工具，它完美地整个消失在使用中。"大写的书"象征着一种黑格尔式的哲学大全——这是作为绝对知识目的论的书，暗示着同一性的秩序。在此观念体系里，言说优先于书写，思想又优先于语言，并且相信交流终将会变得直接而透明。虽然马拉美是"大写的书"的设计者，但是他已经在其自身的写作经验中察觉到了书写自身具有的激进性和他异性。他最终穿透了这个"书"的概念，使"书"转化为书写。布朗肖也同样是通过对于语言问题的反思而推进了一步：他将书写命名为"书的缺席"，书写则是由这缺席释放出的赌注般的力量。

在布朗肖那里，书写，这股缓慢自由的力量，似乎完全只停留在其自身中而没有任何身份，渐渐发展为一种完全是他者式的可能性来。这股无名的、具有破坏性和消解性的力量逐渐动摇了每一种事物的存在，包括颠覆传统意义上的书和作品。这种名为"书写"的疯狂游戏破除了整体性的圆圈，开始成为对法则的僭越。因而，文学在布朗肖那里，始终意味着一种激进的革命性。[13]
而且，对他而言，在经历过了半个世纪的政治运动之后，真正的
革命只应当是一种文学式的，或者说，革命就是文学本身，而非
现实暴力。

正是基于这种理解，一方面布朗肖彻底放弃了早年作为国家
民族主义者的立场，而试图为政治问题的解决寻找一条"文学化"
的途径，例如：建立一种非共同性的共同体（a community without
communion）[14]，在此，我们可以发现解构主义政治主张的灵感之泉；
另一方面，在坚持文学式的"介入"（engage）之时，布朗肖又反
对萨特式的方式，因为这种方式取消了文学空间，而它相对于政
治空间而言，应当是更加本源性的。

显然，作为当年科耶夫的学生，布朗肖的理论在很大程度上
奠基于对黑格尔主义的批判。他明显受到了巴塔耶的"僭越"概
念的影响——文学正是对表象化、整体化思维的僭越。巴塔耶认
为，在清醒的整体结构中始终有一个消极的维度、一个闲散的家
伙，没有任何意义与用途。哪怕所有该完成的事情都在理性行为
中完成了，那多余的消极性总是会迫使黑格尔的历史模式关闭。[15]
对于布朗肖，从黑格尔式的有限经济及理性自明性中多出来的东

[13] Maurice Blanchot, *The Infinite Conversation*, Trans. Susan Hanson, University of Minnesota Press, Minneapolis and London, 1993, pp.11–12.

[14] Maurice Blanchot, "Our Clandestine Companion," *Face to Face with Levinas*, Edit. Richard A. Cohen, State University of New York Press, 1986, p.117.

[15] 巴塔耶：《黑格尔，死亡与献牲》，选自《色情、耗费与普遍经济：乔治·巴塔耶文选》，胡继华译，吉林人民出版社，2003。

西，诸如死亡、激情、渴望、突然爆发的笑声、心醉神迷，就是文学的本质——"艺术是那种不愿在世上占有份额的主观激情。"（第219页）

巴塔耶通过考察献牲揭示了人类对死亡意识的困境。这也是一切哲学、宗教和文学所要面对的根本问题。他发现了献牲内在的不可超越的悖论——献牲只是两个世界间并不成功的桥梁、一种失败的僭越。由此他揭示了死亡的不可超越性和僭越的必然性：僭越就是让死亡作为纯粹的消极性、不可能性而死去。一旦界限被越过，那通往死亡的道路就意味着个体主体性的解体。然而僭越的本质并不完全只是否定性的。后现代理论家们更为强调其肯定性的那一面：在节日里爆发出来的对破坏的渴望也是一种保护性的智慧——节日依然保存在秩序和界限中，因为没有哪一个系统的正常运转是仅仅只需要依靠自身就能够维持的。亚里士多德在《尼各马可伦理学》中说过：城邦生活需要依靠公正来维护，而公正又需要友爱来维护。《新约》中耶稣的爱成全了律法而高于律法，"字句是叫人死的，精义乃是叫人活"。

在接近献牲与僭越的作用这个问题的方法上，巴塔耶后来从人类学背景转到了抽象哲学背景，布朗肖正是借用了后面这种视角来描述写作和阅读。[16] 对于布朗肖，真正的作品永远不是在作者的期待中写出来的。写作是"中断把话语和我自身结合在一起的

---

[16] John Gregg, *Maurice Blanchot and the Literature of Transgrssion*, Princeton University Press, Princeton, 1994, p.15.

联系"（第 8 页），"使言语脱离世界的流程"（第 8 页）；写作就是"同那种固有的被动性建立接触并保持接触"（第 6 页），"这意味着话语不再说话，而是存在着，把自身献给了存在的纯粹被动性"（第 8 页）；最终，写作是俄耳甫斯在灵感的诱惑中，由于不耐烦而做出的最后僭越，他被歌声粉碎了——这是向着歌而做的献牲。通过僭越行为，他拒绝了作品，但又使作品超过了确保它的东西。

俄耳甫斯的幸运与不幸都在于它所拥有的那种渴望与深渊相联的目光。这富有灵感而又遭禁的目光，使他注定要丧失一切，要遭遇灵感无法补偿的灾祸和失败。因而对俄耳甫斯而言，天赋意味着牺牲，而灵感也必然意味着缺乏灵感。马拉美曾备受枯竭的折磨，并英勇果断地把自己禁闭在这种枯竭中。"他承认这种丧失不可解释为是一个人的过失，也不意味着作品的丧失，而是告示了同作品的相会，以及这种相会的具有威胁性的内在深处。"（第 179 页）而兰波则直接从这种威胁之中逃离出来，并且终身不愿再接近这种折磨。荷尔德林同样，把诗意的时光感受为苦恼的时光，最后却认为"上帝的缺陷帮助了我们"。卡夫卡，这个不幸的人，终身在艺术"这种不幸的意识"中"感人地动摇着"。达·芬奇每次站在画前时，他的不安和那种抓住他的恐惧源于他把绘画视为一种"绝对"。里尔克在自己的诗人生涯中，从要求理想的死亡、忠于己的死亡开始，经历了无名死亡的忧虑，继而转入到关注"忠于死亡的死"——一个不可见的死亡空间。这是事物的内部、真正话语的空间。在此空间里，语言通过丧失自身而进入到它们的储备深处；通过不在场、不可见物的语言，来承担和拯救可见之物。诗歌，就是敞开物，向着死亡说"是"的敞开。

同样，阅读不是重新写书，而是使书自己写成或被写成。这意味着作品仍将被完整地保留在其自身的神秘性、不可占有性，以及读者与作品之间的非对称性中。这从根本上迥异于当代德国接受美学。阅读活动并不是一种生产性活动，读者在作品面前是被动的："阅读并不造成任何东西，不添增任何东西，它让存在的东西存在，它是自由，但不是产生存在或抓住存在的自由，而是迎接、赞同、说'是'的自由，他只能说'是'，并且在由这'是'打开的空间里，让作品动人的决定得以肯定，即作品这种表述——仅此而已。"（第 196 页）

读者向着作品说"是"的距离就是他和作品之间关系的深度。这深度规定了阅读的责任和风险：读者必须学会将作品保持在其自身空无的不安中。"空无的不安"属于作品被撕裂的内在深处，使作品获得了言说"开始"的权能。正是这贫困的财富造成了作品最初决定的丰富，在作品的周围形成了一种"不在场的光晕"（halo）。这个光晕类似于本雅明所说的艺术作品的"灵韵"（aura）——作品的独特性和本真性。灵韵体现了从原始艺术继承的那种巫术祭仪的崇拜功能。其神秘性、模糊性和距离感正是布朗肖强调的艺术作品的特征。[17]然而与本雅明不同的是，当本雅明

---

[17] 本雅明：《可技术复制时代的艺术作品》，选自《经验与贫乏》，王炳钧、杨劲译，百花文艺出版社，1999。

以一个马克思主义者的革命大众立场肯定机械复制对于艺术解放的巨大作用之时，布朗肖却坚持拒绝由科学理性、技术化时代造成的对于这"不在场的光晕"的遮蔽，而要求保持与作品内在深处的间隔。在布朗肖看来，阅读的困难在于：一方面我们天性对空无不耐，我们总是不由自主地想要以世界的各种价值评价来填补它；另一方面，过度耐烦会由于长久逗留于光晕中而失去洞察力，因而又需要有不耐烦来成为耐烦的过渡和出路。

如同节日的时间总是通过回忆来保留，然而却先于回忆一样，作者和读者的时间虽造成了作品时间的发生，却永远是在作品时间"之后"。也正如同节日时间的意义只能部分被同化在意识当中，书籍与写作物虽进入世界并在那儿产生其变形和否定性作品，然而却总是多出一个属于纯文学的维度。这个维度由于携带着过剩的消极性而逃避任何一种决定论，从世界中满溢出来，作为书写行为发生时的原初激情和暴力，造就了世界"内部的遥远"。这种激情对于世界的尺度而言是过度的。

词语，那无法被耗尽的

布朗肖的文学理论在很大程度上继承了马拉美诗学观念中诗意命名的三个维度，亦即语言对于世界的三重否定性。[18] 这种思维

---

[18] John Gregg, *Maurice Blanchot and the Literature of Transgrssion*, Princeton University Press, Princeton, 1994, pp.18–21.

90

模式明显带有黑格尔的思辨色彩。黑格尔指出，从物进入到语言是精神进行自我扬弃的必经阶段，最早的辩证法是通过语言来进行的。事实上，马拉美曾对黑格尔发生过浓厚兴趣。[19]

否定的第一阶段是作为概念的语言对事物本身的否定。"花"的概念恰恰是基于对那具体而独一的花的取消而建立起来的。第二阶段：语言自身的物质性对于作为概念的语言的否定。语言的物质性包括了语言的音、形等影响我们感官的要素，但更重要的，是它们彼此之间的关系。这关系被马拉美称为"音乐"。"音乐"就是那充满整个宇宙的精神之光，其中包含了人类生存的神秘意义。象征主义诗歌的根本信念就建立在对语言这一层面的理解上。诗歌的话语从此不是某个人在说话，只有语言在自言自语。词语已经独立于某物或某人，在其自身有自己的目的。然而，马拉美并没有就此停留，而是试图进入到下一个否定阶段，即通过一本"大写的书"来达到"绝对"。这本"大写的书"将要取消复数的书，而走向一个在众书之后藏匿的"本真的文本"。但这是一个不可能的追求，尽管没有最终放弃这个梦想，马拉美还是理智地承认了失败。马拉美对文学本体论进行探索的结果，是清醒地发现了：文学是一种什么都不是的东西，是"无，这泡沫……"[20]布朗肖的写作和批评正是从这里出发的。

布朗肖认为马拉美的深度在于，他"从对于既成的、具体作

---

⑲ 秦海鹰：《马拉美的文学本体论》，选自《欧美文学论丛（第一辑）经典作家作品研究》，人民文学出版社，2002，第250页。
⑳ 同上，第260页。

品的考虑过渡到了对作品成为探求自己渊源，并欲同自己的渊源保持一致的关注"。（第24页）而同自己的渊源保持一致就意味着同"消亡"保持一致。因为文学并不实存，一切都是话语。"但是在那里，话语不再是其自身，只是已消逝东西的表象，是永不停歇，永无止境。"（第27页）所以文学只是像钟摆一样，为时间的消逝敲打节拍。节拍仅只是缺席的在场而已。这种在场本身的永久摆动作为整体，构成了一种乌有的能力———一切皆是想象物。

怎样的想象物？马拉美将之命名为"大写的书"，但也是一本失败的、不可能的和缺席的书。这种失败意味着什么？萨特认为，这是人的失败：马拉美试图用诗歌语言的自我摧毁作为他反抗社会和实现自我的最有效行动，然而他没有改造世界，而仅只是把世界放进了括号。[21] 而布朗肖却相反，他将这种失败、不可能性和缺席视为"未来之书"的可能性：书的缺席召唤着书写的未来。正是这种失败、无法消除、不可还原的残剩物——"这词本身：这就是"——在断裂的独一无二的时刻，"变成了那种宣告存在的东西"。这个独一无二的时刻犹如作品的作品，是属于不可能性的另一时间，写作只是始于此时。

布朗肖和萨特的文学观的差异在此有了针锋相对的表现：一个认为，写作是去接近不可能性的点，只有不可能性才构成了书的未来，作家应当忠实于不可能性；另一个则彷徨在文学的可能

㉑ 秦海鹰:《马拉美的文学本体论》，选自《欧美文学论丛（第一辑）经典作家作品研究》，人民文学出版社，2002，第263页。

性和不可能性之间，最终仍返回了人本主义立场，却只有以"人
的存在的不可能（人的存在始终是个问题）"来匆匆了结。

从"延异"的角度，德里达呼应了布朗肖对"失败"的理解：
马拉美不是没有成功地实现那本书，而是成功地没有实现那本书。
唯其未实现，它才是一种纯粹的差异和延宕，才能保持自身的同
一性，因为只有差异能与自身同一。[22]

布朗肖从马拉美的诗学中经历了语言的完成和消失。中心点
就是这两者的偶合之处。在这个点上，文学体验达到了最隐蔽的
时刻，然而又没有不被说出的东西。经历了奥斯维辛事件之后的
欧洲诗歌，单子式的文字从语法和意义中破碎开来，飘零漫漶，
像四处播撒的骨灰，感染了一切书写。灾异和对这场灾异无言的
震惊成为欧洲写作的原初场景。文学一面藏身于失忆的屏障之后，
一面透过这个屏障来指涉和见证，但这已是不可能的见证了。

文学与"他者"

海德格尔试图以诗意的道说（Dichtung）来摆脱传统形而
上学和主客体对立的美学立场。布朗肖一方面继承海德格尔诗
学中不断生成变化的拓扑性（topological）[23]，另一方面，由于他

---

[22] 秦海鹰：《马拉美的文学本体论》，选自《欧美文学论丛（第一辑）经典作家作
品研究》，人民文学出版社，2002，第265页。

[23] John Gregg, *Maurice Blanchot and the Literature of Transgrssion*, Princeton
University Press, Princeton, 1994, p.15.

以流亡的存在来代替海德格尔那个渴望返乡并栖居于大地的存在，他的"书写"并不同于海德格尔的诗意道说。

　　对于海德格尔，真理的生成不依据世界历史中的时间，而是发生于从时间中绽出的、无时间性的深层空间领域。艺术就是这个让真理自行发生的地方。在《艺术作品的本源》中，海德格尔以现象学方法描述了艺术作品是如何在其中心敞开了一片宽阔之地，在其开放性中，每件事物都与它在此世界中的所是不同。这意味着世界和历史都处于未完成过程中，世界世界化："它比我们自认为十分亲近的那些可把握的东西和可攫住的东西的存在更加完整。世界绝不是立身于我们面前能让我们细细打量的对象。"[24]例如，他从一座希腊神庙作品中看到的是："神庙作品阒然无声地开启着世界，同时把这世界重又置回到大地之中。"[25]而大地是"一切涌现者的返身隐匿之所，并且是作为这样一种把一切涌现者返身隐匿起来的涌现"。[26]大地作为世界的不可见的他者，通过艺术作品而被揭示出来，置入了世界的敞开领域中。

　　海德格尔认为，艺术作品是世界和大地的争执在其中发生的地方，这个辩证法部分地为布朗肖所继承——作品是"对立物令人激动的结合"。（第230页）但是，布朗肖的大地与海德格尔的大地有根本不同（参见前文第二部分）。他以"移动的"大地拒绝了海德格尔那种去蔽式的真理观。海德格尔的"真理"作为对存

[24] 海德格尔:《艺术作品的本源》，孙周兴译，上海译文出版社，1997，第28页。
[25] 同上，第26页。
[26] 同上。

在的揭示（disclosure），是通过一种自上而下的光照使一片林中空地被开启出来。但布朗肖的艺术作品是一个"非—真理"的（non-truth）、不可被揭示的（uncovering）地方，始终戴着一副"no"的面纱。㉗ 这个"no"不是黑格尔式的否定，而是"不可能性"对"可能性"的拒绝、混沌的不可表象化。大地是永远绝对的黑暗、"基本的黑暗"（第230页）；是马拉美的"子夜"、卡夫卡的"荒漠"和"异乡"。这个黑暗的本质不可能被去除。它只是通过作品"释放出来了，变成可看见的东西，衬托在某种像以太般透明的东西上，作品成为那种充分展示的东西，变得更有光彩的东西，即荣耀的充分展示"。（第230页）在布朗肖那里，作品的"光"只是"黑光"———一个自下方而来的夜，一种将世界解散的光，一次又一次地将世界带回其源头：那永不消逝的喃喃之声。

与布朗肖的"书写"相比，海德格尔通过 Dichtung 进行的还乡式漫游虽与那不可穷尽的他异性事物对话，但仍保留自我回复的一极，并未完成对绝对他者的肯定，解构也还有许多未竟之处。在他那里，诗歌语言的存在论启示仍保留了光的隐喻以及与之相应的同一性，仍继承了希腊传统中那个光与统一体的世界。而列维纳斯的他者伦理却批判了希腊传统理性之光的孤独及其可能蕴含的遗忘他者的暴力性。在此意义上，列维纳斯认为，海德格尔的现象学与存在论仍然没有尊重他者的存在和意义，因而同样沦

㉗ Emmanuel Levinas, "The Poet's Vision," *Proper Names*, Trans. Michael B. Smith, The Athlone Press, London, p.134.

为了暴力的哲学。[28] 布朗肖同列维纳斯一样，将我与他者的关系奠基于不可见的"言说"（Le Dire）。此"言说"首先意味着对他者的回应，而非独白。"言说"的空间是一个有间隔的空间。此间隔并非物理性的，而是伦理的差异——我与"他"之间的非对称性，"他"永远在我"之先"。"言说"是与他者不透明的接触，不能被还原为可见性，因此，"言说，不同于看"。[29]

虽然布朗肖在《文学空间》尚未像在《无尽的对话》中那样，将语言明确为交谈的发生，但他已在此书中敞开了这样一个语言内的空间和距离。在此，存在话语的发生既非作为可见的、为光所充满的在场，亦非光的不可见的缺席，而显现为缺席的在场。"在那里，话语需要回荡和被听到的空间，在那里，空间在变成话语的运动本身的同时，成为知晓的深度和颤动。"这是一个具有厚度、物质性和情感性的空间，一种"面对面"的关系。

就这样，通过文学空间，可见物（语言）转变为不可见物（他者），从而进入到存在与自身的"外部"。然而，与列维纳斯不同，布朗肖格外强调他的"言说"是一种"写出来的"话语（the speech of writing）[30]，一种隐匿于不在场的声音，也是不可能的"言说"。这个"不可能"仍然成了他的他者与列维纳斯的他者之间的一个间隔，以保证他的他者的绝对中性化本色——他的他者只是"相似于"列维纳斯的他者，这个"相似"（resemblance）即是文

㉘ 德里达:《书写与差异》，张宁译，生活·读书·新知三联书店，2001，154 页。

㉙ Ullrich Haase and William Large, *Maurice Blanchot*, Routledge, 2001, p.75.

㉚ Ibid., pp.78–80.

学空间。

"相似"最初是由列维纳斯在《现实及其影子》[31]一文中提出的概念。列维纳斯在这篇文章中颠覆了传统的艺术观念，认为作为艺术基本元素的形象（image）不是产生于模仿，而是产生于相似。模仿意味着等级，一种概念式的捕获，而相似则使形象与现实的关系中性化了。相似是一段有吸引力的距离，它的发生是由于世界的情感性特征。[32]它击中我们，使我们处于被动中。形象并不生产概念、认识、真理，也不包括海德格尔"让……存在"的结构。如此种种都不过是在把"他者"转化为某种权能。形象犹如艺术家聆听的缪斯的声音，纯粹是音乐性的——有节奏而无声的乐音。聆听顺从并跟随于节奏的强制力，就是让自己被空出，让那不可被命名的到来，成为"他……他……他……"事物因为形象而产生分离，而外在于自身。分离就是起源。

布朗肖则更彻底地让形象抛弃了世界而退缩到世界之内，吸引我们脱离当下时空，进入到另一种缺席的在场。他说，形象暗示着一个空无。但对这个空无，形象又是一种差错。"差错

---

[31] Emmanuel Levinas, "Reality and Its Shadow," *Collected Philosophical Papers*, Trans. Alphonso Lingis, Martinus Nijhoff Publishers, 1987.

[32] 人由于自身所具有的情感力（sensation），是在形象的空间，而非概念的世界里生存着。列维纳斯在他的哲学中认为，正是人的感受力（sensibility）组成了人的自我性。情感力正是人与万物区分并能作为万物尺度的根据，也正是情感力成了每一种系统的出口。（参见 Emmanuel Levinas, *Totality and Infinity*, Trans. Alphonso Lingis, Martinus Nijhoff Publishers, 1979, p.59.）这与海德格尔认为哲学源于 pathos 是相近的。（Heidegger, *What is Philosophy*? Trans. William Kluback and Jean T. Wilde, College & University Press・Publishers, New Haven, Conn., p.81, p.89.）

（erreur）的意思是弄错（errer），是无法停留，因为所在之处缺少一种决定性的此地的条件。"（第245页）然而写作却只有通过这一系列没有终结的错误才能承受住空无。形象是从不可能性通往不可能性的可能道路（那是土地丈量员 K 的道路），虽然它"并不能使我们免遭这间隔的盲目压力"，但至少允许我们在艺术许可的幸福遐想中等待。"如果我们一起等待，每样事物都将改变。"果真如此？

艺术借着似是而非的形象发出了神奇诱人的召唤。K 已经走了很久，但仍然像是在原地兜圈子。（这也正像是我们对于布朗肖的阅读！）这迷惑而被动的状态无法被命名。在此状态中，正如死不是关于死亡的谈论，爱也不再是爱的意义和可能，一切都在经受某种不可能性的颠覆，这意味着某种"革命"。

这是怎样的"革命"？他引用托尔斯泰的小说《主与仆》：死亡的冰雪之夜，财主瓦西里"突然地"躺在了尼基塔身上（试图温暖即将被冻死的仆人）。"他感到十分惊讶，……这是在此之前他从未经历过的。"（第166页）布朗肖有意以一种淡然的口吻来讲述这个惊人的宗教故事，淡定地否定一切从此世界理解这故事的企图，大概是为了更好地保护这个故事、更好地回到这个故事的不可能性本身。他是那种在看似漫不经心中加速的人，很容易在我们还没回过神来的时候就把我们抛下。我们应当极其小心，以免将自己的愿望强加给他，而他却已经摆脱自己，迅速地进入了一种我们尚未习惯的转换。他继续保持着一贯谨慎克制的语调，却瞬间滑入了一片抒情的核心："这动作并不意味着什么，它简单又自然，它并非是人性的东西，而是不可避免的：正是这一切必定会发生，他无法避免这样做，这更有甚于他难免一死。躺在尼基塔身上，这就是死亡向我索取的不可理解的和必然的行动。"（第 166 页）

在布朗肖那里，爱和死亡一样，自"外部"和"另一个夜"潜来，动摇了这世界的法则、结构与界限。这种动摇，就是文学与革命。

"诗歌是由渴望实现的并依旧是渴望的那种爱。"（第 191 页）

（原文曾发表于《跨文化对话》，总第 16 期，上海文化出版社，2004，有修订）

黑暗的心脏：再思布朗肖

康拉德在《黑暗的心脏》中如此描述马洛对荒野之子库尔茨的感受："是一种声音。他和一种声音差不了多少。""它把我激动得热血沸腾。这篇文章具有雄辩的天才——美妙的措辞——炙人心房的崇高辞藻所含有的那种无穷力量。文中没有任何一句涉及实际问题。唯恐打断他那魔术般的语流。""他本身就是一种深不可测的黑暗。我在看他时，就仿佛窥视一个躺在阳光永远照不到的深渊最底下的人。"

查尔斯·泰勒指出，在康拉德《黑暗的心脏》那里，现代人内心世界的荒野就已经被作家的直觉所描述与呈现。的确，而且不仅如此，文学的现代性，从某种意义上也可以说，是作家从感觉到黑暗，投身于黑暗，到让黑暗成为现代人的宣言的过程。布朗肖正是这样一位黑暗的代言人。如果不知道以上引用的话出自康拉德《黑暗的心脏》，我会以为，这个"他"很可能就是布朗肖。布朗肖是这样一个大胆、神秘而富有魔力的声音。无论生前还是死后，他的余音都像幽灵。他的文字编织成不朽命运的磁场。人们一旦与其相遇，就深陷其中、难以自拔，像《黑暗的心脏》中，迷失在库尔茨声音里的马洛。这声音令人既爱且恨，让人情不自禁地顶礼膜拜，在不知不觉中投身其诱惑，去经历那些属于荒野的荒诞与悲喜。

布朗肖指出：文学就是关于文学是什么的追问，而文学又不再是任何事物。他就是在"文学"这个令人却步的深渊面前开始写作，孤独而骄傲地迈向"荒野"——这"荒野"，既是现代文明的异域和他者，更是一切意义的流放地。如果说，《黑暗的心脏》象征人性中尚未探明的、暧昧而隐秘的本质，揭示了人性中过去被忽视、如今随着现代文明进程而被发现的"殖民地"，那么，布朗肖独特的"艺术书写"（Arécriture），则是荒野活力的正面表达和至高宣言。如果说，康拉德的小说主要以侧面烘托的笔法，借助马洛的感受来呈现荒野之子库尔茨不羁的灵魂，那么，布朗肖的作品，正像库尔茨的灵魂转世："……荒野的那种深沉无声的蛊惑力……将他拉进它的无情的怀抱中去……正是荒野的这种魅力，引诱着他无法无天的灵魂，越出了人的欲望所能容许的限度……他早一脚将自己从地球上蹬开了……他把我们这个地球踢得粉碎，他已经孑然于尘世之外，就是站在他面前的我，此刻也不知道是飘在空中还是立在地上……我看到了一个肆无忌惮、毫无信仰、天不怕地不怕、然而却又盲目地跟自己作斗争的令人难以置信的神秘灵魂。"

布朗肖是谁？他是法国解构主义思潮的鼻祖，海德格尔的法国学生及批判者，巴塔耶的知己，与列维纳斯终身保持距离的朋友，德里达、福柯的师尊与友辈。他的写作，无论是"叙事"（Récit）、"理论（文学批评为主）"，还是介于二者之间，且不同于一切文体的"碎片"，都在反复捍卫"荒野"的权利。只不过在他那里，荒野更加形而上学化了：它是一切神秘的、非本质事物的隐喻。它唯一的本质，就是非本质，就是"空无"。"死亡""中性""他者""晦暗""疯狂""另一个夜"等，都是其指代。最终，布朗肖声称：文学和艺术的绝对任务，就是要捍卫"死亡的权利"，进入死亡"不在场"的被动性；文学，就是"荒野"中的朝圣之旅——他在《文学空间》中称之为"移动的、黑暗的大地"。投身这个无尽的深渊，就是"灾难的书写"（l'Ecriture du Désastre）。他取"灾难"（Dés-astre）一词的双关义：既指"不幸"，亦指"流亡在星球之外、非星球的"——"astre"是"星球"的意思。

从思想史的角度看，布朗肖的解构冲动背后，不无对 20 世纪欧洲历史灾难的批判性反思。他的批判立场由于挑战黑格尔、海德格尔这些哲学大师、反抗形而上学与历史灾难的共谋而令人瞩目。在此意义上，他和阿多诺有相似之处：文学和艺术成为以隐秘的方式见证苦难的乌托邦。在这个"非—哲学""非—真理""非—存在"的乌托邦，抗辩哲学曾以"真理"或"存在"之名，背书一种否定乃至消灭他者的社会历史理论。

然而，思想史的诠释虽让布朗肖艰涩的文字稍可理解，却无法解码他冷静声音背后的白色狂想曲，无法破译其中高智商的野性力量究竟源于人性哪一种失败和胜利。布朗肖，这位视语词和写作的抱负高于一切生活理想的人，值得我们再思。这位早年排斥他者的右翼知识分子、民族国家主义者，后来由于二战爆发而自省，坚决走向解构主义，走向法国"五月运动"的游行队伍前列，反抗一切传统和意义，维护一切"他者"。不过，虽然反抗权威，他却自始至终保持精神贵族的权威，爱惜自身的神秘性，从不在媒体抛头露面，照片也不外流。他毫无保留地赞美萨德，但绝非庸众取乐，或哗众取宠，而是同巴塔耶一道，将萨德的性虐狂世界进行了一番精致而深刻的处理。巴塔耶以反神圣的神圣曲调为萨德行圣礼，布朗肖则认为，由于将罪行看得比淫荡更重要，萨德的性虐狂世界通过否定自我欲望的冷漠，来积聚使一切存在战栗的"负"能量。萨德经由此冷漠而非欲望，登上了布朗肖眼中独享"死亡"之"至高权力"的文学宝座。

谁是布朗肖？——一个将"荒野"进行精致化、神秘化乃至神圣化处理的天才。其处理方式，是通过征服自我对荒野的恐惧感，通过让自我变得比荒野更像荒野，来赢得对荒野的"胜利"。这正是康拉德借马洛之口说出的库尔茨的"胜利"。临终时分的库尔茨，以"含有坦白、含有坚信、含有颤动的反抗语气"，道出了他一生的真理："真可怕啊！真可怕啊！"这，就是在虚无主义的荒野中朝圣的现代人的处境。库尔茨或布朗肖们的"胜利"，在于将不幸作为契机，让自身变得比灾难更富于灾难性，比黑暗更黑，直至成为黑暗的心脏。

布朗肖因此成为现代文学精神的"先知"。现代文学的辉煌，很多时候行进在他标明的方向上。在这里，死亡是绝对真理，恐怖充满诱惑，罪即是美，语词取消生活。写作无意义的意义，是要成为荒野之子、黑暗的心脏。在这个方向，正是在这个方向上，中国作家圆了诺奖大梦。而我们则清晰地听见马洛喃喃自语——"是一种声音！一种声音！它直到最后听起来还那么深沉。他用口若悬河的辩才掩盖了内心的阴暗空虚，虽说现在这种力量已经消失，但声音依然存留下来。"

（原文曾发表于《中国社会科学报》，2013 年 7 月 12 日，B01 版，原标题为"黑暗的心脏：布朗肖与灾难的书写"，有修订）

从诗与哲学的古老论争看诗的哲学:《善的脆弱性》述评

当代美国著名古典学与政治哲学家玛莎·纳斯鲍姆的成名作《善的脆弱性:古希腊悲剧中的运气与伦理》,改变了人们惯常接近希腊古典文学与哲学的思路。我们既可以在她的研究中看到深厚扎实的古典学素养,也能感知其中包含的激烈的现实关怀。一种对道德问题极富想象力的把握渗透在她论证严谨、逻辑严密的学院式表述中,令此书在当代美国普遍显得单调沉闷的分析哲学著述中,成为一抹罕见的亮色。

首先应当说明的是,标题"善的脆弱性"中的"善"(goodness)不能完全对应我们中文语境中"善"字的含义。这个"善"(goodness)既不是指古希腊哲学家所追求的那种通过理性来自我实现的德性的卓越,也不是我们日常语言中常说的某人的"心地善良",而是指一种可能实现的人类生活的"欣欣向荣"或者"幸福"。[①]"幸福"(eudaimonia)在古希腊人那里不是后来人们通常理解的一种主观的心理状态,不是指一种静态的满足感

---

① 玛莎·纳斯鲍姆:《善的脆弱性:古希腊悲剧中的运气与伦理》,徐向东、陆萌译,译林出版社,2007,修订版前言,第 2 页。

① 玛莎·纳斯鲍姆:《善的脆弱性:古希腊悲剧中的运气与伦理》,徐向东、陆萌译,译林出版社,2007,修订版前言,第 2 页。

和快乐感，而是指"一种本质上具有活动性的东西"，是动态性地"过一种对个人来说是好的生活"。[②]"幸福"这种值得称赞的活动"不仅仅是生产性的手段，而且也包括实际的构成要素"；它的实质是社会性的，同外界和他人的关系密切相关。[③]

作为"goodness"的"善"一直是热爱城邦生活的古希腊人追求的最高人类价值，也是他们自我完善的目标。然而，对"善"（goodness）在现实生活中的脆弱性的观察和思考使纳斯鲍姆发现，古希腊悲剧和哲学在看待个体生命的偶然性（运气）问题上存在着较大差异。如何看待运气涉及如何理解"什么是（在运气影响之下的）好的人类品格"，亦即"什么是美德"。这种差异反映了悲剧诗人和哲学家理解"什么是好的生活方式"这个问题上的分歧乃至冲突，这就是诗与哲学的古老论争。

简单说来，纳斯鲍姆认为，冲突实质在于，文学关注独特个人和具体事件，强调情感在美好生活中具有不可或缺的价值，而哲学则总想将具体抽象为一般，用理性来统治个人的脆弱情感，以便获得一种更为合理的生活。围绕这个分歧，纳斯鲍姆这本书以比较的方法展示出，在古希腊世界曾出现过有关"什么是美好生活"以及"如何可能过一个美好生活"的深刻辩驳，这些辩驳对今天的生活仍深具启发。

---

② 玛莎·纳斯鲍姆：《善的脆弱性：古希腊悲剧中的运气与伦理》，徐向东、陆萌译，译林出版社，2007，修订版前言，第8页。
③ 同上。

悲剧对善的脆弱性的伦理关怀

人类对伦理和命运的察觉总是从对个别具体的关注开始。在《善的脆弱性》这本大书中，通过对埃斯库罗斯、索福克勒斯和欧里庇得斯戏剧作品的考察，纳斯鲍姆向我们指出，纯粹命运的不幸在于它在无表达的沉默中并不寻求也不可能获得救赎，而一旦成为一种悲剧的文学再现，它就会由于其基本的言传力量，表现出悲剧诗人对不幸的思考和隐匿在文学表达中的批评。纳斯鲍姆认为，悲剧实际上留给它的观众这样一个问题："命运在多大程度上是我们的责任？"也就是说，悲剧虽向我们揭示出人类生活中属于偶然性、运气、反复无常的自然这一部分，然而却没有暗示我们从此可以放弃道德努力，而将悲剧空间转让给了那无法缓和的必然性和命运；相反，一种内在的亲密性存在于悲剧和救赎之间，犹如一个钱币的两面："悲剧向其观众提出挑战，要求他们积极地生活在一个充满道德挣扎的地方，在那个地方，某些情形下，美德有可能会战胜各种反复无常的不道德力量，而且，即便不是这样，仍然可以因其自身的缘故而闪闪发亮。"④ 当然，悲剧及其观众之间具有道德辩驳的对话并不必然就会发生，因为悲剧之所以为悲剧，常常在于人们缺少足够的道德力量和敏感性来中止命运的诅咒。

因此，悲剧虽未提出犹太—基督教式的上帝救赎之诉求，却

---

④ 玛莎·纳斯鲍姆:《善的脆弱性：古希腊悲剧中的运气与伦理》，徐向东、陆萌译，译林出版社，2007，修订版前言，第 37 页。

潜在地诉诸人对自身责任的醒悟。在古希腊人那里，具有道德超越的位格神尚未存在，诸神行为的道德和容易犯错的人一样值得质疑。亚里士多德甚至在根本上否认诸神具有道德上的美德。这种诸神体制为人的伦理思想的登场进行了铺垫。纳斯鲍姆指出："古希腊宗教体制的外形与古希腊人直观的伦理思想是相一致的；它们相互塑造和渗透。"⑤

古希腊人直观的伦理思想在悲剧表演场景中得到了充分体现。悲剧舞台呈现生活的复杂性，以一种具有创伤性的灾难场景促使观众追问：灾难的原因有多少是出于一种永恒的必然性，而又有多少是出于诸神和人的懒惰、恶意、自私和愚昧？悲剧常常开始于对灾难的这种观察：灾难习惯于重复自身，在暴力和诅咒的传染与繁殖中没有出口。早在哲学诞生之前，希腊人就认识到这种命运暴力的存在，也认识到仅凭个人德行不足以承担和走出悲剧，然而，如果放弃人的责任和同情心，放弃对不幸进行必要的干预，那么悲剧就不仅仅揭示命运，还将反映人的邪恶。

纳斯鲍姆认为，同现代伦理理论尤其康德以来的道德主义相比，希腊人这种直观的伦理思想的独到之处在于，它揭示出人类生活可能是这样一种奇异的混合：一方面是个人内在的清白无辜（如俄狄浦斯千方百计地逃避杀父娶母的诅咒），个人出于善良意志而对单方面正义的坚持（如阿伽门农为了城邦利益而杀女献祭，

---

⑤ 玛莎·纳斯鲍姆:《善的脆弱性：古希腊悲剧中的运气与伦理》，徐向东、陆萌译，译林出版社，2007，修订版前言，第601页。

厄忒俄克勒斯为城邦的安危而同自己的兄弟决一死战，克里翁出于城邦正义而处死违背城邦法律的安提戈涅，而安提戈涅则为了坚持"神的法则"而牺牲，等等）；另一方面，这种个人德性与卓越不但无力解开命运的咒语，甚至还会帮助命运施展它的暴力。

　　至于这命运究竟是什么，悲剧诗人并未通过定义来告诉我们。他们只是用不同的人物、情节和冲突，用形象、音乐和沉默，通过激发观众的想象力和情感来让人思考。命运是连奥林匹斯山上的诸神之神宙斯也要敬畏的至高法则？是人的祖先从神那里得到的祝福或诅咒？是一种自然魔力，人类无法驾驭和预测，因而只能承受它带来的偶然和运气？事实上，希腊人理解命运的深刻之处就在于他们明白了"性格即命运"。冲突的环境只是对性格的测试与展示。真正促成命运的，除运气外还有行动者一贯的品格特征，例如阿伽门农的慎思和厄忒俄克勒斯的自欺（他下意识地否认血亲的意义）。命运是什么并不仅仅被动地取决于命运，在没有性格的人身上不会遭遇命运这种东西。然而什么是性格？希腊悲剧通过那些悲剧英雄的形象，通过他们之间无法调解的冲突和斗争，通过愤怒、恐惧、激情与死亡来表现它，通过把我们带回栩栩如生的实践选择所要面对的复杂"现象"来揭示它。

　　悲剧通过表演而呈现的命运、冲突的环境与人物性格的矛盾交织引发人们对实践智慧小心翼翼地追问。对实践智慧在复杂多变的生活世界的奇特历险，纳斯鲍姆借用《安提戈涅》一剧的关键处出现的"奇异（deinon）"一词来概括。该词先是出现在开场的合唱歌中——"奇异的事物虽然多，却没有一件比人更奇异"，然后又出现在结束语中——"命运的威力才是奇异的"。纳斯鲍姆认为这个含意丰富、耐人寻味的希腊词反映出了希腊悲剧深刻内涵的蛛丝马迹：

　　它（这个词）最常见的用法是用来形容奇迹和敬畏感。但是在不同的语境中又可以用来指人类理性的光彩夺目，罪恶的极度恐怖，以及命运无常的巨大威力……deinon 又通常暗含着不和谐的意思：与周围的世界不相配，或者与预期不符，与欲望不配。人会被它惊吓住，无论是好还是坏。正因为 deinon 一词的含义丰富，它可以在表面上听起来是在称赞，而实际上却是要表现某种可怕的意见。"奇异的事物虽然多，却没有一件比人更奇异。"这一开场的合唱歌是对人的非凡的赞美。然而同样不平常的是看起来很让人失望的结束语"命运的威力才是奇异的"。看起来奇异和完美的人，一下子变得非常野心勃勃，要来简化和支配世界。而偶然性，人们所畏惧和厌恶的对象，同时又可能成为绝妙的良药，人类生活由此改变了方向，而变得夺人心魄和灿烂如花。因此 deinon 一词可以在戏剧中起着重要作用：研究美与不和谐、价值与饱经风霜、卓越与意外之间的关系。⑥

　　在纳斯鲍姆看来，"奇异"在悲剧中的意味深长之处，乃是

---

⑥ 玛莎·纳斯鲍姆：《善的脆弱性：古希腊悲剧中的运气与伦理》，徐向东、陆萌译，译林出版社，2007，修订版前言，第68—69页。

命运的威力同具有强大性格和意志力的悲剧英雄的遭遇。这种遭遇揭示出人的理性在好的人类生活中的局限，从而促使人们追问一种更为健全也更加负责任的实践智慧。

诗人对理性在好的人类生活中的局限性的认识

简单地说，纳斯鲍姆认为希腊悲剧的主题（"面对命运的存在人应该怎样生活？"）里包含对人类生活的这个基本认识：人的生活并不只是从自己以及自己的理性开始；我们在此世总是同他人、同在我之先的世界一道生活，只能通过他人来学习和展开生活；并且我们生活的幸福与否，除了取决于自己的行为、能力和德性之外，在感情和现实上都外在地依赖于他人、环境和机遇。

因此，在《善的脆弱性》一书扉页，纳斯鲍姆便引用品达的赞歌，其中包含这样的句子："人的卓越生长如一棵葡萄树，被绿色的露水浇灌，在智慧而正直的人中成长，朝向清澈的天空。"葡萄树的比喻意味着我们在这个世界的生活并不是自足的，而是需要被营养和浇灌。人有行为的主动能力，但同时也是一棵葡萄树，需要借助于外物的支撑才能向上攀援，朝向天空。由此纳斯鲍姆指出，当评价一个人时，希腊人会思考，在多大程度上人们能区分开来，什么是这个世界应当负责的，而什么是人们自己应当负责的。

人生在世的偶然性与命运问题促使希腊人追问，怎样才能控制住厄运与不幸，以获得理想的人生。他们很自然地朝向理性的阳光。比起不可控制的外部世界和他人，理性是人们内在的自由，是人面对现实生活的残缺而仍然可以保持内心自足的高贵部分。然而，另一方面，希腊诗人又直觉到了理性的局限：人的理性远不能全然解决生活的幸福和正义问题，远不能回答一个值得去活的人生所面对的复杂选择和价值问题。他们直觉到在偶然性和变化中，在冒险中敞开的人性经验里有一种美，这种美使得神也忍不住要爱上凡人（"诗人描写美少年伽倪墨得斯在浴后拭干自己的身体，像露水一样的清爽和潮润。宙斯出于对他的爱，准许他永生不朽，但从那一刻起，这种美貌和性感就从他身上消逝了"[7]）。同样，奥德赛也坚持选择他在人间日渐衰老的妻子，愿为此放弃海中女神卡吕普索的永恒魅力。[8]

希腊诗人认识得很清楚，美是同生命的脆弱相关的东西，犹如鲜花的芬芳，纵然短暂，转瞬即逝，却不能被任何精美绝伦的工艺品取代。"尽管人类生活的种种可变性、偶然性使得赞美人性变得困难，但在另一方面，从一种尚不明朗的角度上说，又正是这种偶然性才值得赞美。"[9]然而，希腊悲剧诗人也并非现代的唯美主义者。在他们对美的理解背后有一个潜台词：生命需要得到拯救。因此，希腊悲剧诗人的写作并不以美为鹄的，更不追问什么

---

[7] 玛莎·纳斯鲍姆：《善的脆弱性：古希腊悲剧中的运气与伦理》，徐向东、陆萌译，译林出版社，2007，修订版前言，第2页。

[8] 同上，第3页。

[9] 同上，第2页。

"文学性",而是更多地思考伦理。

从古希腊人开始的对命运的思考深深地影响着希腊哲学的面貌。从柏拉图、亚里士多德到马基亚维利、海德格尔,哲学家们的一个重要主题就是怎样驯服命运的暴戾。就此而言,哲学家和悲剧诗人分享了同一个问题。然而,与悲剧诗人不同,哲人试图通过理性沉思、认知和基于认知的系统性把握,以及对纯粹性的追求,来驱逐命运的阴影。直接受到悲剧传统重要影响的柏拉图认为,灵魂只有通过理性的奋斗、通过个人德性来对世界中的那些不可靠的特点进行"束缚"和"诱捕",才能返回到至高的善,也就是至高的美那里,也才能获得永恒的、超越此世的生命。这样,此世生活无论如何,都不能影响和剥夺哲学家的永生。显然,这和悲剧诗人对人所不能控制的命运、偶然性和运气的思考完全不同。

由此,在《善的脆弱性》中,纳斯鲍姆对古希腊时代两种主要人类精神进行了对比。在以柏拉图为代表的哲人那里,美德奠基于像大海上的航船那样滴水不漏的理性。行动者在生活世界扮演狩猎、围捕者的角色,作为纯粹主动者而具有男性气质。他试图不间断地追逐和控制目标对象,直到最终消除一切外界影响。他拥有作为纯粹阳光的理智,具有坚强而不可渗透的灵魂,只信任稳定不变的事物,因此也只有理性才是他完美的伴侣。他过着孤独的好生活。另一方面,在悲剧诗人那边,理性作为狩猎者的图像被对立的另一幅图像批评和限制,这另一幅图像将运气对理性的影响考虑在内。这里,美德(aretē)被比喻为一棵树。行动者作为植物、儿童、女性（或者具有两性特征）而兼具主动、被动和受动性。行动者的灵魂虽具有一定结构，但却像多孔的生命体一样，可以呼吸透气。他或她的理智不是铁板一块，而是柔性的，像灌溉的水一样，能够面对不稳定和多变的世界来进行调适，既可以接受，也可以给予。对于他或她来说，好的生活是和爱人、朋友和社群一起实现的欣欣向荣的生活。[10]

因此，柏拉图在《理想国》里批评悲剧诗人，这首先是一个生活方式的冲突：在面对人应当怎样生活的问题上，悲剧诗人提供的视野和生活方式，足以成为哲人的敌人。柏拉图担心哲人的生活方式，即通过理性和德性实现自我拯救，不但不能在城邦的庸众生活中实现，相反还可能受到庸众生活的迫害，例如苏格拉底之死。正是基于这种对哲人和庸众生活冲突的考虑，柏拉图设计出理想国。它的宗旨是让哲人能最大限度地实现（哲人的）理性与德性，而非正义（哲学家会把正义还原为"什么是正义？"）或民主。事实上，柏拉图自己也很清楚理想国的界限：它更多是哲学或者说是一种政治哲学，而非政治，因为政治还有另外的维度，比如说悲剧诗人的视角。然而在一个由哲人王治理的国家里，诗人煽动软弱的想象力和情感，提出同哲人完全不同的世界观，扰乱理想国秩序，当然要被逐出城邦。

---

[10] 玛莎·纳斯鲍姆：《善的脆弱性：古希腊悲剧中的运气与伦理》，徐向东、陆萌译，译林出版社，2007，修订版前言，第26页。

希腊悲剧对今天反思哲学和文学的启示

随着哲学时代的到来，希腊悲剧逐渐消失，但又不时在哲学的危机时候返回。危机时代的思想家和作家们常常会重新从悲剧诗人那里获得灵感，重写或重释悲剧。这些阐释可能是哲学的，也可能是政治历史的，但它们首先来自作为整体的悲剧作品自身。纳斯鲍姆指出，整体悲剧作品呈现的复杂视野不应被任何对其故事和片断的示意性引用与裁剪替代："不像在哲学里只是利用一个相似的故事作为示意性例子，一整部悲剧能够追溯一段复杂思想模式的历史，展示它在一种生存方式中的根源，并预期它在这种人类生活中的结果。正因为如此，它使我们体会到了真正思想的困难、复杂性和不确定性……解释一部悲剧，较之评价一个哲学例子，是一件更困难、更不确定、更神秘、更不可思议的事情；即使这部悲剧在以前已经被评述过，它还是有不竭的吸引力，可以经受再评价，在这一点上哲学的例子是做不到的。"⑪正是希腊悲剧的文学性使它具有如此独特的魅力，经久不衰地对后来的哲学和伦理学的思考产生影响。

而另一方面，将希腊悲剧的文学性同现代人追求专业化和抽象化的"文学性"相比，我们又发现，希腊悲剧具有更为深远的向人们的生活说话的能力。这使我们重新意识到，文学自其古典时期就承担着思考"人应当如何生活"的使命。该问题并非哲学

---

⑪ 玛莎·纳斯鲍姆:《善的脆弱性:古希腊悲剧中的运气与伦理》，徐向东、陆萌译，译林出版社，2007，修订版前言，第18页。

的专利。相反，文学思考能提供哲学缺少的视野，甚至挑战哲学
的思维方式。纳斯鲍姆指出，在公元前 5 世纪和公元前 4 世纪的
希腊人看来，现代大学中的学科分割机制既不自然也不合理。在
他们那里，不需要把文学同哲学分开，也无法将美学同伦理学分
开，因为它们面对的，其实是同一个问题：

　　诗剧和今天被我们称为"对伦理的哲学性探索"的东西都作
为同一种追问而被同一个独一而又普遍的问题很有典范性地架构
起来：即人应当怎样生活。对于这个问题，无论是像索福克勒斯
和欧里庇得斯这样的诗人还是像德谟克利特和柏拉图这样的思想
家，都被认为提供了某种回答；当然诗人与非诗人的回答常常是
不可比较的。像柏拉图在《理想国》中所称的那个"古老的诗人
与哲学家之争"（这是在柏拉图自己的方式上所说的"哲学家"）
仅仅关乎一个独特的主题，这个主题就是人的生活以及应该如何
去活。这个争论既是关于文学形式也是关于哲学内容的，是关于
这样一种文学形式，这种文学形式被理解为承载着特定的伦理优
先性，某种特定的选择和评价，而非其他。写作形式并不是被当
作一种任何内容都可以无差别地倒入的容器。形式自己就是一个
声明，一种内容。⑫

⑫ Nussbaum Martha C, *Love's Knowledge: Essay in Philosophy and Litterature*, Oxford University Press, 1992, p.14, pp. 15–16.

　　纳斯鲍姆提醒我们,曾经存在过这种文学,并不以"文学"来作为自己是什么的参照,无须通过寻找和肯定"文学自身"来肯定自己。并没有一个所谓文学的内在标准和观念,来使文学成为文学的。恰恰相反,它之所以是文学,在于它表达的伦理内容,以及它对于"人应当怎样生活"的独特追问和回答方式。

　　如此一来,希腊悲剧既以其文学智慧,对柏拉图主义的哲学思维构成了挑战,也以其生活教师般的宽广影响力,同今天学科体制内文学专业的狭隘局面形成了鲜明对照。根据今天的"纯"文学标准,希腊悲剧的文学价值可能会成为问题。人们对悲剧的关注往往只是出于哲学或历史、而非文学性的角度。然而,这正是因为悲剧的文学价值溢出了单一的"文学的绝对性"维度,不可能同它的哲学、社会意义分割开来。悲剧的文学价值正在于,它的文学形式同它的伦理政治内涵构成完美统一,就像纳斯鲍姆所指出的那样:"悲剧的内容与诗歌的形式是密不可分的。在古希腊人的眼里,做一个悲剧诗人不是一件与伦理选择无关的事情,我们也应当认识到这一点。写作风格的选择——韵律、比喻和措辞的选择——都与善的观念密切相关。当我们询问哪一种伦理观念最具吸引力时,我们其实应当询问哪一种写作方式最恰当地表达了我们想成为理性存在者的渴望。"[13]

　　那么悲剧涉及的究竟是一种怎样的伦理?何以这种伦理只

---

[13] 玛莎·纳斯鲍姆:《善的脆弱性:古希腊悲剧中的运气与伦理》,徐向东、陆萌译,译林出版社,2007,第19页。

能属于文学而不是学科划分中的伦理学？这又是一种怎样的文学——这种文学首先由于其"承载着特定的伦理优先性"而成为文学？纳斯鲍姆说：

观看一出悲剧不是为了去消遣或者去满足某种癖好，因此可以在观看过程中悬置自己很牵挂的现实问题。相反，观看悲剧是加入到一个共同的探询过程中，依据城邦与个人的重要目的来进行反思与感受。戏剧演出的形式强烈地暗示出了这一点。当我们去剧院的时候，通常是坐在黑暗的观众席上，在一种美妙的忘我的幻觉中。而通过戏台同观众区分开来的表演行为沉浸在虚假光线的包围中，似乎那是一个属于幻想与神秘的与现实分离的世界。古希腊的观众则相反，他们坐在日常光线下，穿过舞台上的行为就看到了乐池另一边的城邦同胞的脸。整个事件发生在一个庄严的城邦/宗教庆典中，它的排场使观众意识到共同体的价值正在被检验和传递。去回应这些事件就是去接受和参与一种生活。应该补充说，这种生活显然包括对于伦理和城邦事件的反思与公开论辩。好的对于悲剧表演的反应同时包括了感觉与批评性的思考，二者密切相关。⑭

发生在庆典仪式中的悲剧不是要让观众沉浸于自己对生活

⑭ Nussbaum Martha C, *Love's Knowledge: Essay in Philosophy and Litterature*, Oxford University Press, 1992, p.14, pp. 15–16.

的想象,而是要在一些不同寻常的时刻,看到一些活生生的"个案",看到那一个个具体的、有血有肉、有爱和恨、有眼泪和死亡的男男女女,并且通过这些角色看到"乐池另一边的城邦同胞的脸"。与此同时,也让观众自己呈现于这不同寻常的场景面前,让自己的灵魂受到质询。

希腊悲剧并不允诺一条灵魂可以走向理性的自足的道路,也不允诺进入纯粹的文学空间、超越此世生活的道路。它理解德性的伟大,但也告诉人们德性的脆弱,暗示人们有更多的东西在理性之外、在自我的内在性之外,却与我们的爱恨生死密切攸关。如果要希腊人来定义文学,他们也许会首先将之理解为一种对命运和伦理、对生命之脆弱和德性之脆弱的感性倾听。在这倾听里,人们无法认识的命运正在以一种感性的方式揭示它自己。这种文学是一种让人的灵魂无法平静的虚构,它要求倾听者用自己的生活实践来回应。

这就是纳斯鲍姆向我们展示的古老的"诗的哲学"。它既不同于传统意义上的哲学,也不同于任何一种现代的道德伦理学说。毋宁说,它提供了种种抽象的理论视野都不具备的情感的智慧。对于"什么是美好生活"以及"如何过一个美好生活"这类实践问题,情感的智慧在很多时候对理性的局限有敏锐的洞察。

(原文发表于《哲学动态》2008年第12期,有修订)

恶的"升华"：审美现代性^①中的主体精神

在法文中，恶与痛是同一个词"le Mal"，我们由此自然想到
"恶是痛苦"，"人作恶就会给他人和自己带来（精神或肉体的）痛
苦"。在西方文化传统中，痛苦源于人僭越了神圣事物规定给人的

① 在西方，"现代性"一般被认为是肇始于中世纪晚期以来的社会变革，至今仍在
其过程之中。"现代性"意识的产生既与马克思·韦伯在《新教伦理与资本主义
精神》一书中指出的基督教的世俗化以及理性对世界的祛魅化有关，亦同黑格
尔在哲学中完成的精神"自我确证"的要求有关（参见哈贝马斯：《现代性的哲
学话语》，曹卫东等译，译林出版社，2004，第 19 页）。与作为时代概念的"现
代"相比，"现代性"是一个更难具体界定、语焉不详的词汇，它不属于可以在
编年史中明确划分的时期，然而，在讨论人文社会学之时，我们又很难离开它，
因为它确实指向了某个特定内涵，即：由历史意识的变化而带来的美学和价值
判断方面的危机或革新意识。学者们常常强调，现代性的含义是"一种发展的
过程"（伊夫·瓦岱：《文学与现代性》，田庆生译，北京大学出版社，2001，第
2 页），是"运动加上不确定性"（乔治·巴朗迪埃：《人类学的现代性研究》，选
自伊夫·瓦岱：《文学与现代性》，前揭，第 118 页），是一个"大漩涡"般的世
界，在这里，"一切坚固的东西都烟消云散了"（马歇尔·伯曼：《一切坚固的东
西都烟消云散了——现代性体验》，徐大建、张辑译，商务印书馆，2003，第
15 页）。"审美现代性"不是现代性问题较为次要的美学方面，而是现代性问题
的核心，因为现代性问题的发生基于以人的理性和感性（例如身体）来取代传
统宗教价值的地位，而审美经验正是人这种"自我确证"之需要的集中体现。
事实上，正如许多学者指出的，审美的现代性经验和历史的现代性经验常常融
合在一起。例如，作为现代性审美批判的"第一部纲领性文献"，席勒的《审
美教育书简》便意图以艺术代替宗教，建立审美的乌托邦，来完成一种全面的
社会—革命作用（哈贝马斯：《现代性的哲学话语》，前揭，第 52 页）。又例如，
首次用法文对现代性做出概念性定义的人是波德莱尔，他是从审美角度，把现
代性界定为"一种发展变化的价值"（伊夫·瓦岱：《文学与现代性》，前揭，第
23 页），一个"确立自我的问题"（哈贝马斯：《现代性的哲学话语》，前揭，第
9—10 页）。

尺度，这就是希腊悲剧所体现的人在苦难命运之束缚中重新认识自己[2]，以及基督教所说的"罪的工价乃是死"。[3]恶与痛的关系长期以来是西方文艺的主题，因为文艺的重要功能是探索人性的奥秘和生活的可能性，然而自现代主义以来，随着神圣之维的淡出，恶的传统内涵发生了微妙改变：恶从一个贬义词逐渐"升华"为中性，甚至具有了褒义；恶意味着自由和真实，或者说，直面真实的清醒；恶作为灵感的源泉，在"恶之花"中有了令人艳羡的魔力。

审美与恶的新型关系

同过去相比，19世纪以来的西方现代文学，恶的最大特征是经验的内在化。传统善恶观及其差别在主体化视角下被逐渐消解，主体以此完成了自我确立的艺术，但也将神性世界化约为了一个自然欲望的世界。主体获取了冷静观察的绝对自由以及定义什么是真实的权力，但也时常深陷灰暗绝望当中。

以普鲁斯特为例，作为波德莱尔最好的读者和继承人，他试图在孤独的写作中建立起个人的教堂，这种追求构成了其长篇巨著的精神框架。敏感的普鲁斯特在道德感的挣扎当中越来越体会到：

---

[2] Marie-Claude Chalier, "Le poids du passé," Coll. *Le destin: Défi et consentement*, Dirigée par Catherine Chalier, Paris: Édition Autrement, 1997, pp. 38–39.

[3]《圣经·罗马书》6:23，本书参照《圣经》为中国基督教协会出版发行的新标点和合本，南京，2007。

"'善良与高尚的情操并非书中高于一切的东西',文学的尺度与生活的尺度不尽相同。"④为什么？因为文学的本质在现代发生了转变，文学的意义已经不再是对传统价值的担当，而是对主体性原则的支持。在这种转向之下，伟大作品的风格可能是清醒、残酷但却懂得创新的审美主义。

由此，痛苦失去了以往的道德内涵，而仅只意味着生存的偶然性，以及这偶然性所引发的荒诞感。非伦理的荒诞代替道德觉醒，成了现代悲剧的主旋律。不但如此，恶和残酷以自主性和本真性为由，成了审美现代性的动力。乔治·巴塔耶宣称："文学所表达的恶——一种恶的尖锐形式——对于我们，在我看来有至高的价值。"⑤他的话勇敢道出了不少 20 世纪前卫艺术的心声。他还进一步指出，这并非文学的不道德，恰恰相反，这就是文学的"超级道德"⑥，因为文学首要的道德是忠实于交流，而深度交流需要奠基于精确的恶的知识。⑦

同样，残酷戏剧的创始人安东尼·阿尔托认为，戏剧的使命不是要给人制造美好生活的幻觉，而是要让人们清醒直面生活的危险和狰狞："我们不能继续糟蹋戏剧了，它的价值在于与现实、与危险保持神奇而残酷的联系。"⑧阿尔托表达了 20 世纪流传甚广

---

④ 涂卫群:《从普鲁斯特出发》，中国社会科学出版社，2000，第 107 页。

⑤ Georges Bataille, *La Littérature et le mal*, Paris : Gallimard, 1957; réed. Folio Essais, 1990, p.9.

⑥ Ibid.

⑦ Ibid., pp.9–10.

⑧ 阿尔托:《残酷戏剧》，桂裕芳译，中国戏剧出版社，2006，第 78 页。

的观念，即艺术首先意味着这种面对现实的态度："严格、专注、铁面无私的决心，绝对的、不可改变的意志。"⑨是这种态度，而非血腥，构成了残酷在艺术中的精神：残酷首先是一种清醒——"对必然性的顺从。没有意识，没有专注的意识就没有残酷。"⑩通过阿尔托激烈却不甚清晰的表述，我们看到，残酷不再像过去那样作为贬义的恶的同义词，而是作为必然性，以及对必然性的着迷而出现；同样，痛苦不再是需要避免的，而是被视为积极的因素来接受，并被转化为创作的激情。

20世纪，包括普鲁斯特、纪德、乔伊斯、纳博科夫、贝克特、热内特等重要作家在内的文学创作，都以冷静描述生活中的消极现象和灰暗感受为己任。谈及心仪的诗人波德莱尔时，普鲁斯特承认说："冷酷，在他诗中的确存在。那是一种拥有无限感受力的冷酷。在他的刚硬中，更令人惊讶的是他嘲弄痛苦，以无动于衷的态度表现痛苦，而人们能觉察到他连神经末梢都感到痛苦。"⑪但他随即指出，波德莱尔的创造力正来自于这种冷酷："他给予这些景象一幅图画——我相信这些景象让他从内心深处感到痛苦。这幅图画如此鲜明强烈，对他感受的表达却又如此不落痕迹，以至于只有那些纯粹的冷嘲家和热爱色彩的人，那些的确心如铁石的人，才会对它欢

---

⑨ 阿尔托:《残酷戏剧》，桂裕芳译，中国戏剧出版社，2006，第92页。
⑩ 同上。
⑪ Marcel Proust, *Contre Saint-Beuve*, 2010, p.185.

呼雀跃。"⑫对此，他的辩护是："让自己的感觉从属于真理和表达，这也许根本上是天才、艺术的力量高于个人悲悯之心的标志。"⑬

诗人必须让自己的个人感受服从于艺术的要求，此外别无其他，这正是波德莱尔的座右铭。他在谈论挚爱的作家爱伦·坡时，批评一种"可怕"的、"有关教诲的邪说"⑭："许多人认为诗的目的是某种教诲，或是应当增强道德心，或是应当改良风俗，或是应当证明某种有用的东西……这样的奇谈怪论……每天都在摧毁着真正的诗。"⑮真正的诗是独立于外在一切目的，"只以自身为目的"的。⑯"如果诗人追求一种道德目的，他就减弱了诗的力量；说他的作品拙劣，亦不冒昧。"⑰当然，波德莱尔认为自己并非否认道德或无视道德的重要，只是强调：对一个诗人而言，趣味必然高于道德。⑱然而，毋庸置疑的是，在他的排序里，诗高于生活，诗人高于普通人，美高于一切："正是这种对于美的令人赞叹的、永生不死的本能使我们把人间及其众生相看作是上天的一览，看作是上天的应和"⑲；"诗的本质不过是，也仅仅是人类对一种最高的美

---

⑫ 涂卫群：《从普鲁斯特出发》，中国社会科学出版社，2000，第187页。

⑬ 同上，第188页。

⑭《波德莱尔美学论文选》，郭宏安译，人民文学出版社，1987，第204—205页。

⑮ 同上，第205页。

⑯ 同上，第205页。

⑰ 同上，第204—205页。

⑱ 同上，第205—206页。

⑲ 同上，第206页。

的向往"[20]。

以艺术和审美自身为目的的生活为何必然与道德冲突？虽然艺术家和诗人并不认为自己是道德的天敌，但冲突似乎总是无法避免。总有种非此即彼的紧张，存在于二者之间。"为艺术而艺术"所要挑战的最顽固的对手，最后总是道德。而现代人的诗意和美感，似乎总伴随着离经叛道的痛感和快感——这恰是"恶之花"的光芒所在，也是"背德者"的魅力之源。

纪德诸多作品的主题，就是现代人在道德与审美之间的深刻冲突。这位深受王尔德影响，在"为艺术而艺术"的养料中成长起来的大作家以《背德者》（*L'immoraliste*）这部小说蜚声文坛。小说描写主人公在道德与欲望之间的挣扎。最终，具有强大生命力的欲望使他冲破家庭与宗教桎梏，不顾一切地追求享乐，同时也陷入虚无的困惑之中。这部自传性作品隐晦地诱惑人们：只有破除社会枷锁和道德陈规，听凭本能或"天赋"去爱和行动，才能享受生命。与此同时，它也间接地宣扬：只有面对情欲本能，人才能真正认识自我和真理。这种主张像尼采超人哲学的通俗文艺版，充满反抗的诱惑，缺少被拯救的喜悦。1947 年，他荣获诺贝尔文学奖，颁奖词称赞他的作品"以对真理的大无畏的热爱和敏锐的心理洞察力表现了人类的问题和处境"。

我们不禁要问，趣味和道德的冲突，如果无法避免，那么，这种冲突背后的差异，究竟是什么？曾有学者分析："艺术与道德

---

[20]《波德莱尔美学论文选》，郭宏安译，人民文学出版社，1987，第 206 页。

经常冲突由来已久……这两个领域似乎把生活的任务和价值摆在对立的位置：道德要求从属于普遍适用的法则，艺术热望个性极其自由地发展；道德以责任的严肃声音说话，艺术造就人们一切能力的自由发挥。"[21] 这一分析点出：道德和艺术在现代生活中的差异是由于现代生活分裂了内在与外在、自我与世界、个性与习俗、自由和责任之间的深刻对立。正是由于这种分裂，艺术在自我表达以及表达自我的独特、完整性上，才获得了前所未有的意义。现代人认为，人灵魂深处的渴望、超越世俗而获得不朽的盼望，唯有通过艺术才能实现。因此，波德莱尔说："只要人们愿意深入到自己的内心中去，询问自己的灵魂，再现那些激起热情的回忆，他们就会知道，诗除了自身外并无其他目的，它不可能有其他目的"[22]；"正是由于诗，同时也通过诗……灵魂窥见了坟墓后面的光辉。"[23]

恶的文学和残酷戏剧类似尼采歌颂的"超人"生命艺术，目的是要征服上帝之死给人遗留下的空白。审美与道德的矛盾，源于人在试图确证自我之绝对时，同"外在于自我"的社会规范之间发生的冲突。

[21] 倭铿：《道德与艺术——生活的道德观与审美观》，选自《现代性中的审美精神——经典美学文选》，何光均译，张法校，学林出版社，1997，第334页。
[22]《波德莱尔美学论文选》，郭宏安译，人民文学出版社，1987，第205页。
[23] 同上，第206页。

审美现代性与主体的确立

审美与恶的新型关系之建立乃是由于，审美的现代经验不再以道统，而是以主体的自我确证为旨归。在这种旨趣中，审美的道德参照不再是善恶，而是主体自主性的伸张、"本性／自然"（nature）的实现。

与古代社会相比，文艺在现代社会所扮演角色的最大不同，大概是它所担当的作为个体之解放和创造的启蒙精神。事实上，启蒙运动就是从文艺复兴拉开序幕。卡西尔在《启蒙哲学》中指出：文学和哲学这两个思想领域具有"深刻的、内在的必然联系"，"启蒙运动断定这两门学问是统一的，并寻求这种统一"。[24] 如果说在古代社会，文学或者说"诗艺"（Poetry）主要作为一种神话思想或道统的承载（"文以载道"），有助于维护和传播古代具有终极目的性的文化价值，那么在现代社会，艺术则是在失去了确定性而又无尽涌动的潮流中，扮演个体自我意识的革命者和先锋。特别自浪漫主义以来，所谓"审美精神""为艺术而艺术"，其神髓皆在于此。

黑格尔早已指出："现代世界的原则就是主体性的自由，也就是说，精神总体性中关键的方方面面都应得到充分的发挥。"[25] 如果说，主体性原则是现代性的圭臬，那么，审美经验绝非现代性问题较为次要的感性方面，而是现代性问题的核心经验。因为

---

[24] 卡西尔:《启蒙哲学》，顾伟铭等译，山东人民出版社，1988，第269页。
[25] 转引自哈贝马斯:《现代性的哲学话语》，曹卫东等译，译林出版社，2004，第20页。

现代性问题的发生是由于人的理性和感性（例如身体）取代了传统上帝的地位，而审美经验正是人这种"自我确证"之需要的集中体现。

查尔斯·泰勒指出，"审美"（Aesthetic）这一概念的产生实际上同18世纪人们对于艺术与美的理解的主观化转向有关。[26] 在这种主观化转向中，"艺术与美的特殊性不再按照实在或其描绘方式来定义，而是通过它们在我们身上激起的种种感觉，一种特殊的、有异于道德或他种愉快的感觉来辨别"。[27] 审美最终指向一种自为的满足、一种完全性。这种完全性不同于道德成就，却有可能优于道德。因为当道德陷入面对欲望的分裂之时，审美却拥有自身的真实和自足——这对于现代人而言，就是首要的价值，甚至超过被认为是"外在于自我的"道德。

因此，"循着概念史来考察'现代'一词，就会发现，现代首先是在审美批判领域力求明确自己……'Modern''Modernität''modernité'和'modernity'等词至今仍然具有审美的本质含义，并集中表现在先锋派艺术的自我理解中"。[28] 因为在审美经验中，现代性完成了自己最抽象又最具体的一步——独特主体对自我的感知和确证。这恰如哈贝马斯所指出的："在审美现代性的基本经验中，确立自我的问题日益突出，因为时代经验的

[26] 查尔斯·泰勒：《本真性的伦理》，程炼译，上海三联书店，2012，第78—80页。
[27] 同上，第78页。
[28] 哈贝马斯：《现代性的哲学话语》，曹卫东等译，译林出版社，2004，第10页。

视界集中到了分散的、摆脱日常习俗的主体性头上。"㉙在《小说的艺术》中，米兰·昆德拉正是为了捍卫有差异的主体性而为艺术的精神辩护："不会笑、没有幽默感的人，固有观念的无思想性，媚俗：这是与艺术为敌的一只三头怪兽。艺术作为上帝笑声的回声，创造出了令人着迷的想象空间，在里面，没有一个人拥有真理，所有人都有权被理解。这一想象空间是与现代欧洲一起诞生的，它是欧洲的幻象，或至少是我们的欧洲梦想。"㉚在此，艺术的精神就是对差异主体性的高扬。

昆德拉钟爱的这个高扬主体性，从而想象世界、个体差异无比宽容的欧洲，可溯源于18世纪中后期兴起的浪漫主义。在浪漫主义各不相同的流派与作家背后，共有的关注是对"自我"之"本性／自然"（nature）的着迷与探索。"自我"不再是理性、透明的，而是像谜一般并且具有无限深度。对"自我"的好奇既是由于新兴现代文明对精神生活的异化引发了人们的焦虑，更是由于，在颠覆了以上帝为中心的传统之后，这是现代人剩下的唯一的重心。

以卢梭为例，自然的呼声是个人良知的根源，但这个自然不是前现代的自然，而是相对于现代工业文明的自然。卢梭关于倾听自然呼声的主张并非简单地让人们返回前现代，而是出于对启蒙主义的批判。如查尔斯·泰勒指出，他思考在现代文明的处

㉙ 哈贝马斯:《现代性的哲学话语》，曹卫东等译，译林出版社，2004，第10页。
㉚ 昆德拉:《小说的艺术》，董强译，上海译文出版社，2012，第183—184页。

境下，如何"通过一种使理性与自然结盟或融合的方式，或换种说法，通过文化或社会为一方，与自然的真正生命力为另一方的结盟与融合，来逃脱精明的、依附他物的状态，逃脱舆论的压力和由它带来的野心"。㉛他的努力代表了浪漫主义的根本诉求：人如何在受到异化威胁的现代性处境中，争取自身的独立、完整和自由。他是"现代文化转向更深刻的内在深度性和激进自律的出发点"。㉜

　　文学旨趣的变化必然会体现在文体方面，现代文学对"自我"的热情便体现在对日记或通信等自述体写作的强烈兴趣上。㉝从卢梭的《忏悔录》开始，自传性质的写作掀开了一个"告白文学"（littérature de l'aveu）的时代。㉞书信体小说以卢梭的《新爱洛依丝》、歌德的《少年维特的烦恼》等为代表，自传体小说以夏多布里昂的《勒内》、贡斯当的《阿道尔夫》等为代表，体现了时代对个体心灵的关注与好奇。

　　卢梭《忏悔录》的写作中虽多少遗留着奥古斯丁《忏悔录》里那个对自我进行审判的道德法庭，但作者的意图却是要用关于

㉛ Charles Taylor, *Sources of the Self: the Making of the Modern Identity*, Harvard University Press, 1989, p.359. 译文引自中译本《自我的根源》，韩震等译，译林出版社，2001，第 552 页。

㉜ 同上，第 559 页。

㉝ Dominique Rabaté, "Le secret et la modernité," *Modérnité n°14: Dire le Secret*, PUB, 2001, p.13.

㉞ Ibid.

他一生的告白，来呼吁无罪的判决。㉟这一呼吁对于奥古斯丁忏悔罪、直陈信、赞美神的呼告，已经是一个根本的倒置。在随后另一本浪漫主义文学天才的自传——歌德的《诗与真》——中，道德法庭的痕迹不仅荡然无存，还体现了天才的这样一种信念：通过诗人自我拯救的努力，"发生在他身上的一切最终都会变为善"。㊱至此，自传对自我进行灵魂省察的需要已经彻底让位于对自我进行"创作"的需要。如学者所言："歌德的《诗与真》把自传从所有道德的悬案中分离开来，并把他的自我暴露于一个新的原则之下——这一原则使他能把历史及社会的世界看作用于教育绝无仅有个性的物质和储备。"㊲

　　到了 20 世纪，除了纪德日记这类公开出版的自我中心的写作外，类似纳博科夫的《洛丽塔》那种近乎露阴癖式写作，或者普鲁斯特式的寻找自我的写作，成了一种显赫的文学现象，仿佛写作的天然动机，就是为了永无休止地探索关于自我的秘密，无论这秘密是形而上还是形而下的。"因此现代文学的主流在告白这一边，它迫使我们扭转文学是高尚品味、美好作品的观念，

㉟ 参见卢梭在《忏悔录》第一章开篇不久的表白："万能的上帝啊！我的内心完全暴露出来了，和你亲自看到的完全一样，请你把那无数的众生叫到我跟前来！让他们听听我的忏悔，让他们为我的种种堕落而叹息，让他们为我的种种恶行而羞愧。然后，让他们每一个人在您的宝座前面，同样真诚地披露自己的心灵，看看有谁敢于对您说：'我比这个人好！'"引自卢梭：《忏悔录》，黎星译，人民文学出版社，1980，第 2 页。

㊱ 耀斯：《个性的宗教来源与审美解放》，选自《现代性中的审美精神——经典美学文选》，刘英凯译，刘小枫校，学林出版社，1997，第 1084 页。

㊲ 同上，第 1083 页。

而将文学当作对一个秘密的表达，这个秘密有待全部呈现，但又总在逃逸之中。这一点构成了所谓的现代文学同经典文学的重大差别。"㊳

至此，忏悔、日记、书信这些传统的私密叙事成为公开出版物，这个悖论体现了现代文学的特殊角色：文学是部分宗教功能的世俗化，承载着人类灵魂的秘密。现代文学的目的，无疑是要寻找这个秘密，然而与宗教不同的是，现代文学的探索是从自我到自我，因为主体是其意志的唯一源头。现代文学中，真理的基石是主体的经验，而非大写的理性和上帝。但自我远非天然自明，而是需要对自己进行"再"感觉与"再"意识，需要对自己的喜怒哀乐等各种感受进行诠释。㊴福柯在《性经验史》中讨论性话语的形成机制时曾举例说，《我的秘密生活》的匿名作者叙述了许多怪异的私人性爱行为，但最怪异的，莫过于这一叙述本身："其中最最奇特的做法是巨细无遗地坦白出来，日复一日，没完没了，两个世纪以来，这一原则深深地植根于现代人的心灵之中。"㊵福柯想说明：现代人的性经验已经被纳入一个话语权力机制，这个机制背后是一种"认知的意志"（le vouloir de savoir）。正是这种"认知的意志"引起了文学的变化："人们从以英雄叙事或'考验'勇敢和健康的奇迹为中心的叙述和倾听的快感，转向了一种以从

㊳ Dominique Rabaté, "Le secret et la modernité," *Modérnité n°14: Dire le Secret*, PUB, 2001, p.13.

㊴ 本文对私密写作和自我关系的探讨参考了 Michel Braud, "Le Secret Intérieur ," *Modérnité n°14: Dire Le Secret*, PUB, 2001, pp.33—40.

㊵ 福柯:《性经验史》，佘碧平译，上海人民出版社，2002，第16页。

自我的表白出发，无止境地揭示坦白无法达到的真相为任务的文学"。[41]由自我认知的意志出发而诞生了"告白文学"，这正说明，文学在人们对自我进行探索的过程中扮演了必然的、不可或缺的角色。

实际上，现代文学与其说是要寻找关于自我的秘密，不如说，是要让这个秘密始终处于接近与逃离的状态。因为现代人对自我的认知意，与其说是建立在对答案的预期上，还不如说是建立在欲望的机制上。作者幻想在他的笔下，将出现某种不可知的东西，出现一个秘密，这种幻想驱使着他的写作，驱动他坦白自我的叙述。欲望之为欲望，在于它的不透明性：彻底的透明或黑暗都会让欲望消失；而文字则正好处于透明与黑暗之间，它既是对真实的模仿，也是对真实的创造，这就是为什么，任何写作都不能彻底满足对秘密的寻找，但却可以让秘密不断被深入。写作的欲望可以帮助身体的欲望进一步发现自我的深度，这就是语言这种特殊媒介的妙处。文学是人类探测自我的、无可代替的精密仪器。

现代文学虚构了自我空间的无限性，仿佛两面镜子的无穷反照。人类在此中贪婪地注视着自我，仿佛那位正对着自己的影像无限着迷的那耳喀索斯。由此，上帝缺席留下的空白，被文学的回声填满。

---

[41] 福柯：《性经验史》，佘碧平译，上海人民出版社，2002，第44页。

现代性危机与审美辩证法

具体而言，审美现代性是如何将作为消极经验的恶转换为一种有关自由和真实的积极经验的？其中最关键的环节便是危机意识的转换。正是在危机意识中产生的审美辩证法，完成了主体的自我确证，艺术也因此成为人的自我"救赎"，取代了宗教。

现代性的危机意识首先是有关历史意识的危机感。现代性的历史意识与犹太—基督教的救赎史观有一种吊诡关系：要么将其世俗化为进步史观（黑格尔、马克思）；要么对其全盘否定，转而求助于神话和古老的文化价值，表现为相对主义史观（尼采、海德格尔）。现代性的历史意识在不同的认识论范式，在规律与偶然、进步与虚无的相互矛盾之间无所适从。这种危机感加速了主体自我确认的强烈需要。审美的现代经验就是要在这种历史意识之谜宫中确认自我。[42]于是，这种经验便常常体现为一种审美辩证法：面对毁灭和虚无的威胁，主体反而被激发出一种睥睨一切的"英雄气"；借此，恐惧不安被转化为力量，"英雄"以让自己成为"黑暗的心脏"（康拉德），来融入甚至支配黑暗。

波德莱尔最早开始了这种现代审美经验的冒险，其途径便是要在现时之转瞬即逝的危机感中"创生"经典和永恒。在他看来，没有对现时的危机感，就无法领会"美"："美永远是、必然是一种双重的构成……构成美的一种成分是永恒的、不变的……另

---

[42] 伊夫·瓦岱：《文学与现代性》，田庆生译，北京大学出版社，2001，第31—35页。

一种成分是相对的、暂时的……没有它，第一种成分将是不能消化和不能品评的，将不能为人性所接受和吸收。"⑭ 就在他讨论美的这同一篇文章中，他说道：所谓"现代性"，就是"从流行的东西中抽取出它可能包含着的在历史中富有诗意的东西，从过渡中抽出永恒"。⑭ 因此，现代性首先不是特指某个时段，而是特指某种精神特征，即"过渡、短暂、瞬间"与"永恒不变"的双重性，以及这种双重性的悖论性交汇——具有永恒意味的瞬间。⑮ 同样，审美在此不是主体关于美的对象之体验，而是将瞬间与永恒进行叠加的精神创举。这种精神创举即是主体的自我确证：通过将永恒的魅力纳入当下来实现当下。⑯ 现代性首要的任务，就是这种危机中的审美，就是以审美来克服危机感。

"波德莱尔是第一个使现代性成为一个具有普遍意义概念的人。他借助一种帕斯卡式的逆反程式，将浪漫主义者们眼中失望的现时——在历史条件没有发生根本变化的条件下——转变成了一种英雄现时。"⑰ 帕斯卡式的逆反程式是指理性带来了人的自我挫败：现代人掌握越多的科学知识，就越是发现宇宙浩瀚无边、奥

---

⑭《波德莱尔美学论文选》，郭宏安译，人民文学出版社，1987，第 475 页。

⑭ 同上，第 484 页。

⑮ 参见《波德莱尔美学论文选》，郭宏安译，人民文学出版社，1987，第 484—485 页。另参见伊夫·瓦岱：《文学与现代性》，田庆生译，北京大学出版社，2001，第 36 页；哈贝马斯：《现代性的哲学话语》，曹卫东等译，译林出版社，2004，第 10—12 页；本雅明：《巴黎，19 世纪的首都》，刘北成译，上海人民出版社，2006，第 51 页。

⑯ 哈贝马斯：《现代性的哲学话语》，曹卫东等译，译林出版社，2004，第 10—12 页。

⑰ 伊夫·瓦岱：《文学与现代性》，田庆生译，北京大学出版社，2001，第 41 页。

妙无穷，也越是发现人渺小卑微——"一个人在无限之中又是什么呢？"[48] 如果说帕斯卡的逆反程式是为了让人认识到自己面对无限的渺小，从而产生对无限的敬畏之心——"这些无限空间的永恒沉默使我恐惧"[49]，那么，波德莱尔的逆反程式则正好相反，它是为了以审美来完成人的自我放大。

面对变化迅捷、动荡不安、无从把握的"现代"，波德莱尔眼中的现代艺术家是一些玩世不恭的"浪荡子"（Le Dandy）。他们是"享受推陈出新的瞬间的能手"[50]，"只在自己身上培植美的观念，满足情欲、感觉以及思想，除此没有别的营生"[51]。然而，我们千万不要把他们等同为头脑简单的个人主义和享乐主义者。这种表现出来的自我中心和漠视他人，不过是他们作为精神贵族的优越感的象征。为使自己成为独特之人，满足自我崇拜的需要，"浪荡子"必须显得与众不同[52]；因此，"浪荡子的美的特性尤其在于冷漠的神气"[53]。他们的冷漠，其实是一种同内心的恐惧作战的方式。他们的胜利，是将恐惧转化为享乐的激情。

如波德莱尔所言，"浪荡作风是英雄主义在颓废之中的最后一次闪光"[54]。在怀旧的感伤和对未来的迷茫之间，现代生活的

---

[48] 帕斯卡：《思想录》，何兆武译，商务印书馆，1997，第29—36页。

[49] 同上，第101页。

[50] 哈贝马斯：《现代性的哲学话语》，曹卫东等译，译林出版社，2004，第10页。

[51]《波德莱尔美学论文选》，郭宏安译，人民文学出版社，1987，第499页。

[52] 同上，第500页。

[53] 同上，第502页。

[54] 同上，第501页。

"英雄"是那些敢于以豪迈的气概来迎战消逝感和不确定性、懂得从现实生活中挖掘其雄壮一面的人。他们身上充满了异端式的桀骜不驯。诗人自比为"赌徒"："我是以一种满不在乎和英雄的轻率态度，在决定胜负的第三局，把我的灵魂押作赌注而输掉了。"[55]有时，诗人也自比为"拾垃圾者"[56]：他在街头发现社会渣滓，却能从社会渣滓中"提炼"英雄题材。这些诗亦宣告自己面对的是"伪善的读者，——我的同类"。[57]

我们应当注意激发现代"英雄"战斗激情的两种关键情致：其一，这是一种对艰难、痛苦情境的反应，其中有一种必然的悲剧意味；其二，他们有一种"反对和清除平庸的需要"，这种需要代表了人类骄傲中包含的精英意识。[58]这两种情致使他们具有造反的特点，正是基于此，审美现代性可能滋生出针对"庸人"的纳粹倾向。我们不难从波德莱尔下面这段描述里预感其中关联："浪荡作风特别出现在过渡的时代，其时民主尚未成为万能，贵族只是部分地衰弱和堕落。在这种时代的混乱之中，有些人失去了社会地位，感到厌倦，无所事事，但他们都富有天生的力量，他们能够设想出创立一种新型贵族计划，这种贵族难以消灭，因为他们这一种类将建立在最珍贵、最难以摧毁的能力之上，建立在劳

---

[55] 波德莱尔:《恶之花、巴黎的忧郁》，钱春绮译，人民文学出版社，1998，第214、442页。

[56] 同上，第237页。

[57] 引自波德莱尔《恶之花》的第一首诗《致读者》，收录于波德莱尔:《恶之花、巴黎的忧郁》，钱春绮译，人民文学出版社，1998，第7页。

[58]《波德莱尔美学论文选》，郭宏安译，人民文学出版社，1987，第501页。

动和金钱所不能给予的天赋之上。"⑤这种"能力"和"天赋",就是"贵族"或"英雄"的自我意识。

与之相应,审美现代性产生的最显著的时代背景,是"庸众"的出现。"庸众"不是阶级或阶层,而是工业化和商品化时代制造出来的产业工人、消费者与社会垃圾的组合,是人群。这个现象深深引起了19世纪作家的注意,波德莱尔甚至为之震惊。这种震惊感通过他对"巴黎风光",对包括乞丐、妓女、小老头、老太婆、凶手、尸骸等的描绘传递出来,回荡在这样一些句子中:"当我穿过新建的崇武广场之时,/突然之间唤起我的丰富的回想。/旧巴黎已面目全非(城市的样子/比人心变得更快,真是令人悲伤)"⑥,"熙熙攘攘的都市,充满梦影的都市,/幽灵在大白天里拉行人的衣袖!/到处都有宛如树液一样的神秘,/在强力巨人的细小脉管里涌流"⑥。本雅明指出,波德莱尔的写作就是对这种震惊做出的回应——一种精神的防御行为。⑥

波德莱尔很少直接描绘人群,而是使之作为秘密在场,作为诗歌背景的躁动不安。庸众的隐蔽形象在他的创作上留下印记,是一种混浊暧昧的基调、腐朽阴暗的气息。而诗人就像一位精神上的剑客,"他的劈杀是为了给自己打开一条穿越人群的道路"。⑥

⑤《波德莱尔美学论文选》,郭宏安译,人民文学出版社,1987,第501页。
⑥ 波德莱尔:《恶之花、巴黎的忧郁》,钱春绮译,人民文学出版社,1998,第192页。
⑥ 同上,第195页。
⑥ 参见本雅明:《巴黎,19世纪的首都》,刘北成译,上海人民出版社,2006,第140—155页。
⑥ 波德莱尔:《恶之花、巴黎的忧郁》,钱春绮译,人民文学出版社,1998,第196页。

在一首生前未及发表的《恶之花》的跋诗中，波德莱尔写道：

心里满怀喜悦，我攀登到山上，

从这里可以览眺都市的宏伟，

医院、妓院、炼狱、地狱和劳改场，

一切极恶全像花儿一样盛开。

你知道，撒旦，我的痛苦的主保，

我来并非为了流无益的眼泪；

而是像老色鬼，恋恋不忘旧交，

我要陶醉于这个巨大的娼妓，

她的地狱魔力使我永不衰老。[64]

对庸众的厌恶、对布尔乔亚的敌意使得波德莱尔在政治上倾向于保守。在他看来，民众即美的敌人，亦即"浪荡子"的敌人。[65] 因此他会说："你们能设想一个浪荡子对民众发言吗，除了讥笑他们之外？"（《我心赤裸》）"……而民众钟爱使其愚昧的鞭子。"（《恶之花》之《远行》）"真正的圣人是为了民众的利益而鞭

---

[64] 波德莱尔：《恶之花、巴黎的忧郁》，钱春绮译，人民文学出版社，1998，第493页。

[65] 参见帕斯卡·皮亚：《波德莱尔》，何家炜译，上海人民出版社，2012，第86—87页。

打和杀戮他们的人。"(《进发》)⑥⑥1848 年法国"保皇运动"的失败使他在对现实政治感到失望之余，更进一步对人类的能力和大众的本质感到怀疑。⑥⑦"浪荡子"对布尔乔亚的道德报以残酷嘴脸，不惜扮演一个被诅咒的孤独的反抗者、现代悲剧英雄。

　　本雅明颇具慧心地点明：波德莱尔的现代性是一种"辩证法"。⑥⑧诗人以孤独对抗大众，以英雄气对抗幻灭，又以怠惰慵懒、睥睨一切的"浪荡子"姿态面对时代给予的震惊，以疏离来对抗焦虑。诗人用直面死亡、蔑视痛苦的方式来向绝望宣战："世界行将终结。世界还能延续的唯一理由是它存在着……沦落在这个丑恶的世界，人群擦肩而过，我如同一个疲惫不堪的人，眼睛望着身后那些幽深的岁月，有醒悟，有苦涩；而在他面前则是一场毫无新意的暴风雨，既无教益，也无痛苦。"⑥⑨这位宣战者以不抱希望来表达自己的骄傲。或者说，他的傲慢正是由于他无所畏惧地面对恐惧，毫不在乎地放弃自己，就像他自己诗中所说："任何恐怖的魅力只能使强者陶醉！"⑦⑩他似乎已经超脱了失望，但是，这与其说是一种超

⑥⑥ 参见帕斯卡·皮亚：《波德莱尔》，何家炜译，上海人民出版社，2012，第 86 页。
⑥⑦ Dominique Carlat, "MouvementLittéraire: Romanismefinissant, Parnass et naissance de la modernité," Charles Baudelaire, *Les Fleurs du Mal*, Texte intégral+ dossier par Dominique Carlat, Edition Gallimard, 2004, p.234.
⑥⑧ "现代性是他诗中最主要的关切……恰恰是现代性总在召唤悠远的古代性。这种情况是通过这个时代的社会关系和产物特有的暧昧性而发生。暧昧是辩证法的意象表现，是停顿时刻的辩证法法则。"本雅明：《巴黎，19 世纪的首都》，刘北成译，上海人民出版社，2006，第 21—22 页。
⑥⑨ 帕斯卡·皮亚：《波德莱尔》，何家炜译，上海人民出版社，2012，第 96—98 页。
⑦⑩ 诗出《骷髅舞》，参见波德莱尔：《恶之花、巴黎的忧郁》，钱春绮译，人民出版社，1998，第 218 页。

脱，不如说是一场战斗和冒险，就像本雅明所说："出自波德莱尔笔下的虔诚自白几乎总是像战斗的呐喊……波德莱尔不得不与自己的无信仰进行斗争，而他自己是真正的赌注。"⑦

《恶之花》赢得了文学史上的胜利，成了现代诗歌创作的灵感之源，而现代"英雄"却注定在劫难逃。晚年的波德莱尔写作《深渊》，似乎已经有种不祥之兆："帕斯卡有个随他移动的深渊。/——唉！一切皆深渊，——行动、欲望、幻梦、/语言！我曾多次感到恐怖之风/吹过我全身竖起的汗毛上面。"⑦他解释这一意象说："我用快感和恐怖培养我的歇斯底里。如今，我经常感到眩晕……"⑦

在他的一篇题为《光轮的丢失》的文章中，"诗人"丢失了往日的光环，他为此而高兴，因为可以更方便地沉溺于放纵⑦；据说这个主题的初稿出现在他的日记中，结尾并不一样：诗人很快拾起光环，但立刻感觉不安，觉得这个事情可能是一个恶兆。⑦这种矛盾状态和不祥预感仿佛是对其继承人悲剧命运的预言。七八十年后，因为与皮条客相冲突而被赶出德国的文人，有些成了纳粹的颂扬者，如霍斯特·威塞尔。⑦而浪漫主义与纳粹神话的关联也

---

⑦ 本雅明：《巴黎，19世纪的首都》，刘北成译，上海人民出版社，2006，第76页。
⑦ 波德莱尔：《恶之花、巴黎的忧郁》，钱春绮译，人民文学出版社，1998，第356页。
⑦ 同上。
⑦ 同上，第478页。
⑦ 同上。
⑦ 本雅明：《巴黎，19世纪的首都》，刘北成译，上海人民出版社，2006，第149页，注释4。

成了人们反思的话题。⑦

　　的确，这个失而复得的光环是危险的。在波德莱尔之前，诗人的光环来自其宇宙宠儿的地位：他是神圣灵感的信使、大众的启蒙教育者，是冒险窃天火到人间的普罗米修斯。诗人与神圣、自然以及大众的关系是和谐的，诗歌王子的代表是雨果和歌德。波德莱尔虽欣赏雨果，却认定自己的使命完全不同。他要调动完美的形式和韵律，去写与神圣、自然和大众悖逆的诗，而非雨果那种在他看来是通过民主主张来煽动群众的宣传。⑧他赤裸裸地描写死亡和恶，描写恶的诱惑以及这种诱惑对灵魂的刺激和折磨。如同雨果称赞

---

⑦ 参见哈贝马斯：《现代性的哲学话语》，曹卫东等译，译林出版社，2004。在这本书中，哈贝马斯分析了与波德莱尔、马拉美等浪漫主义先锋艺术家富有亲缘性的尼采是如何通过审美的经验视野来发动对现代性的反抗，而这种审美反抗的颠覆性力量又是如何在两个不同的方向上分别被海德格尔（德里达）和巴塔耶（福柯）所继承和发扬。哈贝马斯批判了海德格尔和巴塔耶思想中同法西斯主义契合的部分，指出审美现代性话语非但不能超越现代性，而且把现代性内部所固有的反话语重新挖掘出来，释放了现代思想自身当中的颠覆力量。例如："尼采把反基督的回归时刻确定在'正午时分'——这和波德莱尔的审美时代意识有着惊人的一致。潘神来临之际，白昼屏住呼吸，时间凝滞不动——瞬间和永恒融为一体。"（第111页）"从早期浪漫派开始，就不断要求用审美主义和神秘主义的临界经验来让主体在迷狂中实现超越。神秘主义者在绝对者的光芒照耀下变得盲目了，他们视而不见；审美迷狂者则表现出震惊和眩晕。无论是前者还是后者，其震惊的源头都是不明确的。而这种不确定性中所呈现出来的，正是遭到克服的范式的模糊轮廓——即被解构之物的轮廓。从尼采一直到海德格尔和福柯，这种局面都没有什么变化；从中还出现了一种没有客体的顿悟。于是，亚文化出现了，通过没有膜拜对象的膜拜行为，亚文化既平息又保持了对未来不确定真理的激情。这种奇特的游戏带有宗教—审美的放纵色彩，它所吸引的主要是知识分子，他们时刻准备着在需要指点迷津的祭坛上奉献理智。"（第362页）

⑧ 波德莱尔对雨果的态度，详参帕斯卡·皮亚：《波德莱尔》，何家炜译，上海人民出版社，2012，第152—162页。

所言："《恶之花》的作者创造了一种新的战栗。"从波德莱尔开始，诗歌在文学史上的教育功能被抗议功能取代[79]，向下的虚无深渊取代了上帝的无限[80]，恶的消极意义"升华"为积极意义。

本真性：自然抑或僭越？

在对波德莱尔的研究中，本雅明提到了快速发展的工业时代带给诗人的震惊，并指出，在震惊的经验中，抒情艺术的灵韵消解。这灵韵就是上文波德莱尔所写的，诗人失去的"光环"。灵韵是一个"无形的、想象的领域"[81]，在那里，事物的灵性和神秘感尚未消失。本雅明形容它使被我们注视的事物仿佛也能够对我们报以回眸。[82]而波德莱尔诗歌的法则就是对这种灵韵的消解：他在诗歌史上的里程碑意义就是使抒情诗变得可疑。波德莱尔消解灵韵的观看标志着审美进入了一个新阶段：万物的灵性消除了，人的

---

[79] Dominique Carlat, "MouvementLittéraire：Romanismefinissant, Parnass et naissance de la modernité," Charles Baudelaire, *Les Fleurs du Mal*, Texte intégral+ dossier par Dominique Carlat, Edition Gallimard, 2004, p.234, p.235.

[80] 如上文所示，波德莱尔曾提到"帕斯卡有个随他移动的深渊。/——唉！一切皆深渊"（波德莱尔：《恶之花·巴黎的忧郁》，钱春绮译，人民文学出版社，1998，第356页）。波德莱尔大概是指帕斯卡这句著名的话，即人是"维系在大自然所赋给他在无限与虚无这两个深渊之间的一块质量"（帕斯卡：《思想录》，何北武译，商务印书馆，1997，第30页）。然而，波德莱尔虽意识到深渊的存在，却并未如帕斯卡那样，承认人的有限和脆弱，敬畏无限，而是要经由自身的深渊经验来挑战深渊。

[81] 本雅明：《巴黎，19世纪的首都》，刘北成译，上海人民出版社，2006，第224页。

[82] 同上。

目光取代了过去的宇宙神性、取代了创世主祝福或谴责的目光。

本雅明用照相术与绘画的区别来说明这两种观看的不同，绘画中总有某种我们不能一眼看到底的东西，一种灵性的光辉，而照片和电影是对人欲望的目光的延伸与追逐："对于永远不会将一幅画一览无余的眼睛而言，摄影更像是给饥饿者提供的食物，给干渴者提供的饮料。"[83]过去在观看者与被观看者之间的精神交流关系从循环式的变成了单向度的。波德莱尔描写美丽的女性"镜子般漠然的眼睛"，这种眼睛与其说是为了用来观看的，不如说是为了用来表现一种漠然的魅力。正是这种漠然的距离感加倍激发了看者的情欲。波德莱尔的诗人迷恋于对他的眼睛不做任何回应的那双眼睛的魔力："你的眼睛炯炯发光，就像商店橱窗／又像节日里被灯火装饰的紫杉／凭着借用的权力而蛮横嚣张。"[84]

这种观看方式的变化也体现为现代人对艺术作品的消费方式与过去不同：过去，希腊悲剧的演出是城邦空间里具有宗教色彩的公民活动，教堂里的圣像意味着人的视线与神圣视线的交错[85]，传统舞台剧场的演出不乏台上台下的双向互动；相比之下，现代人坐在屏幕前、黑暗中的观看，有时像是一种源于欲望的偷窥。尽管早在古希腊时代，一批警告看之欲望的神话就已存在，如：那耳喀索斯、美杜莎、普赛克与厄洛斯等等，但18世纪以后，恰

---

[83] 本雅明：《巴黎，19世纪的首都》，刘北成译，上海人民出版社，2006，第225页。

[84] 同上，第230页。

[85] 参见 Jean-Luc Marion, *La Croisé du visible*, Presses Universitaires de France, 1996, Chapitre IV, Le Prototype et l'image.

恰是由人欲出发的"看"为现代艺术提供了兴奋点，它鼓励每一个体大胆观看和创作自己所欲看到的。这种欲望甚至也影响了现代政治革命。法国大革命的暴力便来自某种透明地观看的激情：从罗伯斯庇尔开始，透明化每一个体、每一他者之隐私的欲望就以道德理想的名义来施展。[86]

通过自然化、合理化人内在的欲望视野，许多现代艺术表现出对自我中心论（Egoist）的本真性近乎无条件地支持。本真性对应于"Athenticity""Athenticité"，关涉"原发性原则"（the principle of originality）。[87]查尔斯·泰勒在《本真性的伦理》一书中梳理过本真性的起源[88]：它发端于这样一种思想，即认为，道德具有一个"内部"的声音，只有忠实于这个"内部"，人才能够获得完整的存在。这样一个"内部"，虽然在奥古斯丁的《忏悔录》中，曾是属于上帝启示的位置，但到了卢梭这里，则彻底属于人自身。从卢梭开始，本真性理想在现代文化中变得十分重要，它意味着每个人都有其不可替代的独特性，每个人都应当忠实于自身。由于涉及原发性，本真性很有可能同被视为外在于自我的习俗或道德发生冲突。但查尔斯·泰勒认为，本真性并不必然等同

---

[86] *Modérnité n°14: Dire le Secret*, PUB, 2001, p.12.

[87] 查尔斯·泰勒:《本真性的伦理》，程炼译，上海三联书店，2012，第37页。

[88] 同上，第33—38页。

于自我中心论^⑧，只是现代社会原子式的生活方式和价值观加速了本真性的变质，才促其向着自我中心论这端滑落。^⑨

撇开大众文化领域的自恋文化不谈，艺术领域里的本真性概念是通过尼采和海德格尔的哲学而广为人知的。尼采将审美与主人意志相联，寻求一种在审美中完成自我创造的人生；海德格尔在《存在与时间》中将本真性视为自我的"向死而在"，他们都代表了一种自我中心论本真性的"高级"形态。正是由于尼采和海德格尔及其某些弟子们的推进，一个企图颠覆"资产阶级秩序伦理"的激进的本真性追求发展起来，直至其捍卫本能（自然）、崇拜暴力（例如法西斯主义）的极端形态。

法国学者马塞尔·米勒（Marcel Muller）以《怪异，或者自然》为题，分析了普鲁斯特在《所多玛与蛾摩拉》中对夏吕斯男爵和裁缝絮比安的同性恋行为的叙述策略^⑨，即：以一种十分微妙的方式，将习俗视为怪异的同性恋处理为了一种比异性恋更为自然的行为。怪异就是与习俗不同、不自然。当作家试图维护个体自主性和本真性时，怪异的合理性被重新奠定在自然之上。在现代主义话语中，自然扮演的角色，是解放习俗禁锢下的个性，让

---

⑧ 泰勒认为，本真性和自我中心论的关系是既有亲和，又有争执。本真性也要求：1）对重要性视野的开发，否则，"忠实于自我"的追求就失去了欲将自我从日常生活的"沉沦"中拯救出来的意义。2）本真性不同于自决的自由，而是包含了在与他人的对话中进行自我定义。参见查尔斯·泰勒：《不可逃避的视野》，选自《本真性的伦理》，程炼译，上海三联书店，2012，第40—52页。

⑨ 同上，第70—76页。

⑨ Marcel Muller, "Etrangetéou, sil'onveut, naturel," *Recherche de Proust*, Editions du Seuil, 1980.

其回复本真。而"习惯成自然"的习俗，此时则成为反自然的。然而这样一来，当一切特立独行都被视为自然，个性与病态就难以区分。当一切都可以因为自然而合理，任何外在的约束都可以被视为反自然、视为流俗，那自然就注定会成为一切人反对一切人的斗争。自然状态就是无政府的混乱状态，在此中，一切回复命运的野蛮统治。这个自然无法解释和超越恶的问题。

现代主义所依据的自然与传统自然有根本差别。传统自然是一个神圣和谐的宇宙、真与美的源头，它的道德秩序与物质秩序奠定于同一个形而上学根基。而到了 18 世纪，感官主义的发展与经验科学的飞跃使得很多新哲学家同形而上学前提拉开了距离，他们接受了一种动态的自然概念，即不再用一种固定的观念来理解自然，而将它视为依据能量运动而不停地变化着的，例如：萨德说，自然是一座永远在喷发的活火山。[92] 然而这个自然亦非纯粹物质或生物性的，而有其精神性的惊人之处，有其语言和叙事。只不过对于人类，它只是命令，并没有给人的诠释以足够的自由；只是叙事，却是不通过人的嘴唇说出的语言。[93] 它有生死却没有善恶。在古代，神圣法则原本是为了保护有限的人类免遭命运野蛮的毁灭性力量，然而，到近代，神圣法则受到了现代理性所确立

---

[92] Pierre Claudes, "Naissance du mal moderne," *Modernité n°29 : Puissance du mal*, Presses Universitaires de Bordeaux, 2009, p.21.

[93] 参见 C. Chalier, *L'Alliance avec la nature*, Chapitre premier, 3. *La narration sans le langage des lèvres*, pp.43–52.

的个体自主性法则的颠覆，但现代理性又解释不了恶的问题[94]，以至于自然成了一种潜在的可怕力量[95]。

对自然之魔力的预感在歌德那里就已经得到充分展现。在现代科技方兴未艾的 18 世纪和 19 世纪，试图将科学与艺术、真与美合为一体并曾经声称自然是最高艺术家的歌德，其伟大之处并不仅仅在于对自然的发现，而更在于他先知般地同时揭示出了自然的伟大与悲哀。他像一个自然的宠儿，始终保有其天才般生气蓬勃、不断更新的创造激情，但他也预感了自然的盲目。在他笔下，维特虽一味沉浸于自然之美，却也意识到自然的危险："伤害我心灵的是隐藏在大自然中的耗损力，它所造就的一切无一不在摧毁它的邻居，无一不在摧毁它自己。想到这些我便心惊胆战，步履踉跄。围绕我的是天和地，以及它的创造力，我所看到的唯有永远在吞噬、永远在反刍的庞然大物。"[96]

维特之死，正是那些号称"天才"的自然之子们任由自己被自然的阴霾所诱惑和掳掠的结果。"天才"只肯按照内心的自然——亦即本真性——来生活，为此不惜以自杀来反抗他人和现

---

[94] 莱布尼兹和斯宾诺莎都试图以神义论来回答恶的问题，神义论实际上是人试图以理性的方式来解释恶，只不过这个理性以上帝的名义自许。然而 1755 年的里斯本大地震后，伏尔泰和卢梭都猛烈批判了神义论，指出神义论无法解释无辜者受难的问题。启蒙运动后的哲学家，尽管抱着对理性的乐观态度而相信人类的进步，但都承认恶有一个无法解释的部分，无法像过去的时代那样，系统有力地面对恶的问题。

[95] Pierre Claudes, "Naissance du mal moderne," *Modernité n°29 : Puissance du mal*, Presses Universitaires de Bordeaux, 2009, pp.18–24.

[96] 歌德:《少年维特的烦恼》，韩耀成译，译林出版社，1997，第 62—63 页。

实世界的困扰。在《浮士德》中，梅菲斯特代表了具有诱惑力的自然，推动和刺激浮士德不懈地追求，但它毕竟只是恶，最终被浮士德超越自我、造福人类的精神所战胜。歌德晚期的小说《亲和力》，围绕着一个相对独立于人世的庄园，讲述了四位男女主人公之间情感与命运的纠葛，然而小说真正的"主角"却并非他们，而是那个神秘的、不可捉摸的自然。在这个自然的驱使下，人的情感和命运有如在一个由有机物与无机物、可理喻和不可理喻的事物所共同组成的迷宫中行走，可能会经历自然全部的奇妙精彩，但也将经历自然的荒谬和报复。在这部小说中，自然是一个深刻美丽，但却没有希望和救赎的世界；它虽不乏魅力与幻象，但终究只是暧昧与含混——同时是神圣和幽暗、纯洁和堕落；它诱惑那些自以为清白无辜的人落入命运的圈套。

现代主义的自然所夸耀和释放的能量，通过维特之死，已经开始了一场现代心智的哥白尼革命——"通过并在痛苦／恶（le Mal）的经验中发现一种超越"。[97]如果说，在18世纪的维特那里，这场"革命"还只体现为愤世嫉俗的痛苦以至于自尽，到了19世纪的拜伦和萨德笔下，"革命"则成为现实的反抗与恶的经验。唐璜不顾一切法律风俗的约束，只管追逐内心那个疯狂的自然，直到最终，"一种类似迷失方向的自然的东西让他远离了自然；他的死就是违法必究的超自然的力量对他的反自然行为的报应"。[98]萨

---

[97] Pierre Claudes, "Naissance du mal moderne," *Modernité n°29 : Puissance du mal*, Presses Universitaires de Bordeaux, 2009, p.24.

[98] 福柯：《性经验史》，佘碧平译，上海人民出版社，2002，第29页。

德毫无顾忌地为罪与恶辩护，指出所谓的罪恶，只是由于挑战了习俗的利益，而它们本不过是人的本性和一切理性行为的基础，它们遵守自然法。[99]"有一位上帝、一只手创造了我所看到的事物，然而却是为了恶。他只在恶中感到高兴，恶是他的本质……恶的后果是永恒的。"[100]萨德所看到的自然，是欲望在人类心灵深处的破坏性能量及其动态的繁殖力。它没有实质性内容，是一个不安分的、饥渴难耐却又无法餍足的"空"。它像传染病毒一样四处出击，不断变形，侵蚀一切。它只有在嚣张挑衅中才能感受自己，从而避免被绝望捕获。

如果说，在19世纪的"恶之花"中，恶尽管表现出某种"伟大"，但毕竟还处在非常规与例外状态，那么，到了20世纪，恶的体验则占据了文学的显位。巴塔耶直截了当地说："文学不是清白的，而是有罪的，它最终应该承认这一点……我渐渐希望说明：文学最终是重新获得的童年。那统治性的童年有真理吗？……最终文学的使命是为罪辩护。"[101]巴塔耶把一个摆脱了古老价值的影响、丧失灵韵的世界比作人类的童年。童年意味着对罪的无知，不仅如此，还是对罪的辩护。其辩护的理由是人的自由。巴塔耶思想的关键词是"僭越"，在他看来，文学的使命就是对道德的僭越，并且在这种僭越当中获得一种销魂的感受，在这种感受当中重获自我。

---

[99] Le Mal, *Texteschoisis&présentés par Claire Crignon*, Paris: Flammarion, 2000, pp.190–197.

[100] 转引自 Pierre Claudes, "Naissance du mal moderne," *Modernité n°29 : Puissance du mal*, Presses Universitaires de Bordeaux, 2009, p.22.

[101] Bataille, *La Littérature et le Mal*, p.10.

　　巴塔耶的"僭越"其实是对《圣经》主题的逆反，并不新鲜。保罗早在《罗马书》中指出过罪性的顽固，警告人们：律法本是让人知罪，但罪却因为律法而更加活跃。[102]这不是律法出了问题，不是禁止导致诱惑，而是因为罪的实质是自我中心，它渴望在对一切约束的僭越中确证自我。[103]保罗的批评虽是两千年前发出的声音，但已深刻触及现代性的根本问题。然而，经过弥尔顿在《失乐园》中对撒旦的"革命精神"的揭露，经过波德莱尔在《恶之花》中悲剧性的审美创举，最后，经过尼采式英雄所进行的普罗米修斯式的价值颠覆，20世纪得到的回报是：僭越不再是一种"精英"行为，而是融入到了一个腐化的巨大市场中，成为另类"恶的平庸"——作恶并不需要太多借口，"成为我自己"便已足够。20世纪，在许多时候，恶的平庸和悲剧的日常化成了生活现实，僭越沦为人类精神的退化。

（原文发表于《人文杂志》2015年第9期）

---

[102] "那本来叫人活的诫命，反倒叫我死；因为罪趁着机会，就借着诫命引诱我，并且杀了我。"（《圣经·罗马书》7：10—11）

[103] 所以保罗说："既然如此，那良善的是叫我死么？断乎不是；叫我死的乃是罪。但罪借着那良善的叫我死，就显出真是罪，叫罪因着诫命更显出是恶极了。"（《圣经·罗马书》7：13）

下篇　思想篇

启蒙与现代主体的焦虑

帕斯卡的预言

启蒙的目的是人类的成熟，为此，人被设计为具有自主性的主体；然而从此，现代人也不断地陷入存在的焦虑之中。

从启蒙运动初期，帕斯卡就意识到了现代人的困窘：一方面，科学使人能够在一定程度上认识自然从而认识自我；但另一方面，科学又只会使人更深地发现自然的无限，以及在这无限面前人的虚无。在现代人的虚无面前，"此时此地"就是人的全部；这意味着，在无限与虚无这两个无底洞之间，人被抛回给了自己。帕斯卡感叹现代人怎能不为此极度恐惧不安。寻求确定性的科学其实恰恰将人的命运置于了最大的不确定和虚无之中，面对这个深渊，如果没有一个无限的上帝来填满，现代人如何安身立命？"看到人类的盲目和可悲，仰望着全宇宙的沉默，人类被遗弃给自己一个人而没有任何光明，就像是迷失在宇宙的一角，而不知道是谁把他安置在这里的，他是来做什么的，死后他又会变成什么，他也不可能有任何知识；这时候我就陷于恐怖……我惊讶何以人们在这样一种悲惨的境遇里竟没有沦于绝望。"① 最后，对于对这种状况安之若素的现代人，帕斯卡讽刺说："人性必定有着一种奇特的颠倒，才会以处于那种状态为荣。"② 今天，曾在帕斯卡看来是"沦于永恒悲惨的危险竟漠不关心"③的状态，大概就是现代人最正常不过的生活。

帕斯卡既预言了现代人时时可能陷入的不幸，也观察到现代人为了逃避这种不幸而发明各种各样的消遣。他戏谑说，现代人之所以无法安静地待在屋子里，是因为一旦他们认识到自己的生存状况如此脆弱，那些乏味的幸福就支持不住他们了。文学和艺术在现代具有一种准神圣的地位，在很大程度上是因为，它们是那种能够给现代人提供某种关于永恒性之幻觉的"消遣"。

斩断了传统之根，现代人试图通过理性和科学在各个领域的应用来获取清明的幸福，摆脱命运的混沌和邪恶，仿佛理性设计的社会理想或新观念就有可能彻底解决人类存在的焦虑。然而，这种不合理的期待容易使得革命沦为投机。对人的意志与能力的无限夸大反而给邪恶留下许多可乘之机。这不仅是自法国大革命以来一些近代历史革命失败的教训，也是自启蒙运动以来发展壮大的唯心主义哲学的问题所在。

---

① 《帕斯卡文选》，尘若、何怀宏译，生活·读书·新知三联书店，1991，第 207 页。
② 同上，第 191 页。
③ 同上，第 190 页。

启蒙主体的悖论性

如果说启蒙意味着人类的觉醒，那么虚无仍是启蒙事业有待破除的、最深的梦魇。因为启蒙所建立的自主的主体，如果不能被恰当地"填满"，那么留下的"空虚"，就会被自然欲望乃至暴力操纵。

启蒙的叙事是主体如何自我建构、如何拥有自主性的叙事，这个叙事并非仅仅始于 18 世纪。阿多诺指出，早在《奥德赛》时代，狡猾多虑的尤利西斯的故事就已经包含了启蒙的萌芽：尤利西斯历尽艰辛，在与神秘自然的较量中得胜还乡，这已经是最初的人类文明同自然的搏斗。这场搏斗早已预见日后文明中包含的野蛮和杀戮，预演了文明的两面性——文明既是对自然之压迫的反抗，也是一种对自然之暴力的内化。作为历史进程的启蒙运动也是在文明与自然（理性与传统）的较量中展开的。以 18 世纪为里程碑，通过法国大革命，以及欧洲大陆主体哲学的确立，启蒙具有了事件性、普世性和象征性的意义。然而，正如文明具有悖论性，启蒙所高举的理性之光同样如此：它一方面代表着人类的历史性进步，另一方面又将人类的进步置于无边黑暗中。事实上，在过去的两个世纪，理性主义的人类进步叙事始终伴随着对虚无之深渊的恐惧；大写人类主体（无论是"帝国""人民主权"还是"国家社会主义"）的建立总是奠基于对另类的敌意之上，包含了永无止境的筛选、斗争、清洗、消灭。

启蒙主体的悖论在于，主体是介于"客观的"理性形式与

"独一的"具体生命意志之间的吊诡。现代社会关于一元论还是多元论的无尽辩论正缘于主体这一起源性的吊诡。也就是说，主体的自主性是一个具有相当弹性的可变空间：主体既可能是像康德的道德主体那样，被理性准则和责任所规约，也可能要求冲破机械刻板的外在束缚，而走向浪漫主义所推崇的生命意志的舒张、内在激情的释放。这两种彼此具有张力的形态都可以被视为自主性主体的题中应有之义，因为在不同的时候，妨碍自主性的要素不同，使得决定主体的"标准"各异。阿多诺一针见血地指出，理性的主体与理性之间实际上处于对立状态。④ 这就意味着，启蒙主体"subject"既是理性的承受者，也是理性的支配者。作为承受者的小写主体可能由于非人的逻各斯力量的压抑而感到窒息，而作为支配者的大写主体则可能在内在深处还保留着自然那桀骜不驯的野蛮之根，并在人类历史中演绎极权主义的风云。而无论是作为支配者还是承受者的主体，都显出了某种致命的缺失，这种缺失使得现代主体始终是在一种无解的焦虑中挣扎，从近现代康德式的自由主义、浪漫主义、黑格尔主义到当代的存在主义、解构主义。

20 世纪 60 年代以来，一度轰轰烈烈的法国存在主义和解构主义致力于消解唯心主义传统给人的自主性留下的桎梏。这场哲学的新近演化因循深化了现代性的三个"怀疑大师"（马克

---

④ 麦克斯·霍克海默、西奥多·阿多诺：《启蒙辩证法》，渠敬东、曹卫东译，上海人民出版社，2003，第 92 页。

思、尼采、弗洛伊德）的叛逆性——以追求自我的绝对独一性（singularity）为旨归。在此意义上，这场后现代的反启蒙与19世纪浪漫主义的反启蒙有很多共鸣之处。但问题在于，反启蒙和启蒙遵循着一种逻辑同一性，它们都是从主体的自主性这一前提出发的，所以解构哲学绕着圈子，最后还是回到启蒙事业的继续。这就是为什么福柯和尼采一样，既不满启蒙，又离不开启蒙。虽然尼采把启蒙称作是庸人的天国，福柯指出启蒙是一种新的对现代人的阴险支配，但他们都将自己看作是启蒙的自主精神与批判精神的真正执行人。这种启蒙和反启蒙的悖论正反映了前面所说的主体的悖论：主体在作为理性的承受者还是支配者之间挣扎，从一个自身走向另一个自身，从一种批判到另一种批判。尽管这种挣扎被福柯称之为："自由的存在""自我创造的活动""哲学的'气质'"以及"使'现在'英雄化、审美化的生存经验"等等，但它也是"自我"的焦虑，现代人的悲剧。

现代人的命运：要么是末人、消费的动物；要么是悲剧英雄。但这种悲剧英雄，谁能保证不会演化为一种审美政治的暴力？阿多诺已经指出过，启蒙的反权威倾向。这种倾向"在理性的概念中与乌托邦思想有着千丝万缕的联系"，但"最终不得不转变成为它的对立面，转变成为反对理性立法的倾向。与此同时……把统治作为一种至高无上的权威来发号施令"。⑤

---

⑤麦克斯·霍克海默、西奥多·阿多诺:《启蒙辩证法》，渠敬东、曹卫东译，上海人民出版社，2003，第102页。

今天生活在启蒙后时代的中国人，既幸运也不幸。幸运的是，我们不需要再面对前现代问题的困扰，诸如：女人是否应当缠小脚，一个男人可以娶几个老婆，等等；不幸的是，我们同样会陷在各种文明的暴力之中，这种暴力更为隐蔽但也更有效力，就像法兰克福学派和福柯所致力于揭示的那样：现代社会只是以一种更为内化的方式将权力的钢筋水泥建筑在人们看不见的意识和观念之中。从此，女人无需任何指令便会主动进行残酷瘦身或丰身，而现代的一夫多妻也完全可以在丝毫不触及法律的情况下进行。实际上，现代的自由和权利观念有时为前现代的弱肉强食提供了更为灵活和便利的土壤，所以现代社会也必将是一个充满了压迫和反抗、充满了微观斗争的社会。

我们应当意识到，无论接受与否，中国社会近两个世纪以来的历程使得中国人的生活格局已经同启蒙运动后的世界格局密不可分。中国社会已经深深卷入到现代主体认同的焦虑中，既身受其害，亦身染其患，难于自拔。如今常见的极端个人主义和民族主义情结都是现代主体的病灶。如果不去学习如何面对启蒙的悖论，我们将始终难以摆脱现代人的悲剧命运。

昆德拉近作中的认同焦虑

米兰·昆德拉一向善于围绕欧洲文化的关键词写作。这位20世纪90年代曾在中国知识分子中风靡一时的小说家，在即将进入

21 世纪时，所推出的主题词不是别的，正是"L'Identité"（"身份／认同"）。这个词虽不及他在 20 世纪 80 年代时的"生命中不能承受之轻"那样让人震撼，也算是把中了时代的脉搏，触及了欧洲文化的要害：进入 21 世纪，最纠缠欧洲人的，不再是对意识形态的媚俗抑或叛逆的玩笑，也不再是对于"轻与重"之意义游戏的伤痛和无奈，而是关于自我认同的焦虑与困惑。

当然，"自我"问题其实一直都是昆德拉写作的中枢神经，就像我们可以在《被背叛的遗嘱》中读到的："生活，就是一种永恒的沉重的努力，努力使自己不至于迷失方向，努力使自己在自我中，在原位中永远坚定地存在。"只是，作为东欧作家时的昆德拉，当他通过小说的智慧来调侃乃至控诉极权制度对自由文化精神的蹂躏时，他的"自由民主斗士"的努力被他自己及其读者视为对伟大的"欧洲（现代文学）传统"的继承；然而，具有讽刺意味的是，一旦划分欧洲的柏林墙被拆毁，昆德拉的光芒便逐渐黯淡下来，仿佛明日黄花。可以说，《身份》的写作不啻为对这一尴尬处境的机敏回应：这种尴尬与其说是昆德拉的尴尬，不如说是欧洲的——自由的欧洲精神一旦失去有力的对手，就会变得萎靡不振，无从自我确认。

《身份》的女主角尚塔尔是一个极度渴望从一切外部（社会）或者内部（她年轻时代的梦想）中逃离的人物。对于这些曾驱使她以某种方式去行动、去生活、去思想和感受的一切，她最终感到十分怀疑乃至恐惧："这一切都不是真的！"的确，我们知道昆德拉的人物都擅长怀疑，因为怀疑正是思考和哲学的另一面，是现代人的不幸品质。对此，昆德拉即便在其最为意气风发的领奖词中也不无自知之明："人类一思考，上帝就发笑！"只是，这一次，怀疑演变成了彻底逃离的决心，以及对无处可逃的焦虑。

《身份》仍然承袭了昆德拉所擅长的小说套路，通过讲述爱情故事来透视现代人最深层的欲望与迷惑。对尚塔尔来说，让－马克的爱是唯一的避难所，只有在这里，她可以不再属于这个世界，而安静地成为她自己，既清醒又平和。她想要在爱情中寻找的，既非艳遇，亦非自恋或年轻时的盲目抒情，而是一个让"成为自我"的种种沉重却虚假的努力可以停止的休憩之地。然而，让－马克却不明白。他为了让她高兴而制造许多充满情欲的匿名信，却不知这样正是在诱使她采纳一种身份，扮演一个不甘老去、绝望地想要抓住别人的目光，以此来确认自己存在的可怜女人的角色。尚塔尔愤怒地反抗这种被强加的命运，在她看来，这种命运意味着，即便她已经"赤身裸体"，可人们还是要"剥光"她，还要"剥掉她的自我！剥掉她的命运！"

尚塔尔的愤怒不只是对既定的社会性别身份的反抗，更多的是在抗议社会机制或文明对她的真正"自我"的剥夺。这个"自我"不是现代文明假定的虚荣的或力比多的"自我"。它既拒绝被还原为生物学、力学、精神分析之类的种种科学标本，也拒绝被缩减为道德准则或社会认同的对象。尚塔尔的焦虑正是昆德拉对欧洲关于"自我"之焦虑的直觉："自我"希望自己是自主的，但自主性却要么成为牢笼，要么成为令人歇斯底里和疲惫不堪的欲望。尚塔尔希望在让－马克的爱中获得休憩，这一希望表达的正是主体的非自足性，也就是主体的脆弱。但这种脆弱在现代文明的生活空间里，在社会意识形态、经济学和科学话语的挤压下，已经越来越丧失了藏身之地，正是这种内在的紧张局促感使得尚塔尔在小说的结尾对让－马克说："我的目光再也不放开你。我要不停地看着你……我怕我的眼睛眨。我怕在我那目光熄灭的一秒钟里，在你的位置上突然滑入一条蛇、一只老鼠，滑入另一个人。"

重思启蒙主体

从人类生存的非自足性（精神或肉体上都是如此）到启蒙所设计的主体的自足性之间，显然是出了点问题，但问题的关键何在？

美国女学者玛莎·纳斯鲍姆试图通过大量细致而丰富的研究来反思和修正现代道德哲学。在她的代表作《善的脆弱性：古希腊悲剧和哲学中的运气与伦理》中，纳斯鲍姆虽在讨论古典，但她的关怀，却是现代理性主体的脆弱。书一开头，纳斯鲍姆就借用品达的诗句来说明古希腊人对人的理解："人的卓越生长如一棵葡萄树，被绿色的露水浇灌，在智慧而正直的人中成长，朝向清澈的天空。"葡萄树的比喻意味着我们在这个世界的生活并不是自足的，而是需要被营养和浇灌的。人有行为的主动能力，但同时也是一棵葡萄树，需要借助于外物的支撑才能向上攀援，朝向天空。人生在世的偶然性和命运问题促使希腊人追问怎样才能控制厄运和不幸，以获得理想的人生。他们很自然地朝向理性的阳光。比起不可控制的外部世界和他人，理性是我们内在的自由，是人面对现实生活的残缺而仍然可以保持内心自足的高贵部分。但是另一方面，希腊诗人又直觉到了理性的局限：人的理性远不能全然解决生活的幸福和正义问题，远不能回答一个值得去活的人生所面对的复杂的选择和价值冲突问题。他们直觉到在偶然性和变化中，在冒险中敞开的人性经验里有一种美，这种美使得神也忍不住要爱上凡人，使得奥德赛宁愿选择他在人世间日渐年老的妻子，为此放弃海中女神卡吕普索的永恒魅力。希腊诗人认识得很清楚，美是同生命的脆弱相关的东西，就像鲜花的芬芳，纵然短暂，转瞬即逝，却不能为任何精美绝伦的工艺品所拥有。

因此，关于什么是好的生活和如何获得好的生活，自古代起就存在哲学家和悲剧诗人之争。冲突的关键不在于是否要取消理性（启蒙），而在于如何挽救理性（启蒙）。就像纳斯鲍姆所说的，她对悲剧冲突的认识并不是为了走向反理性或者反启蒙，更不是为了让悲剧冲突处于政治秩序的核心。她很清楚，"如果要实现现代民主的潜力，就需要哲学"。[⑥] 然而她认为，一种好的政治规划应当能够成就这样一个国家，它"在追求公民秩序之善的同时也尊重根深蒂固的宗教义务"；政治学"应该为选择宗教和其他广

[⑥] 玛莎·纳斯鲍姆：《善的脆弱性：古希腊悲剧中的运气与伦理》，徐向东、陆萌译，译林出版社，2007，修订版前言，第23页。

泛的生活方式留下余地"。[7] 因此，她的目的是要"将古希腊人作为一种经过扩展的启蒙运动的自由主义同盟"。[8]

《善的脆弱性》对比了两种主体的性格：一种是不具备反思能力的理性立法（启蒙）主义者，他们试图通过认知和建立在认知上的对系统论述的追求以及对纯粹性的把握来驱逐命运的阴影，希望理性像大海上的航船那样滴水不漏；在此，理性是狩猎者的角色。但另一幅图像批评和限制了这幅图像，它将情感、价值、信仰等因素对理性的影响考虑在内。在这里行动者的灵魂虽然具有一定结构，但却像多孔的生命体一样可以呼吸透气；他或她的理智不是铁板一块，而是柔性的，像灌溉的水一样，能够面对不稳定和多变的世界来进行调适，既可以接受，也可以给予。

面对这两幅图像，我们不难理解，神志清明的启蒙者为避免理性的滥用，就不应当去破坏个体的信仰情怀，即便这种情怀有时会置生活于不确定的风险之中。因为若是没有它，现代主体的焦虑根本不可能得到真正的治疗；没有它，整个社会和人类文化都将逃避对他人的责任；没有它，"启蒙理性就像难于确知的苍穹一样，难以找到一个标准来衡量自身的一切欲望，并把自身的欲望与其他一切欲望区别开来"。[9]

莫里亚克说得好，现代人只想安于自己乏味而有节制的、犬

---

[7] 玛莎·纳斯鲍姆：《善的脆弱性：古希腊悲剧中的运气与伦理》，徐向东、陆萌译，译林出版社，2007，修订版前言，第 28 页。

[8] 同上，第 5 页。

[9] 麦克斯·霍克海默、西奥多·阿多诺：《启蒙辩证法》，渠敬东、曹卫东译，上海人民出版社，2003，第 99—100 页。

儒主义式的幸福，而帕斯卡这一类的先知式人物"却负起了扰乱他们心境的使命——他掀起了一场无限仁爱的风暴，使之降临于蒙田一类人"。⑩

虽然帕斯卡的声音并未太多地被他的同代人承认，但在他的身后，一代又一代的"现代人"，当其心灵的峡谷深壑被悲剧性地照亮之时，都不能不回过头，去倾听他的声音。

（原文曾发表于《知识分子论丛》第九辑，江苏人民出版社，2010，有修订）

---

⑩《帕斯卡文选》，尘若、何怀宏译，生活·读书·新知三联书店，1991，第17页。

他律与人类的"成熟"

——从列维纳斯的思考看启蒙的意义与局限

当康德在《什么是启蒙》一文中批评人类的"不成熟"状态时，他的批评主要针对宗教问题："我已经把启蒙的要点，亦即人类对其自我施加的不成熟状态的挣脱，主要放在宗教问题上。"[①]这不仅由于在他的时代，德国还处于宗教保守状态，更是由于在他看来"在宗教问题上的不成熟不仅是最有害的，而且也是最可耻的"。[②]之所以如此，是因为基督教的他律性特质代表了与他所提倡的人类的自律精神最相抵触的权威意志。他指出，这种深具渗透力的权威意志对人类自由的束缚导致人类始终处于未成年状态，因而是一种违反了人类进步天职的犯罪。在此，康德对宗教的批判可谓十分严厉。当然我们知道，康德对宗教的看法还有较为积极的一面，即为了至善（德福一致）的需要而重新在他的体系中引入上帝存在的公设，提出一种道德目的论的神学证明；但尽管如此，宗教的价值始终都是依附在道德原理上的。在《单纯理性限度内的宗教》一书中，康德按

---

① 康德:《对这个问题的一个回答：什么是启蒙?》，选自《启蒙运动与现代性：18世纪与20世纪的对话》，徐向东、卢华萍译，上海人民出版社，2005，第61页。
② 同上，第65页。

照纯粹的理性信仰的基本原则，从道德目的的角度来解释启示学说，这种解释事实上也构成了对启示学说的批判。

启蒙精神对现代宗教思想或反宗教思想的影响不可估量，也推动着人类逐渐进入了一个世俗化、现代化的新纪元。然而在启蒙过去两百多年后，人类是否像康德所希望的那样，走向了进步与成熟？启蒙既给人类的生活面貌带来全新的风尚，但也揭开了人类历史上最黑暗的一页。对启蒙所借助的理性之光背后的盲点，近两个世纪以来的哲学家并未缺少批评。康德的同代人哈曼拒绝接受启蒙运动，称启蒙之光只是"阴暗冷漠、毫无成效的月光"，他说："我避免这个光芒，也许更多地出于恐惧而非恶意。"[3] 黑格尔早在《精神现象学》中也指出了启蒙可能会带来的负面问题，那是他从法国大革命那"绝对自由的恐怖"中得出的教训：在绝对自由中，普遍意志所代表的有用性原则对个人的异化将只会是令人恐怖而毫无意义的死亡。[4] 尼采不惜以特立独行的方式，对启蒙带来的社会民主和平等原则发出各种刺耳的抗议，他看到："在启蒙中进步同时也是在黑暗中的进步。"[5] 至于霍克海默与阿多诺写于一战后的《启蒙辩证法》中，则有一种无限的悲凉伴随着"启蒙为何倒退着成为野蛮"的尖锐提问。还有更为激进的抗议出于法国"五月运动"之后的解构思想，由德里达、福柯作为旗手的

---

[3]康德:《启蒙运动与现代性：18世纪与20世纪的对话》，徐向东、卢毕萍译，上海人民出版社，2005，第28页。
[4]黑格尔:《精神现象学》(下)，贺麟、王玖兴译，商务印书馆，1979，第122页。
[5]康德:《启蒙运动与现代性：18世纪与20世纪的对话》，徐向东、卢毕萍译，上海人民出版社，2005，第27页。

后现代浪潮颠覆了启蒙运动所确立的理性中心主义，至此，曾轰轰烈烈的启蒙运动演变为另一场轰轰烈烈的反启蒙运动。然而，对批判的批判仍是一种批判，反启蒙始终难以摆脱启蒙的怪圈；也就是说，在启蒙和反启蒙之间总有一种"秘密的关联"、颠倒的关系，使得"反启蒙可以充当启蒙的原因，而启蒙也完全可以导致一种新的蒙昧主义"。⑥ 从强调自律性（auto-nomy）开始，启蒙仿佛堕入了一个自动化（auto-mate）的非人的程序中，难以自拔。

什么是导致这个怪圈的原因？如何可能真正走出这个怪圈？在此本文尝试返回到启蒙运动和宗教的关系中去理解；更具体地说，是返回到康德对启蒙所使用的这个比喻——人类的"成熟"——同自律，但尤其是同启示的他律性关系中去思考。笔者认为，在这些问题上，列维纳斯关于"绝对他者"的思想为我们再思启蒙的意义与局限提供了重要视角。

什么是人类的"成熟"？

康德将"不成熟"理解为"不经别人的引导就不能运用自己的理智"⑦，也就是说，不是由于缺乏理智，而是由于缺乏勇气和决心去运用自身的理智、由于懒惰和怯弱，因此这种不成熟是"自

---

⑥ 康德：《启蒙运动与现代性：18 世纪与 20 世纪的对话》，徐向东、卢毕萍译，上海人民出版社，2005，第 26 页。
⑦ 同上，第 61 页。

我招致的";相反,"成熟"的状态则是敢于运用自己的理智去自由思考和行动,并为行动的后果负责。启蒙的核心,在康德那里是一种自律精神,尽管这种自律精神与他为了道德目的而不得不引进的上帝之间有一种两难。

列维纳斯并不否认人们应当运用自己的理智和自由,更不否认人们为此需要接受良好的教育(包括启蒙教育)以便成长为有独立人格、健全理性、懂得如何运用自由的人。[8] 然而在他看来,仅有自律和道德法则是不够的,因为自律并没能令人满意地解答谁赋予"我"的自由以正当性,谁来评价"我"的自由这些问题;而道德法则虽然貌似根基牢靠,坚不可摧,却只是冷峻而灰暗的理论,无法医治人类心灵的孤独和窒息。列维纳斯质疑:"我"的自由是绝对自明的吗?可以不涉及他人而只从抽象的道德法则来谈论吗?一种基于"我"的认知或意志的抽象法则难道不是常常从"我"出发,又回复到"我"的目的(哪怕只是道德目的)上来吗?抽象的普遍意志或者卢梭所说的全民公意,凭借自身就足以抵御扭曲的心灵对它的滥用吗?古往今来的"善"的暴政,不正由于那种无视他人的具体处境和状况,而将自以为不可动摇的善的原则强加于人的做法吗?[9] 提出类似质疑的,除列维纳斯之外,还有其他20世纪的哲学家,例如:将现代社会疾病诊断为"恶的平庸"的汉娜·阿伦特;尽管维护启蒙遗产,却大力提倡"主体间性"和"交流理性"

---

[8] 参见 Emmanuel Levinas, "Une Religion d'adultes," *Difficile liberté*, Paris: Albin Michel, 1976.

[9] 参见 Emmanuel Levinas, *Liberté et commandement*, Montpellier: Fata Morgana, 1994, pp.29–48.

的哈贝马斯；以及从古希腊悲剧的伦理思想中反省理性之脆弱的新一代道德哲学家纳斯鲍姆，等等。他们无不意识到：现代专制的特征，许多时候正是由那种从不面对具体个人的非人的抽象性造成的；由机械而抽象的法则所演化成的意识形态，除了让个体心灵感到压抑窒息、虚假异化之外，不再产生任何的道德。

与列奥·施特劳斯对古希腊理性与现代理性之差别的强调不同，列维纳斯认为启蒙的自律精神是一种源自古希腊存在论（ontologie）传统的光，因此他对启蒙精神的批判总是包含在一个更大的对存在论（ontologie）传统的批判当中。他质疑这个传统中中性化的哲学概念对于伦理所具有的优先性。在这个传统中，伦理总是先被还原成关于伦理的知识，同样，要成为正义的则总是先得回答"什么是正义"。然而在现实生活中，自为的理性常常是在正义的借口之下同野蛮结合在一起，这种结合不是一个历史偶然性的问题，而是一种必然的结构。因为这个貌似中性的形而上学传统其实也是一个主体在场中心的传统，一个以"我"的存在为根基建立起来的整体，因此，当它成了一种思考甚至是支配世界历史进程的意识形态时，这种纯属思辨领域的形式感就有可能预演一种文明的暴力。事实上这正是 20 世纪历史的教训。[10] 列维纳斯由此思考现代文明是如何从"我"的自然权利和自由的合

---

[10] 本段所述及观点详见列维纳斯在《整体与无限》的导言及第一部分"同一与他者"（L'Même et l'Autre）中的有关论述，该书结论部分的第七小节明确以"反对中性哲学"（Contre la philosophie du Neutre）作为标题。Emmanuel Levinas, "Préface à l'édition allemande," *Totalité et Infini*, La Haye: Maritnus Nijhoff, 1961; rééd. Biblio Essais, 1990.

法性开始而发展到对他者的暴力和统治的。

然而，另一方面，面对"主体死亡"的时代喧嚣，列维纳斯又一反潮流地坚持思考道德主体和人道主义的可能性。只是，不同于康德将道德主体和人道主义奠定于自律之上的做法，他认为，"人道主义"这个一度被启蒙运动高举，而后又在近半个世纪里变得臭名昭著的词语，要想走出其非人的阴霾而真正成为人性的，则不能不向他者敞开。[11]他发现：一种没有他人之光照的自我意识其实难以承担其孤独幽暗的重量；没有对他人的神圣责任感，自我意识是封闭失衡的，它困顿于死亡的有限性中，找不到真正的超越之途。列维纳斯这种对人性的洞察力并不来自于哲学，也不可能来自于种种对人性进行物化假定的人文"科学"（人是生物的、力比多的、劳动的、经济的，或者社会语言结构的等等），而来自于一个《圣经》的启示。在他看来，这个古老的启示并未否定人的自由和自律，但是比起康德所期待的人类的成熟，它已经想得更远。这个"更远"体现在这类《塔木德》的问题上："如果我不对我负责，谁将对我负责？然而若是我只对我负责——我是否还是我呢？"[12]这个古老的启示要人类在面对一个仍然充满苦难不幸的世界时，能够反省自己的责任，而非感到与己无涉并心安理得。所以，"成熟"不仅意味着能够自律的自由，还应该体现为能够为"邻人"负责的自由；同样，道德不是从"我"的自由开

---

⑪ Emmanuel Levinas, "Humanisme et an-archie," *Humanisme de l'autre homme*, Montpellier: Fata Morgana, 1972, pp.71–99.

⑫ Ibid., p.95.

始，而是始于担心"我"的自由是否造成了对他人的专断和暴力。

为"邻人"负责是否可以被包含在自律里面就算了呢？列维纳斯说"否"，因为为"邻人"负责，乃是接受一种他律，亦即上帝的命令。列维纳斯把这种他律说成是"他人的面容"——不可见的上帝在世的可见"踪迹"——对"我"的同一化欲望的抵抗。"他人的面容"在列维纳斯那里代表一种绝对异质于"我"的欲望、理性、情感乃至道德意志的东西。"面容"是列维纳斯的思想中最有新异性然而也是最神秘和令人费解的地方，是他描述自我与他人之关系的独特词语。"面对面"是一种既非对立、亦非统一的二元关系，其中包含了一段不能为"我"的同一化欲望跨越的距离。

列维纳斯希望通过"面容"（Visage）这个词来表达"他人"和"上帝"的非实体性意味，以及表达存在者对于中性的存在的优先性，这是他同海德格尔的差异。在列维纳斯这里，"面容"似乎既是又不是指我们身体的一个部分。它是世界上最具体和感性的抽象，一个悖论性的谜：一方面，它被描述为一种似乎是可以被看见和经验的东西：即裸露于他人皮肤上的脆弱；然而它的抽象性或者说它的神秘性在于，这种脆弱恰恰不是能够为视觉和主体意识所把握的现象，它是不可见的。实际上，在列维纳斯这里，面容"瞬间"的显现就是启示，只不过这种启示不是启示某种关于一神教的教义，而是启示"我"同他人、世界的关系。

接受来自他人"面容"的他律，是否会陷入到康德所厌恶的那种对人类健康理智和心灵的奴役？讨论上帝的踪迹，是否会给我们这个已是诸神纷争的世界再次引入伪神？事实上，列维纳斯和康德一样厌恶人类任何形式的奴役和依附关系，并且深知无论是在人类的个体生活还是社会历史生活中，专制都常常会以各种形式和面貌存在。他的思想在很大程度上受到一个关于奴役和自由的《圣经》叙事的滋养，即以色列民如何在上帝的帮助之下从埃及人的奴役中摆脱出来。⑬这个塑造了以色列民族认同的出埃及的叙事从一开始就是一个反抗专制暴政的叙事，我们不妨隐喻化地理解它。列维纳斯深知，那些无所不在的专制"支配着无限的资源：爱与金钱，折磨与饥饿，沉默与修辞，它能够如此奴役那些受制的灵魂，直至取消其任何逆反的能力，也就是说直至这些灵魂无须命令就已经驯服。真正的他律开始于驯服已经不再被意识到、已经成为一种惯性的时候。极端的暴力就在这种极端的温顺之中"。⑭正是为了保护人类不受这些奴役性他律的侵害，列维纳斯主张人们应当具有理性和反思的能力，而社会也需要建立健全的法律保障机制。⑮在此意义上，启蒙无疑是具有进步性的。列维纳斯那里有康德式的一面："能够保持其自由的，是那种预见其自身限度并为此而做好防备的能力。自由在于在自身之外建立一种理性秩序，让合理的做法成文化，依靠一种建构。自由出于对暴政的恐惧而要发展为建制，发展为以自由之名义而进行的自由之事业，发展为国家（un Etat）。"⑯

但另一方面，他也怀疑，真正的无神论是可能的吗？他看

⑬ Chatherine Chalier, *Pour une morale au-delà du savoir: Kant et Levinas*, pp.87–90.
⑭ Emmauel Levinas, *Liberté et commandement*, Montpellier: Fata Morgana, 1994, p.32.
⑮ Ibid., p.33.
⑯ Ibid.

到，在科学理性消除了这个世界上的各种山林之神、水泊之神、巫魅之神以后，现代人却比以往更容易陷于各种意识形态之伪神的辖制之中。20 世纪的现代造神运动带来了比以往任何时代更大的历史灾难。无神论的另一面可能就是诸神之争，就是非人道主义。对此，上帝颁布诫命时似乎早有预见，所以他说："除了我以外，你不可有别的神"（出 20:3）。因此列维纳斯坚持：健康的欧洲需要有对希伯来和希腊的"双重忠实"，启示与理性应该保持张力。⑰

那么启示的他律为何不是奴役性的？因为启示是教给我们一种更高的自由，即能够为邻人负责的自由。这种自由并不出于"我"的理性或道德意志，而只能来自对上帝命令的遵行——来自一种被动性，但这种被动性也是超自然性。⑱而理性，哪怕是实践理性，都还有其自然之根。"爱邻人"的自由使"我"有可能从自然的生存结构中解放出来，摆脱向自我返回的生命冲动，而获得更好的生命，因此这种自由是他者的"赠予"。是这样一种更为道德也更美好的生命，而非任何一种自我中心，构成了"我"的

---

⑰ 列维纳斯的这一观点既贯彻在他的研究进路中，也具体表现在他的一些文章和论述中，例如："Bible et Les Grecs"（见 Emmanuel Levinas, A l'heure des nations, Paris : Minuit, 1988. 该文开头即说："欧洲是什么？《圣经》和希腊。"）、"Modèle de l'Occident"（见 Emmanuel Levinas, Au-delà du verset : Lectures et discours talmudiques, Paris : Minuit, 1982.）以及 "Etre occidental"（见 Emmanuel Levinas, Difficile liberté, Paris: Albin Michel Press, 1976.）等等。另参见 Jaque Rolland 的概括，见 Emmanuel Levinas, De l'évasion, Montpellier: Fata Morganan, 1995, pp.153–154.
⑱ 参见 Emmanuel Levinas, Totalité et Infini, La Hage: Maritnus Nijhotf, 1961; rééd. Biblio Essais, 1990, pp.80–89; Emmanuel Levinas, Autrementqu'êtreou au-delà de l'essence, pp.194–205.

独一性。这独一性也是"拣选",是"超越"这个词的真正实现。而恶的他律则相反,是对"我"的独一性的剥夺。受制于种种奴役性力量的心灵所失去的,正是同他人"面对面"的能力和向善的能力,对此阿伦特在关于极权主义的精彩分析中也曾经指出过:"通过创造一些条件——在这些条件下不再有足够的良心,也已经完全不可能行善——极权政体的罪行中所有的人有意识地组织的共谋延伸到了受害者,因此造成了真正的极权。"[19]

正是对个体不可替代的独一性的关注使得列维纳斯认为:真正的道德意识只可能从与他人面对面,而非从普遍意志开始,因为普遍意志也有可能沦为恶的他律而成为对心灵的异化力量,使得人们又需要重新回到出埃及的叙事。而以色列人出埃及则不是为了进入自律,乃是为了接受上帝颁布的律法和命令:自由总是和命令相联。列维纳斯承认,真正的自由是困难的,它正意味着克己,意味着要学习和受教。人类的"成熟"绝不是一个轻松的、容易实现的理想,康德也没有回避这一点。启蒙的座右铭:"敢于知道(Sapereaude)!要有勇气运用你自己的理智!"与其说是关于某个问题的判断,不如说是一句励志的格言。同样,在出埃及的叙事中,本来只有40天的路程,以色列人却在抱怨和懊悔中走了40年。

然而,唯有这条道路(或者说是拦阻)能够成为"我"的道

---

[19] 参见汉娜·阿伦特:《极权主义的起源》,林骧华译,生活·读书·新知三联书店,2008,第565页。

德感的永不枯竭的源头，使"我"独一的生命在其中不断被更新。事实上，这种更新正是今天已经十分疲惫的欧洲所迫切需要的。由于长期在自由主义、实证主义和虚无主义中挣扎，欧洲的危机，已经不再是是否"成熟"的问题，而是是否已经在悲哀和绝望中衰老，不再有希望、活力和意义的问题。

什么是成人的宗教？

启蒙带来了宗教祛魅，也使宗教逐渐摆脱了外在的社会强制，不再同教士阶层的利益、教派冲突、政教之争、专制统治等密切联系在一起。信仰逐渐内在化了，个体心灵的自由释放出来。所以康德认为，基督教有史以来最好的时代就是他自己所处的那个时代，因为只有在这时，真正的宗教信仰的种子才能够不受阻碍地萌发。[20]

在康德看来，只有纯粹的理性信仰才符合启蒙精神，也才算是摆脱了人类的"不成熟"状态的信仰。在此需要指出，康德所说的纯粹的理性信仰不同于在他之前非常普遍的那种对上帝存在的本体论证明；相反，他首先宣告了这种纯理性证明的破产，这是他对神学的一个伟大贡献。他所提倡的纯粹的理性信仰是通过道德目的来将宗教根源奠定在实践理性的基础之上，指出上帝的

---

[20] 康德：《单纯理性限度内的宗教》，李秋零译，中国人民大学出版社，2003，第38页。

立法意志是通过纯粹道德法则来颁布命令的。由于纯粹道德法则内在于每个拥有理性的自由个体身上，因此每个个体也都能够从自身出发，凭借道德良知来认识上帝的意志。纯粹的理性信仰主要是针对启示宗教中那些"不够纯粹"的部分而言，这些部分包括教会、《圣经》、宗教仪式等等被康德视为历史性的信仰内容。历史性的信仰以其在历史中的发生作为存在的前提，康德承认它们亦是必要的和不可或缺的，但它们毕竟只是引导人们进入纯粹的理性信仰的手段。用他的比喻来描述，历史性信仰和纯粹的理性信仰的关系就像两个同心圆，那内在的、更为核心的，是纯粹的理性信仰[21]，如此，康德一面批判上帝的本体论证明这种简单的理性主义，一面又挽救了神学的唯智主义。

由此被解放了的宗教思想，无论是理性还是非理性的，都越来越多地诉诸个体选择和意志。启蒙之后的神学发展同人们从信仰中寻找主体绝对性的需要相结合，既使信仰"无限"主体化，也使主体"无限"神圣化。这样一种结合可以体现为以施莱尔马赫为代表的浪漫主义神学，它将信仰奠基于主体神秘的、生存性的宗教情感；也可以体现为黑格尔的绝对精神——作为圣灵的一种变形，它注定要在辩证法中超越现实宗教；还可能体现为克尔凯郭尔对黑格尔这个绝对精神的辩证法系统的批判，因为这个系统最终将主体还原为具有普遍性的客观存在，抹杀了主

㉑ 康德:《单纯理性限度内的宗教》，李秋零译，中国人民大学出版社，2003，第11页。

体的绝对性。

列维纳斯在很大程度上认同启蒙对宗教思想的解放。^㉒他甚至认为真正的信仰不可能不冒无神论的风险:"无神论应该流行。只有经过无神论,人们才会追求超越的精神意味。"^㉓"真正的一神论应当回答无神论的合理要求。"^㉔因为只有在经过无神论的洗礼之后,人们头脑中的那些自然神、巫魅的神,以及同其自身的种种利益相挂钩的神,才有可能让位给一个由《圣经》和人的道德行为共同见证的创世者。在他看来,一神论宗教同逻各斯精神联合,是宗教走向成熟不可避免的道路。信仰不能单单依靠某种神秘天启和自发的激情,若不经过怀疑、反思和理解的年代,就不会有成人的宗教。^㉕面对一神论教义,怀疑、反思和寻求理解必然是人类的语言和方式,而上帝的启示不但能够容纳人的问题,也正需要通过人的提问来扩展和作用。犹太人的一个创世别传(Tsimtsoum)就提到,上帝自我聚集于世界的中心点上,但人们的解读能令这个点扩张,其包含的寓意正是:上帝鼓励人以全部的智慧和热忱去寻求启示的奥秘。^㉖

列维纳斯和启蒙思想家们一样认为,自由是信仰不可或缺的

㉒ 参见列维纳斯对摩西·门德尔松这位 18 世纪著名启蒙思想家和犹太教思想家的评论。Emmanuel Levinas, "La Pensée de Mose Mendelssohn," *A l'heure des nations*, Paris: Minuit, 1988.

㉓ Emmanuel Levinas, *Difficile liberté*, Paris: Albin Michel Press, 1976, p.34.

㉔ Ibid., p.220.

㉕ 参见 Emmanuel Levinas, "Une Religion d'adultes," *Difficile liberté*, Paris: Albin Michel Press, 1976.

㉖ Catherine Chalier, *Judaïsme et Altérité*, Paris : Verdier, 1982, p.200.

条件。信仰虽然不以人的自由本身为目的，而是以人的受教为旨归，但教育的意义正在于将受教者视为自由的存在来对待，因为"自由始终是人们能够达到的一切价值的条件"。㉗启示是圣言向每一独特个体的理智和心灵说话，只有通过这种自由的内在化的过程之后，被人类选择接受的"神迹"才不会像巫术一样破坏人的尊严和负责任的行动能力。在此意义上，列维纳斯赞同启蒙之后神学视角的扭转，即从神本主义转向了关注人对信仰的理解和生存体验。他说："人类的生存虽然有本体性的欠缺，但正由于这种欠缺，由于这种欠缺所带来的痛苦、焦虑和批判，人的生存才成为神圣话语与人的理解力相遇的地方，在这里神圣话语失去了它剩下的那些所谓的神秘特质。"㉘

列维纳斯和康德一样认为：虽然上帝的本体是不可知的，但这并不妨碍人们经由道德而对他产生一种理解力。对此列维纳斯更愿意称之为伦理的"见证"。列维纳斯高度肯定这种道德理解力的意义，并且欣喜能够从现象学中找到描述这一意义发生的方法。在他那里，关于上帝的问题意识转换了，不是要问上帝是什么，而是要问：上帝是如何来到我们的观念中的？这对我们的生活意味着什么？㉙这种问题意识的转换说明，人与上帝的关系将通过他对救赎之责的担承来体现。上帝隐匿而仍然与我们此时此地的生活相关，如此才凸显信仰的本真意义。

㉗ Emmanuel Levinas, *Difficile liberté*, Paris: Albin Michel Press, 1976, p.32.

㉘ Ibid., pp.33–34.

㉙ 参见 Emmanuel Levinas, "Dieu et la philosophie," *De Dieu qui vient à l'idée.*

　　隐匿的上帝究竟是如何与此世相关的呢？正是在对这个问题的回答上体现了列维纳斯同康德以后的现代神学（特别是 19 世纪的浪漫主义和存在主义神学）的重要差别。康德之后，现代神学所走的道路，概而言之，实际上是将对上帝的本体论证明颠倒为对某种主体神圣性的证明。上帝的缺席虽然并没有等同于上帝的死亡，但却需要奠基于主体的绝对性之上；上帝被吸收进入一个由主体中心所统治的系统之内，不再具有"绝对他者"的意味。至此，传统神学的同一性结构并没有根本的改变，只是发生了一个倒转，即从过去的神本主义转向现代人本主义，但他者在同一性结构里则始终处于被压抑的地位。然而，如果说康德从人道主义出发，开始了一种新的对上帝的思考（pensersurDieu），那么，列维纳斯则从"他人的人道主义"（l'Humanisme de l'autre homme）出发，提出如何朝向上帝（à Dieu）。在此，作为"绝对他者"的上帝不能被还原为"我"的意识、理性或利益计算。上帝隐藏其面容。人无法对上帝进行"哲视"（"théorie"在希腊语的词根是"观察、看"的意思），而是通过接待他人来见证上帝临在。朝向上帝（à Dieu）就是不求回报地朝向他人、为他人。上帝仅仅就意味着这样一种生活的意义和方向，这个方向不会由于德福一致的目的而回复到"我"这里。用列维纳斯的话来说，在"我"和他者之间是一个非对称的"弧形空间"（courbure de l'espace）[30]，他

---

[30] Emmanuel Levinas, *Totalité et Infini*, La Haye: Maritnus Nijhotf, 1961; rééd. Biblio Essais, 1990, p.324.

者的位置高于"我"，正是这种非对称性"构成了道德的基本要素"㉛。从"我"朝向他人的不可逆转性就是他律，意味着在"我"和上帝之间不允许进行经济学的交换。列维纳斯认为唯有如此，才能够挽救宗教（以及道德）的纯洁性：宗教的意义不是一种因果报应或进天堂的安慰，而是人和人之间的伦理关系（relation）。在此他强调"宗教"（religion）㉜一词的词根"relier"（同……的关联）。他认为，伦理不是基于宗教，而就是宗教的核心；正是由于伦理问题，上帝才会来到人的观念当中。

因此列维纳斯强调自己的思考不是神学（包括否定神学）。他宁愿使用"见证"这个词。见证既不是一个命题，也不是一种观点或意见，而是指一种外在于"我"的主观性的事物通过"我"得以表达它自己；这个事物以"我"来作为它存在的通道。此时，内在性不再是一个专属于"我"的地盘，而是转向对于外部的接纳。"无限的外部成了'内在的'声音，这声音见证了在我们内在的秘密中有一道裂缝，这裂缝正朝向他者记号——记号就是对于这记号自身的给予，一条弯弯曲曲的道路。"㉝这条道路是"上帝用曲线来笔直地写"㉞，列维纳斯曾多次转引这句克洛代尔引用在其剧

㉛ Emmanuel Levinas, *Totalité et Infini*, La Haye: Maritnus Nijhotf, 1961; rééd. Biblio Essais, 1990, p.331.

㉜ 罗贝尔法法词典中显示：该词在拉丁文"religo"中的意思是"小心谨慎地注意、敬畏"；从词根上看，该词既来自于"收集、集中"，也来自"同……的关联"（relier）。显然，在此列维纳斯强调的是后一种不太为人们所注意的含义。

㉝ Emmanuel Levinas, *Autrement qu'être ou au-delà de l'essence*, p.230.

㉞ Ibid.

本《缎子鞋》上作为题献的波兰谚语。见证意味着，那位缺席的上帝是比我们的内在性更为内在的"内在性"。

列维纳斯之所以如此强调见证而非神学，是因为他认为启示不是对某个抽象真理的揭示，而是像在《圣经》中所说的那样，是一个活生生的"降临事件"。他说，当一个人能够向另一个人说："我在此"（me voici）时，"上帝"这个词就临在于人们的嘴唇上。[35] 他意识到：在动态的现实生活中，信仰只有成为一种活泼的生命才是可能的。对于这样的生命而言，朝向上帝的注意力不可能不体现为我对他人之不幸的敏感。这种敏感不是出于冲动或者多愁善感，不是一种非理性，而是对他人、对世界之责任的极度意识。正是这能够敏感于他人苦难的生命，这能说"我在此"的生命构成了上帝与人、与自然之盟约的见证：一种无限居住在人有限的存在里。

然而在这样一个充满罪恶的世界上，"为他人负责"是多么脆弱的语言，在处处都由利益来主导的局面中，谈论这样一种信仰岂不是乌托邦或天方夜谭？对于一个充满苦难和不幸的世界而言，谈论一个全善全能的超验上帝、一个让人畏惧的审判者，岂不比谈论一个隐藏的上帝，一个以"他人的面容"作为"踪迹"的无限者更能给人希望？对此列维纳斯坚持：神学的经济不是上帝的荣耀。上帝的荣耀不正在于，他通过限制自己来给人以自由，通过自己的退隐来让人类成熟？上帝的荣耀不正在于，他的语言能

---

[35] 参见 Emmanuel Levinas, "Dieu et la philosophie," *De Dieu qui vient à l'idée.*

够成为人的语言，他的启示成为人的生命？因此，如果上帝缺席，那"是为了让人明白人的肩上也背负着上帝的一切重担"。[36]"通往上帝的道路是一段没有上帝的道路……成人的上帝正是通过未成年的天空之空无来展示的。"[37]

当然，在强调人对上帝的成人之责时，列维纳斯也指出："成人"还意味着，面对世界，人已恰当地认识自己的脆弱和限度，认识到，一种个人英雄主义的作为是危险和无效的。[38]"人的自由最终不是英雄式的"[39]，同样，"宗教生活不可能在个人英雄的状况中成就"[40]。"救赎、启示、创造这些人与上帝一切可能的关系都服从于这样一种社会的建制：在那里，正义不是保留给个体的敬虔诉求，而是足以影响全体并被实现。"[41]因此，宗教生活也是对正义社会的制度性建构："在所有神学中，一个正义社会的建构都被等同于那些标志着宗教生活至高境界的时刻。"[42]但是，列维纳斯始终不忘强调，正义社会只可能起源于每一具体个人对救赎之责的担当："上帝应当显现，正义与权能应当结合，这片土地上必须有正义的机构，然而，只有那些已经承认上帝之隐匿的人才能够要求这种显现。在人和上帝的不成比例之间建立的平等是多么紧张的

---

[36] Emmanuel Levinas, *Difficile liberté*, Paris: Albin Michel Press, 1976, p.220.

[37] Ibid.

[38] Ibid., p.223.

[39] Emmanuel Levinas, *Liberté et commandement*, Montpellier: Fata Morgana, 1994, p.33.

[40] Emmanuel Levinas, *Difficile liberté*, Paris: Albin Michel Press, 1976, p.223.

[41] Ibid., p.42.

[42] Ibid.

辩证关系。"[43]

　　这种对上帝的成人之责难道不比任何一种关于上帝全能的抽象观念提供给人类更多的希望？上帝的荣耀不正是一个有限世界在被无限穿越之时所经历的、非常人性化的战栗？

　　（原文曾发表于《华东师大学报（哲社版）》2009 年第 3 期）

---

[43] Emmanuel Levinas, *Difficile liberté*, Paris: Albin Michel Press, 1976, p.223.

《约伯记》与形而上"罪责"

　　《约伯记》[1]也许是整本圣经中最令人费解又最吸引不同时代与处境的人们反复咀嚼的一卷。古往今来，一方面，各种背景的解经家小心翼翼地训诂，推敲经文各处细节与寓意，只可惜常令人有"只缘身在此山中，不识庐山真面目"之憾；另一方面，各种学院与大众文本中，约伯常被简化为"在无辜受难中坚持信仰"的刻板形象，这种指认不费周折、天经地义，却轻易忽视了人们阅读此书时的艰涩与困惑。《约伯记》究竟是怎样一卷书？著名希伯来圣经学者纪博逊（John C. L. Gibson）说，尽管他讲授此书已二十余载，可"当你想掌握这卷书时，它却像沙一样从你的指尖悄悄溜去了"。[2]身为此书的权威注释者，他坦言："尽管注释书的陈述强而有力，它却不是我对此书所领受的确实意义。当这卷书向每一个读者的生命说话时，他或她都必须自行替这卷书做出自己的解释。我只能加以协助。"[3]此言并非仅出乎谦逊，更发自对此

---

[1] 本文所引《约伯记》均出自《圣经》中文新标点和合本。

[2] 纪博逊：《约伯记注释》，选自《旧约圣经注释·下卷》，纪博逊主编，中国基督教三自爱国运动委员会、中国基督教协会，2001，第1667页。

[3] 同上。

书的领悟。

《约伯记》讲述了发生在年代不详的"古时"，位置不明的"乌斯地"，一位异乡异族的东方人约伯的故事。虔诚正直而又家业兴隆的约伯遭天使"那撒旦"（The Satan，有别于后来不带冠词"那"的撒旦）④控告，揭发他的虔敬仅为福佑之念，于是上帝同意让"那撒旦"前去试探约伯。"那撒旦"不仅降灾于他的财富与儿女，令这一切灰飞烟灭，还让他的身体承受极重的煎熬，而约伯笃志不移。直到三个朋友来探访，面对他的灾难大放悲声，而后却长时间沉默，才引得约伯悲愤开口，咒骂自己生不如死。约伯的朋友们便相继发言，指出他的苦难一定是由于他隐而不显的罪遭天谴，劝他赶紧认罪悔改。约伯被激怒，不但坚决否认自己有罪，还反驳朋友们说，义人遭难短命，恶人享福亨通，本是世间常态。由此不知不觉，约伯否定了上帝在世间的公义，指责他不听无辜受苦者呼求，不赏善罚恶。

约伯与朋友们三回合辩论陷入僵局后，随着年轻的以利户登场，全书开始了三篇转折性讲辞。以利户的讲辞是引子，批评约伯自以为义和骄傲自大。随后，耶和华两次从旋风中回答约

---

④ 带定冠词的"那撒旦"还是一个隶属于上帝下属的头衔，相当于神圣法庭中专门扮演"敌手"的检察官。他"是个卑鄙肮脏的东西"，对上帝厚颜无耻且鲁莽无礼，对人类则讥刺鄙视，专好将人类的一切错事报告上帝，是"挑拨者"。但此时他并不同于伊甸园中那条蛇——"引诱者"，亦未成为新约时代不带定冠词的"撒旦"——上帝仇敌魔鬼的名字。参见纪博逊：《约伯记注释》，选自《旧约圣经注释·下卷》，纪博逊主编，中国基督教三自爱国运动委员会、中国基督教协会，2001，第 1672—1673 页。

伯。第一次耶和华批评他"用无知的言语使我的旨意晦暗不明",责问:"我立大地根基的时候,你在哪里呢?"然后便滔滔讲述自己创造天地万物的奇妙作为。说完,约伯仍余怒未尽,耶和华便开始第二次讲论,问责约伯:"你岂可废弃我所拟定的?岂可定我有罪,好显自己为义吗?"接着,耶和华以冗长的篇幅描绘了两样凶险可畏的巨型怪兽——"贝希摩斯"(Behemoth)与"利维坦"(Leviathan)⑤,暗示约伯上帝在此世面对的挑战与重负。于是约伯便"厌恶自己,在尘土和炉灰中懊悔"。此为全书高潮。然而,耶和华却转而向约伯的三友发怒,认为他们对上帝的议论不如约伯说得对,又让约伯为他的朋友们代祷,最后还加倍赏赐约伯。

　　《约伯记》处理了一个几乎无法澄清的两难:如果义人无辜受难,上帝的公义何在?这无比尖锐的问题成为《卡拉马佐夫兄弟》中无神论者伊凡对上帝的责备:"我决不接受最高的和谐,这种和谐的价值还抵不上一个受苦的孩子的眼泪。"⑥在人的常识看来,如果确有上帝,如果上帝存在公义,那么这世界就该恶人遭报而义人蒙福。对这位《圣经》中的天父,人们很难做到在敬畏他时,心中丝毫不抱对其参与当下世界审判和救赎的希冀,甚至功利之念。反之,一个丝毫不关心人间疾苦和公义的上帝,也

⑤ 参见纪博逊:《约伯记注释》,选自《旧约圣经注释·下卷》,纪博逊主编,中国基督教三自爱国运动委员会、中国基督教协会,2001,第1815—1818页。
⑥ 陀思妥耶夫斯基:《卡拉马佐夫兄弟·上》,耿济之译,秦水、吴均燮校,人民文学出版社,1994,第366页。

不是《圣经》中那位爱和公义的上帝。《圣经》中，上帝的救世与超越、此岸和彼岸实为一体两面，既是上帝的属性，亦是信仰的挑战；既有符合人们常识的一面，亦有吊诡而挑战常识的一面。在《约伯记》里，"那撒旦"便利用这"常识"的吊诡性来给约伯设陷，控告他的虔敬只是出于功利。而约伯的三友面对他的苦难发出指责，亦是基于对此"常识"的简化与教条。三友虽貌似敬虔，但这敬虔中却包含着对他者的妄议与对上帝之名的滥用。甚至当约伯情不自禁为自己申辩时，也会不由自主地上钩，陷入与"那撒旦"和三友相同的逻辑构陷——在这个逻辑构陷里，义人无辜受苦与上帝存在公义，这两者无法组成天平两端的平衡。而约伯的申辩若进一步发展，便有可能成为现代人伊凡对上帝的反叛与革命诗歌：人类命运的和谐大厦，怎能奠基于孩子无法报偿的眼泪？这和谐的价格太高了，不如让宗教大法官来取代耶稣。

好在关键时刻，上帝从旋风中回答约伯。奇怪的是，上帝虽未直接回答他究竟缘何受苦，倔强的约伯却醒悟悔改了。这是全书的解和结，但细心的读者难免感到理解上的不适。的确，约伯是在一种醒悟而非理解中，解开了心中的结。或许他隐约感觉到：正因为人类命运是座不和谐的大厦、一座同时居住着无辜孩子和可怕巨兽的大厦，所以更不能失去上帝这个宇宙支点，以致全盘倾覆，不能再无一丝希望之光，以致彻底黑暗。"如果没有上帝，一切都是许可的。"这种弥漫在陀思妥耶夫斯基小说中的危险，也是《约伯记》中的怪兽代表的巨大威胁。美国作家赫尔曼·麦尔维尔的名著《白鲸记》，正是以《约伯记》为小说互文。小说中，富有灵性而令人生畏的白鲸莫比·迪克被"船上可汗、海中之王"亚哈船长誓死追杀。它正是《约伯记》中不惜笔墨描绘的怪兽"利维坦"(《圣经》中常译为"鳄鱼")。亚哈船长以神一般的超人意志和勇士精神来接受约伯没有接受的挑战，最后几乎全军覆灭，只留一个生还者，此即小说叙述者"我"——以实玛利。小说"尾声"赫然以《约伯记》中的经文为题记——"唯有我一人逃脱，来报信给你"(《约伯记》1：16)。在原文中，这"你"是指约伯。莫非小说的意图，是以狂傲自大、充满复仇精神的亚哈为训，来暗示对约伯之谦卑的肯定？

约伯最终选择停止追问自己受苦的原因，不再用"无知的言语"，使上帝的旨意暧昧不明。这意味着他最终选择接受这一对悖论——自己无辜受苦与上帝存在公义。他放弃以自我的遭际来称量上帝的公义，选择自我对宇宙的责任先于个人自由。他以责任替换申诉，因此上帝视他为"义人"。

或许我们也可借此揣摩此书戏剧与文体的独特形式。这是一出剧中剧：当上帝和"那撒旦"在天上观察约伯时，读者也在观察上帝和"那撒旦"的博弈。除约伯自己，读者皆意识到，他的表现将影响上帝和"那撒旦"的博弈。似乎正是由于"那撒旦"的控告，天上王国出现了一道裂缝、一种危机，需要约伯不计代价的忠诚来弥补。这便是这出"剧中剧"结构的意味深长之处：约伯的表现，不仅关系他自己，也关系到天上王国的安危。这一舞台形式仿佛隐秘地揭示：上帝也需要"义人"帮助。后来，歌德在《浮士德》中模仿这出天上序幕的套层结构，含义却大不相同：读者看到，《浮士德》的上帝是一个浪漫主义的上帝，他需要墨菲斯特的帮助来实现自己。

《约伯记》的写作交替使用了散文和诗这两种文体。开场散文部分（第 1 章、第 2 章）讲叙起初约伯家业的兴旺，上帝和"那撒旦"博弈，以及约伯受苦。中间主干漫长的诗体部分（第 3 章到第 42 章 1—6 节）包括约伯与三友辩论，上帝对约伯讲论，以及约伯悔改。最后收场（第 42 章 7—17 节）时，全书不仅恢复了开场时的散文体以及约伯家业兴旺的处境，更是恢复了被主干诗体部分否定的信仰经济学。由此，诗的部分和散文部分在全书中构成两种异质旋律，既彼此冲突对抗，又相互融合为一。似乎散文部分是外在可见的故事，诗的部分是内在不可见的挣扎；又似乎一种历史中看得见的信仰生命，必须奠基于人心中看不见的信仰危机与风暴，没有经历过这场危机和风暴的人，则无法达致对信仰的透彻理解。因而《约伯记》结尾，并非一种简单的恢复，而是对信仰经济学的升华。此时，信仰超越于个人需要，成为对宇宙秩序、善优先于恶的秩序的信、望、爱。为此，这世界得有少数像约伯那样"愚昧"的人，如《卡拉马佐夫兄弟》中佐西马长老所说，醒悟自己"应当在世上一切人面前，为人类的一切罪恶负责"。[⑦]

---

⑦ 陀思妥耶夫斯基：《卡拉马佐夫兄弟·上》，耿济之译，秦水、吴均燮校，人民文学出版社，1994，第 433 页。

正由于启示了人类这份沉重无比、没有边界的形而上"罪责",《约伯记》如纪博逊所言,从来"不是给怯懦者读的"。[8]

（原文曾发表于 ECNU- 文汇讲堂·人文大书架 No.12，文汇讲堂微信公众号，2017 年 5 月）

---

[8] 纪博逊:《约伯记注释》,选自《旧约圣经注释·下卷》,纪博逊主编,中国基督教三自爱国运动委员会、中国基督教协会,2001,第 1667 页。

现代性与犹太人的反思

　　20 世纪对犹太民族和中华民族一样，是一个灾难深重的世纪。两个民族都经历了现代性进程中的社会历史浩劫，也产生了浩劫之后的民族复兴、历史反思和现代性批判。法国哲学家卡特里娜·夏利尔（Catherine Chalier）这本《犹太思想家论集》收集了她于 2013 年 4 月在复旦大学哲学系所做的三个讲座，在此基础上，又由她自己增选另外三篇文章，与这一系列讲座一道，从几个不同面向，反映了现代性与犹太思想之间丰富的张力。

　　夏利尔女士是国际著名的列维纳斯专家，在巴黎第十大学任教。她继承列维纳斯的思想道路而进一步拓展了哲学与犹太思想的对话，成就在相关领域颇负盛名。在列维纳斯的传记中记载过这么一件小事：采访者在列维纳斯面前提到夏利尔时，称她为列维纳斯的"学生"，而列维纳斯却纠正道：不，那是一位"朋友"。

　　欧洲的现代性道路以犹太人的"献祭"为代价，我们因此很容易想当然地认为，犹太民族是反现代、反启蒙的。的确，二战以来，犹太知识分子对现代性和启蒙有诸多批判，但批判启蒙不等同于反启蒙，二者不可混为一谈。这大概是在面对现代性问题上，犹太民族同其他反现代、反西方的国家民族主义或保守主义立场的最大差别，也是犹太民族特别值得我们学习和借鉴的地方。尤其时下，当保守主义和自由主义之争不断回潮之时，我们似乎更应当思考：犹太人何以"保守"，又何以"开放"？

苦难没有让犹太民族变得封闭和充满敌意。对于幸存下来的犹太人而言，过去的苦难不应当沦为恐惧与仇恨，而需要转化为一种对他人和未来的责任，这才是苦难能够得到安慰或者救赎的方式。因此，许多犹太知识分子以对启蒙和现代性问题的反思为己任。这也是为何，施特劳斯这位著名的现代性批判者，在自己晚年题为"我们为什么仍然是犹太人"的演讲中说："我觉得自己可以毫不夸张地说，长久以来，我思考的主线就是犹太人问题。"

就近代历史而言，犹太人与其说是启蒙运动的反对者，不如说是启蒙运动的积极参与和建构者。自18世纪，犹太教派很快接受了公民自由、宗教宽容以及个人主义等启蒙运动的观点，普遍蔑视"迷信"活动。犹太教甚至同基督教一样发生了分裂，产生了所谓改革派、正统派、保守派和重建派等。很多犹太人开始将传统的犹太社区及其机构视为蒙昧、过时和迷信的。

相较于历史上的基督教，犹太教对启蒙运动的接受似乎更为积极自主，内部更少血腥暴力。在应对现代性的挑战中，较之于中国、印度以及伊斯兰等古老文明，犹太文明大概是最顺利的：一方面，他们在经济、科学和政治制度方面都完成了同化；另一方面，传统的宗教信仰虽受到巨大冲击，却最终在危机中创生，保持活力。

为何犹太教能较成功地完成转型？这固然同犹太人摆脱隔离

区的强烈渴望有关，但更重要的原因在于：犹太教传统本身便包含了启蒙的"元素"，这使得犹太教在遭遇启蒙运动时，能够合理地自我"扬弃"和创生。这种启蒙的"元素"，就是对自由和理性的热爱。这在很早以前，就体现为《塔木德》向读者开放的解经传统，以及犹太哲学家（如亚历山大的斐洛、迈蒙尼德等）将启示与理性结合的努力。

因此，在启蒙问题上，犹太教并未非此即彼。相反，对他们而言，启蒙与传统之间是一种彼此相顾的共生关系。他们在启示的传统中看到了启蒙的诉求，但又坚持启蒙仍需启示来引导。没有启蒙所体现的人的自由，启示的传统就是死的——活的传统必须是一种基于自由的联结与认同。而启蒙和自由若失去了需要持守的方向和意义，就只是人的自我为义甚至自我膨胀。这种激进的启蒙和自由是极其危险的，它最终呈现为两次世界大战的毁灭性面目，以及某种带有准宗教性质的革命暴力。一些犹太知识分子在对历史灾难的痛定思痛中，致力于清理那种否认启示的理性主义的专横，主张重启启示与理性之争。

犹太哲人对启蒙和现代性的反思与洞见，深刻体现在夏利尔这本书中。她在专为中国读者而做的序言中指出：犹太思想史上有两个同现代性进行对话的关键阶段。第一个是在现代到来的前夕。她通过研究斯宾诺莎对迈蒙尼德公开和隐秘的抗议，来比较在此阶段已然存在的两种对启蒙的理解。

迈蒙尼德是犹太哲学史上里程碑式的人物，也是最早构建犹太教义的学者之一。他早在中世纪时就尝试让信仰与哲学对话，向学生传授如何通过亚里士多德哲学及其阿拉伯诠释，对《妥拉》进行一种哲学解读。这在他的时代，仍是一种可能犯渎神罪的妄举。他分别以两种不同的语言来撰写两类不同的著述。一类是以他心目中的宗教语言希伯来文写的有关犹太律法的解释，如《米书拿妥拉》。此书至今仍受正统派犹太教尊崇。另一类则是以当时的哲学语言阿拉伯文写的《迷途指津》。此书当他在世时就被列为禁书，时至今日，仍无法被犹太教正统派接受。

　　如果说，迈蒙尼德代表了犹太思想史上温和的，或者说，"经典"的启蒙态度，那么，斯宾诺莎，这位有着犹太血统的非犹太哲学家，则代表了一种反传统的激进启蒙态度。他对迈蒙尼德将信仰和理性结合的尝试进行了强硬批评。迈蒙尼德迈出的启蒙步伐虽然勇敢，但还远不能满足他的期望。他想要迈出更彻底的一步，就是让信仰和理性完全分开：信仰是属于庸众的道德指南，更是统治者奴役人们的神权政治工具；拥有健全理性的人应当经由理性通达至善；好的政治生活应当摆脱宗教的影响，完全由国家政权来治理。斯宾诺莎的激进有其神权政治的时代背景，他的主张深刻影响了西方世界的生活面貌。然而，他对迈蒙尼德的批判是否简化了迈蒙尼德在启示与理性之间的审慎考量？在迈蒙尼德较之于斯宾诺莎的"保守"中，是否包含着一种斯宾诺莎未能发现的智慧？

　　这个跨时空的论辩至今无法终结。在施特劳斯和夏利尔这些关注犹太问题的哲学家这里，这是一个具有典范性的论争。两个半世纪后，尤其是经历过两次世界大战的残酷之后，其中蕴含的诸多议题进一步发散出来，重现于以罗森茨威格和列维纳斯这两位犹太哲学家为代表的思想中，体现为对黑格尔主义哲学的同一性暴力的抵抗。这是犹太思想同现代性对话的第二个阶段。

夏利尔的书中，《在基督教世界里做个犹太人》一文，描绘了年轻的罗森茨威格皈依犹太教前的精神肖像。青年时代的他曾是黑格尔哲学的热爱者，而且，与许多同时代的犹太知识分子一样，他也曾打算皈依基督教，认为基督教才是对上帝的纯正信仰。然而，在经历了一个夏天痛苦的灵性挣扎之后，在赎罪日的一个犹太教堂中，他忽然发现了自己与犹太人民生命情感的强烈关联。他深感，当《妥拉》的词语被一群需要依靠它们来学习和生活的人言说时，就能传递一种既是肉身性，也是精神性的力量和希望。从此，罗森茨威格被犹太民族重新召回。他发觉自己只有和这个民族一起，才能找到回归生活的道路，此外别无选择。在那个时代，这意味着他必须放弃在大学执教的学者抱负。而他义无反顾地把自己的生命贡献给犹太教的研究与传扬。

这段重返犹太教的生命体验让他意识到了个体存在及其救赎的独特性，以及犹太民族的救赎道路的独特之处。而这些，在那个爆发了一战的时代，是独断的黑格尔哲学氛围所否定的。尽管罗森茨威格生前并未看到纳粹登台，但他已经预见了黑格尔式国家民族主义的危险，并在自己的杰作《救赎之星》中，以对人的"自我"的追问，来勇敢抗议这种专横的理性主义的统治。这个简短的精神传记实际上是对现代性前夕有关两种启蒙的典范性论争的一种现代回应，即"我是谁？"的问题，究竟是应当交给雄辩的理性，还是留给人同上帝的问答与呼唤。

由这个真实的生命故事形塑的思想和书影响了一位杰出的读者——列维纳斯。他的思想既是对罗森茨威格的发展，也是对《圣经》这本"书中之书"的独特回应。夏利尔的《声音与书》一文，在梳理了大量列维纳斯生前未刊稿和讲座稿之后，向我们揭示酝酿了《总体与无限》这部名著的两个关键词："声音"和"书"。

"书"，特别是"书中之书"，不同于文献。它要求读者投入自己的生命和问题，同过去的文本对话，唤醒隐藏于其中的精神。"书"的存在不能被化约为沉默的思想或理性，人们不可能孤独地阅读，而不回答来自于过去和现在的"声音"。"声音"不同于名字，它有动词和象征意味，证明了一种我无法主题化的外在性，意味着他者的在场。列维纳斯试图寻找一条哲学道路，让光通常具有的视觉和沉默的特权——属于本质的特权——服从于声音的现象，让理性倾听他者。"书"的意义的繁殖性以及"书"对读者解读的要求，等待着一种有责任感的主体精神，一种有"保"和"守"的大胆启蒙。只不过这种启蒙所要开启的，与其说是理性和主体意识，不如说是对"书"和"他者"的倾听。

列维纳斯以对西方哲学所忽视和压制的"他者"的阐发，而在当代思想界产生了巨大影响。然而，在他的哲学中，除了广为人知的"他者"之外，"声音"和"书"，是两个虽不那么受关注，却同样重要的词语。它们不仅和"他者"一样，构成了对理性主义的抵抗，而且还是对"他者"内涵不可或缺的说明与限定。失去它们，失去那滋养了它们的塔木德精神，"他者"会沦为当代西方激进左翼"后"理论的新型解放武器：从指控"西方男性白人逻各斯中心主义"贬低"他者"的政治不正确，到借列维纳斯的"绝对他者"为跳板来高举自己"绝对的"政治正确，其中不乏对列维纳斯思想"拿来主义"式的生吞活剥，之后还忘不了对其中所谓的"西方男性以色列霸权主义"踏上一只脚。坊间便出现了这类貌似富有"创意"和"批判精神"，其实却一知半解甚至错讹百出的列维纳斯导读中译本。

今天的"犹太人问题"，与其说是"古今之争"，是介于"启蒙与反启蒙""现代与反现代""西方还是东方"之间的两难选择，不如说是这样一些问题：选择"温和启蒙"还是"激进启蒙"？选择有所"保"与"守"的自由，还是主体自我立法的自由？显然，犹太人接受了现代性在处理人性的政治形式方面的开放性，但是，他们对现代性，不无"顽固"拒绝的方面。他们所拒绝的究竟是什么？

从根本而言，犹太人的拒绝自古至今一以贯之，即拒绝人（首先是自我）与世界的罪性。在这方面，犹太教达到的人性高度，不仅超过了现代性的理解，而且，还是对现代性进程中的历史主义、世俗化的弥赛亚主义、国家民族主义冲动的清醒剂，也是对在偶像崇拜与自我崇拜这两种危险之间徘徊的现代人性的解毒剂。

现代性是一个救赎梦想的世俗化。这个救赎梦想的世俗化在何种意义上合乎启示，又在何种意义上背离启示，而仅仅是人对上帝的模仿甚至亵渎？这是犹太人的挣扎之处。现代性的两大主题，一是国家民族主义，一是革命。并未拒绝启蒙理想的犹太人，其独特的救赎信念和人性理想，构成了对这两大主题的终极合理性的质疑。

直到启蒙运动以前，犹太人和犹太教徒都是一个同构概念。犹太人是一个奠基于信仰的民族。希伯来《圣经》既是一本犹太人的"民族志"，也包含着他们对当下的理解、对未来的期待——弥赛亚精神。在此意义上，犹太人被称为"书的子民"。一种族群意识和一本书的同构关系，这是犹太民族同世界上其他民族的最大差别。

因此我们便不难明白，以种族色彩来取代宗教色彩的"犹太人"概念，只是现代的一个"发明"。自古以来，散居在世界各地各民族间的犹太人，只是一个"超民族的民族"。他们主要的凝聚力不是来自地域、血缘、肤色、人种，而是来自共同的经典和信念。他们的传统基于一种有意识的关联和认同之链，是一种共同努力的自由决定。

改革派犹太教的经典《费城纲领》（1869 年）第一条原则声明就是："弥赛亚拯救以色列的目的不在于恢复大卫子孙统治下的旧犹太国，再次将以色列与各国隔开，而在于承认上帝的独一性，联合上帝所有的子民，以便实现全部理性造物的统一，实现他们所需要的道德净化。"由此可见，19 世纪，虽然启蒙运动和排犹主义激发了某种犹太复国主义，现代犹太教的主流仍是将普世救赎作为犹太人在大地上的使命。因此，"无论在哪里，犹太人都充当着个体自我认同、共同体利益的相对性和局限性的提示物，而对这些来说，民族性标准往往是绝对的、终极的决定性权威。在每个民族内，犹太人都是'内部的敌人'"。① 此即为何，对于纳粹所设计的"千年德意志帝国"而言，作为"反种族群体"的犹太人，由于"会破坏和毒害所有其他种族"，因此需要被彻底消灭。

当然，20世纪犹太人的苦难也催生了犹太复国主义（Zionism）和以色列建国。出于保护幸存犹太人民的现实考虑，就连过去十分反对犹太复国运动的犹太教改革派，也修改了自己的立场，认为以色列建国，乃是在大屠杀发生之后，不得不做出的历史选择，是一个精神、民族和政治的重生运动。在种族主义的仇恨和苦难中建立起来的现代以色列，能否在敌人的攻势和指控下，拒绝成为和敌人一样的国家和种族主义者？这的确是一个巨大的挑战。无论如何，在很多犹太知识分子心目中，以色列民族虽然在政治形式上加入了世界民族国家之林，但在这个国家的内部，在其公民的道德情操中，在其社群和人际关系中，仍然应当体现出犹太人的弥赛亚情结与价值追求相结合的努力，活出犹太教善待陌生人的好客传统。

除了国家民族主义之外，现代性的另一个重要主题是"革命"和"解放"。在夏利尔的书中，《犹太希望与革命希望》一文比较了犹太人的救赎观和革命的救赎观。革命基于这种希望：一

---

① 齐格蒙·鲍曼：《现代性与大屠杀》，杨渝东、史建华译，译林出版社，2011。

个正义的社会能够从历史的残酷斗争中产生，而当下的暴力、血腥和黑暗能够换取未来的自由、平等、博爱。"解放"是将社会不公视为苦难的唯一根源，期待社会正义能解决人间一切疾苦。这种革命希望和解放理想虽貌似《圣经》中的新天新地，但却错过了《圣经》教导中最重要的一点：如果人们想要生活在上帝许诺的迦南美地，他们必须首先配得进入这片乐土。

《圣经》中的希望有两个最重要的特征：其一，希望来自上帝同人的约定和承诺。这意味着，希望需要人们坚持，但却并非是人们自我给予和设定的。"虽然希望的典范时间性是未来，但至为关键的却是要保持与'起初（beginning）'的接触。尽管有许多不幸发生，对'起初'的记忆、对上帝创世的第一个词的记忆给我们力量来持守我们对正义与和平的欲望。"如此，一方面，有希望的人不会把自己当作"宗教大法官"，甚至当成上帝；另一方面，由于希望不取决于当下状况，所以，即便在眼前的黑暗中，有希望的人也有一种力量来反抗绝望。这并非盲目乐观，而是义人约伯的信仰。埃利·威塞尔（Elie Wiesel）在《反抗绝望》一文中甚至写道："在与上帝的无尽的契约中，我们向他证明我们比他更有耐心，也更加富有同情。换句话说，我们也没有对他丧失信心。因为这是做犹太人的根本：永不放弃——永不向绝望低头。"

其二，希望意味着人们同意按照所立的约来改变自己，以便配得所希望的。在犹太教看来，上帝的救赎工作，始于我们对人（首先是自我）与世界的罪性的拒绝。正是这种罪性，先于种种社会不义与暴力，成了救赎工作最根本的敌人。这就是为何，犹太人把对恶的精神抵抗和对上帝的赞美，当作救赎工作的核心。一切改善世界的行动，都必须从这个核心出发，不能与之背离。即便在争取社会正义时诉诸的法则，其最终原则，也是犹太自己的信仰原则，而非世俗法律，或者敌人的法则。

因此，犹太人的智慧在于：他们虽然承认并接受了现代性的历史进程，却拒绝将这一进程当作一种唯意志论的弥赛亚冲动，也拒绝视其为机械的、科学主义的社会发展观。对犹太人而言，政治保障和制度完善固然重要，却不能取消个人的道德责任；历史进步和社会正义不能作为借口，来合法化对他人的不义与残暴。无论在什么时代、什么制度、什么处境之下，对恶的精神抵抗始终被犹太人视为不变的使命，哪怕是在最艰难无助之时。在《做犹太人》一文中，威塞尔提及大屠杀中犹太人时说："在那些日子里，比以往更甚，是犹太的便标识着是拒绝的。最首要者，它是一种拒绝，拒绝通过敌人的眼睛看现实与人生——拒绝与他相像，也拒绝赋予他那胜利。"

犹太民族向我们提示了有关现代性的一个独特却至关重要的启示维度。思考犹太人，既是思考人性和现代性的普世方面，亦是思考其至高可能。

（原文曾发表于《读书》2016 年第 6 期）

不可能的宽恕与有限的"宽恕"

半个多世纪来，关于第二次世界大战，特别是对于"对犹太人的灭绝"（Shoah），在各种正义与和平力量的推动之下，西方社会兴起了多种多样的回忆、争论、反思，在民间和官方都出现了忏悔乃至宽恕的声音。与此同步，知识界也出现了有关历史与宽恕的哲学讨论。这些讨论主要以"战后"为背景，思考在经过一个"极端恶"的世纪后，人们如何面对过去。

历史，尤其，对于以民族或国家作为记忆主体、涉及民族矛盾乃至种族屠杀的历史，真的有可能以宽恕作为结局？有关民族国家间战争与冲突的历史，人类真的能够幸运地避免遗留问题的诅咒，避开彼此复仇、周而复始的命运？这些思考和讨论，与其说是发表对现实问题的政治见解，不如说是表达了人们关于文明和未来的愿景。这种愿景或许不能有效解决当下的实际问题，却表明了人类在观念和意识上的某种进步。当人们在以是否应当有忏悔和宽恕来回顾历史问题时，就已经预设了某种带有救赎色彩的弥赛亚地平。这或许反映了人类在历经一种反人性的极端恶后，期待着人性的回归。

但更重要的是，如德里达所言，忏悔、宽恕话题在国际和国内公共空间的激增，"可能宣告了记忆的紧急状况：即必须转向过去"。这或许是导致近年中日关系紧张的重要原因。过去的症结并未经由战后的几番外交辞令得到消解，创伤记忆还像癌细胞一样埋藏在民间社会。有时，过去并不像政客希望的那样容易操纵，而是会像《哈姆雷特》的幽灵，暗暗回访，骚扰我们。未来的生活已经打上了过去的印记。这一点，日本学者高桥哲哉在他的《战后责任论》中，针对中日关系问题，说得十分清楚。

作为南京大屠杀受害者的同胞与后人，我们虽没有直接经历这场灾难，但其后果——不幸、恐惧、仇恨等，必然直接或间接地，作为不可见的遗产，转嫁在我们身上。我们不得不徘徊在记忆和遗忘两端。记忆让人痛苦，遗忘逃避责任，似乎唯有宽恕是良方，正如黑格尔在《精神现象学》中谈论悲剧时所言，矛盾的和解只有两种忘记：下界的忘川——死亡，或上界的忘川——宽恕。但中日两国关于战后遗留问题的解决，距离宽恕还十分遥远，我们不得不在对过去的哀悼中，小心谨慎地承受创伤记忆的纠结，既避开复仇欲望非理性的冲动，也避开以廉价的宽恕来换取遗忘之舒适的诱惑。

宽恕与自由

宽恕在我们的世纪经常被滥用、被抛售，有时是由于人们在认识上的混乱——人们以为他们能像上帝一样给出宽恕，更多时候则由于当权者出于利益权衡的考虑，以道歉和宽恕作为和解的辞令。而这些利益交换的策略也时常容易同人们忘却苦难、回避困难的惰性取得合谋。20 世纪后半期，国际政治舞台上的致歉和请求宽恕固然美好，然而，亦如德里达所言，这些行为模糊了"宽恕"这个词的界限。因为宽恕的本意是发生在施害者和受害者个人之间的事情，首先应当作为非体制性行为存在。体制性行为虽体现了忏悔和宽恕精神对公共生活的影响，但也可能僭越了本应属个人自由与责任的忏悔和宽恕的决定，以致让忏悔和宽恕失去其积极意义——个人良知的复活。

这一点对于反思 20 世纪的历史悲剧尤为重要。20 世纪的历史舞台所上演的重大罪行，往往都是以国家、民族、人类进步的宏大叙事为借口。事实上，这也是日本在上个世纪发动侵华战争的理由——建立"大东亚共荣圈"。为此，日本极右势力至今不肯认罪。以某种社会理想或外界环境为由推脱自己的罪责，这成了我们时代最常见的现象。宽恕如果还有意义，就首先需要人们承担自己的罪责，否则，一切都可以推脱给命运的捉弄，没有人或仅有几个"恶魔"来为历史负责，仿佛恶只是历史的玩笑，人人都是玩偶。而现代政治之所以产生极权主义的恶，其秘密就在于此：人们为自己坏的意愿寻找好的理由，用意识形态取代个人良知，又以国家机器运作意识形态。由此，从最坏的行动只能得出"教训"，不能得出宽恕的需要。人们只须相信自己的善良意愿，而无须为行为的后果负责，这种做法使人们的行动陷入一种着魔般的疯狂系统中。

在施害者那方，当罪行是以国家、团体名义犯下的集体性的政治罪行，一种由国家首脑或团体领袖表达的对宽恕的请求是否足够？同样，在受害者那方，当不幸是由于属于某个集体（国家、民族、宗教团体）而遭受的，那么，由国家首脑或团体领袖代为给予宽恕，是否应当？这或许是思考今天中日双方关于"道歉没有？"之"误解"的关键。

德里达曾举过一个例子：一位南非妇女有一天来到真相与和解委员会作证，她的丈夫被凶暴的警察杀害了，她表示她本人不打算宽恕这件事情，而且认为委员会或国家政府都不能给出宽恕。这位妇女的态度提示：宽恕首先是施害者与受害者双方之间的事，与第三方无关。宽恕不同于调解或仲裁的权限与目的。宽恕虽同予以惩罚的权力有一定关系，但却不是惩罚的反面。如阿伦特所言，二者的相同在于："它们都试图结束一些没有干预，就会无休无止地进行下去的事情"。而不同在于：宽恕是一种"重新开始的、出乎意料的行动"，是"摆脱报复的自由"。

宽恕最关键的意义就在于这种自由。在受害者那方，宽恕超越受他人侵害之后自然、自动的报复反应。在施害者那方，忏悔和请求宽恕意味着不再为自身行为寻找外在借口，承认行动的诱因是自己的恶，亲自向受害者表达对这恶的厌弃，并尽力补偿受害者的损失。前者表明：恶和不幸并不能剥夺人类爱与宽恕的能力，这是人们在看到世界诸多恶与荒谬之后，仍对生活抱有希望的理由。后者则表明：曾经作恶的人有可能同过去的罪分离、改过自新；恶并不必然像影子一样伴随人的一生。在个人身上，道德上的救赎是可能发生的。

宽恕在道德层面上给生活新的开始，这种更新生命和世界的力量，就是其不可替代的重要性。这也是孕育忏悔和宽恕之品德的犹太—基督传统给人类的独特信息。《圣经》多次强调，信仰意味着内在生命的更新变化："……要脱去你们从前行为上的旧人……又要将你们的心志改换一新，并且穿上新人……"（《以弗所书》5：22—24）"若有人在基督里，他就是新造的人，旧事已过，都变成新的了。"（《哥林多后书》5：17）而《圣经》所说的"创世""造人"和"新天新地"，也都可以从信仰所意味的开端启新得到理解。在此意义上，宽恕虽植根于《圣经》传统，但却对追求自由的人类具有普世性价值。因为只有宽恕的恩典和力量，才能让人摆脱行动之不可逆性带来的命运的束缚。这种不可逆性使人的行动能力"被束缚在一个我们永远无法补救的单个行为上"（阿伦特），使未来背负痛苦的记忆之轭。

从宽恕与良知自由（对恶的弃绝）的关联来看，中日两国历史恩怨的宽恕与和解，便显得十分虚弱。在认罪不到位甚至罪行被否认的情况下，宽恕是否依然存在？

不可能的宽恕

2001年德里达来中国，在第一站北京大学讲演《宽恕：不可宽恕和不受时效约束》之后，就有学者提及中日宽恕问题的纠结。

对此，德里达首先回答说："这并不是宽恕的问题，因为只有死去的牺牲者才有权利去宽恕或不宽恕。在日本承认了反人类的罪行之后，是否就是该和解的时候呢？是否是重建一种健康的国家关系的时候了呢？那是经济的、外交的、政治的问题，不是纯粹的宽恕的问题。"这部分回答告诉我们：首先，宽恕是有条件的，只有在有罪者请求宽恕、受害者本人同意的情况下，才能给予宽恕；其次，纯粹的宽恕不是利益交换，与两国政府的经济、外交、政治无关。但这并不是他意思的全部，紧接着，他又"自相矛盾"地"补充"道：纯粹的宽恕"应当"是无条件的，甚至是"宽恕一个正要杀我的人"。

德里达的回答给我们留下很多"疑难"。他始终强调有条件和无条件宽恕之间有种张力或紧张：如果存在宽恕的话，那只存在对不可宽恕的宽恕，因为可宽恕的宽恕不是真正的宽恕，而是一种交换。这里涉及他的解构逻辑——"一方面……另一方面……"这个逻辑热爱疑难，强调可能与不可能的悖论。

他关于宽恕的"夸张"思想虽同普通人的情感和直觉相悖，却在理论上具有强大吸引力。他说："要论述宽恕的概念，逻辑与心智清明（bon sens）终于在悖论中达成一致。"而我们却不禁要问，这种逻辑和心智清明的合理性究竟何在？难道因为悖论，所以"深刻"？这种"深刻"是否不切实际，无视人们在生存与精神方面的困难？

但这个悖论的合理性后来得到了保罗·利科的辩护。在其"天鹅之歌"《记忆，历史，遗忘》一书中，利科进一步揭示了宽恕悖论隐而未显的"神学"内涵。他举出《哥林多前书》第13章那段著名的爱颂来说明，如果基督之爱意味着"凡事包容"，当然也包括宽恕那不可宽恕的事情，否则这爱便自我取消了。在恶的深度与爱的高度之间，是垂直线上的无限距离，"这两个极端构成了宽恕的反应式（l'équation）"。如此，利科一面指出宽恕的极度困难，一面呼吁宽恕的末世论：宽恕应当成为人们面对记忆、历史和遗忘的终结性姿态。

德里达和利科对无条件宽恕的肯定同另一位法国哲学家扬凯列维奇的"顽固拒绝宽恕"形成了对照。事实上，德里达关于宽恕的思考就是在与扬凯列维奇的对话中展开的。

扬凯列维奇较德里达早一辈。作为战后幸存的犹太知识分子，他对宽恕问题格外敏感尖锐。他深谙，作为弃恶从善的自由和爱的自由，宽恕一直存在于犹太传统中，使得易犯错、有罪性的人的行动所产生的偶然、过错，不会成为永久的悔恨、绝对的折磨。但即便如此，他也同阿伦特一样，强调宽恕有其限度——"对犹太人的灭绝"的罪行便是无法宽恕的。

阿伦特在《人的境况》中说道：纳粹犯下的恶已"超出了人类事务领域，超出了人类权力的潜能，而且后两者无论显现于何处，都会被它们彻底摧毁"。扬凯列维奇则在一篇题为《非时效性》的文章中指出"忘记这些反人性的巨大罪行就是一种反人类的新的犯罪"，"宽恕在死亡集中营已经死去"。

以奥斯威辛集中营和南京大屠杀作为代名词的反人类罪，之所以对宽恕构成了巨大的挑战，不仅是由于其残忍的手段以及所制造的深重苦难超出了任何能够衡量人类罪行的尺度，更是由于施害者在拒绝受害者的人性时，亦拒绝了自身的人性。《南京大屠杀》讲述了一名新任军官的"蜕变"：最初，"当他见到自己的部下时，富永惊呆了"，因为，"他们目光邪恶，那不是人的眼睛，而是虎豹的眼睛"；然而，经过一段时间的杀人"训练"后，富永就不再觉得自己部下的目光邪恶了，因为他已经完全和他们一样。他在后来的回忆中承认："我们把人类变成了杀人的魔鬼。3个月之内，每个人都变成了魔鬼。"

今天，如果这种罪行不但没有得到根除，反而被轻易开脱和忘却，那么明天，一有机会，它完全可能像潜伏的病毒一样卷土重来。因此，为了人类的未来，人们有责任去讲述和做些重要的事情，让世界永不忘记那些曾威胁过人性的过去。

参加东京审判的中国大法官梅汝璈说："我不是复仇主义者，我无意于把日本军国主义欠下我们的血债写在日本人民的账上。但是，我相信，忘记过去的苦难可能招致未来的灾祸。"张纯如女士则在《南京大屠杀》的结语中写道："南京大屠杀永远是人类荣誉的污点。然而，这一污点之所以如此令人生厌，是因为历史从来没有为南京大屠杀写下恰当的结局，甚至到了1997年，日本作为一个国家，仍然试图再度掩埋南京的受害者——不是像1937年那样把他们埋在地下，而是将这些受害者埋葬在被遗忘的历史角落。"

反人类罪所针对的是人道本身。如果连最基本的人道都遭到破坏，人的良知如何能够规避恶行，又何来爱的力量宽恕？在这种情况下，无论是谈论以和解为目的、作为利益交换策略的宽恕，还是谈论夸张的无条件的宽恕，都是对宽恕的背叛。对于反人类罪这种极端罪行，宽恕不能不以施害者是否有严肃的认罪请求和积极的赎罪行动来作为必要条件。这种请求和行动是施害者意识到自己罪行的严重，努力寻求对不可弥补之后果的补救，同时也努力修复自身人性的表现。如果无人请求宽恕，宽恕从何谈起？这正是扬凯列维奇拒绝宽恕的主要原因。他曾在一篇题为《宽恕吗？》的文章中发出如此慨叹："宽恕！但他们向我们请求过宽恕吗？""唯有犯罪者的悲伤和自我弃绝，使宽恕有意义和理由。"

另一位法国犹太哲学家列维纳斯同扬凯列维奇立场相近。他曾因心仪现象学而留学德国，师从胡塞尔和海德格尔，但战后终身不肯踏上德国一步。他在一篇有关宽恕问题的《塔木德》解读中强调：人要得到上帝的宽恕，就必须首先请求受害者的宽恕。"受到触犯的个人总应该个别地得到安抚和慰藉。个体得不到尊重，上帝的宽恕——或者历史的宽恕——就不可能协调。上帝也许只是对一种凭借着我们私人的眼泪解决问题的历史持久的拒绝。在没有慰藉的世界上是建立不了和平的。"同样在这篇文章中，他指出："人们可以宽恕许多德国人，但是，有一些德国人很难让人宽恕。海德格尔就是难以让人宽恕的。"是指什么样的德国人呢？就是像海德格尔这样，从未意识到自己需要被宽恕、从不请求宽恕的人。他们头脑清晰、才气过人、傲慢自负，善于为自己辩解和开脱。

正因为的确有这样的人、这样的恶的自由存在，才使得宽恕成为"不可能的"。宽恕的自由与恶的自由如何能够合拍？宽恕恶，难道不会助纣为虐？扬凯列维奇说："在爱的律法的绝对和恶的自由的绝对之间，有一个无法完全缝合的裂口。我们并未试图撮合恶的非理性与爱的全能。宽恕同恶一样强大，但恶也同宽恕一样强大。"对于扬凯列维奇，理性就是承认恶的现实，承认人类恶的意愿可能会同善的意愿一样强大甚至更强大，承认宽恕有时存在恶的障碍。这大概也是有条件宽恕和无条件宽恕的根本区别。或许正是由于亲历过这种恶，上述几位犹太血统思想家扬凯列维奇、阿伦特和列维纳斯，都强调宽恕应当是"人间的"事情，不同于那些向往"天上的"宽恕的哲学家？他们之间的分歧，与其说是"神学"的，不如说是"人学"的，即：我们要从现实还是从抽象的观念来理解人性。

如果有些德国人很难让人宽恕，那么有些日本人呢？同德国人相比，总体而言，日本人战后自发的认罪忏悔、自发的赔偿和赎罪行为又如何？众所周知，差别无法同日而语。本文无意深究这种差别及其原因，只想展示一个巨大的、存在于中日人民之间的宽恕难题。

那么，宽恕的缺席是否会影响未来的人，成为中日关系的诅咒？在宽恕与诅咒之间，是否只有两难选择？

有限的"宽恕"

无疑，集体的创伤记忆会以某种方式延续。在中国人这边，除了坚持讲述真相和正义的要求，并对过去的苦难进行哀悼和纪念之外，十分重要和困难的，是接受有限的"宽恕"。有限"宽恕"是承认：关于罪恶，不存在父债子还的问题，因为每个人的灵魂都是自由的，施害者的后裔并不必然继承施害者的罪性。

如果说宽恕源于《圣经》传统，那么《圣经·以西结书》第18章也说："看哪，世人都是属我的；为父的怎样属我，为子的也照样属我；犯罪的，他必死亡。"（18：4）"儿子必不担当父亲的罪孽，父亲也不担当儿子的罪孽。义人的善果必归自己，恶人的恶报也必归自己。"（18：20）这段经文表明：在善恶问题上，良知是自由的，灵魂与灵魂之间不存在株连关系，每个人都得为自己的灵魂负责，每个人都将独自面对终极审判。

这种良知上的自由，应当成为包括中国人和日本人在内的现代人捍卫人权、追求自由平等的最高内涵。正是由于存在着良知的自由，每个战犯都无法推诿自己在集体屠杀中的罪责：他们声称自己的行动出于某个善的理由，却无视这行动的邪恶；他们选择了作恶，而非抵抗恶；他们选择沉默，而非忏悔。同样，也正是由于良知的自由，战犯有可能选择认罪悔改，其后人也有可能选择厌弃和批判父辈行为，甚至为之痛苦不安。一位德国青年在写给扬凯列维奇的信中说："对于纳粹罪行，我是完全无辜的。但这不能给我丝毫安慰。我的心灵难以平静，我受到一种混杂着羞愧、怜悯、屈辱、忧伤、怀疑、反抗的情感的折磨。我总是睡不好，经常彻夜难眠，思索着，想象着。我摆脱不了噩梦的纠缠。我想到安妮·弗兰克，想到奥斯维辛，想到《死亡赋格曲》，想到《黑夜与迷雾》：'死亡是来自德国的大师。'""顽固不化"的扬凯列维奇被感动了，他回复说："35年来我就在等待这样一封信：在信中，一个并不相干的人完全承担可憎的恶行的责任。"的确，有不少战后出生的德国人和少数战后出生的日本人，自由地选择了为父辈的罪行忏悔、请求宽恕、承担责任。

　　究竟是否存在一种有连带性的集体罪责？为了回应战后德国人的困惑与追问，雅斯贝尔斯在《德国罪责论》一书中将罪责分为四种：法律罪责、政治罪责、道德罪责和形而上"罪责"。法律罪责当然是针对人违犯现行法律的罪行。政治罪责是指人们作为一个公民，对于他们所属的政府以国家名义犯下的罪行负有责任。在此意义上，政治罪责是集体性的。而法律罪责、道德罪责与形而上"罪责"，都是个体性的。道德罪责是从良知的角度对个体一切行为做出的审判。并不因为行为是出于某种外界要求，如行政、法律甚至军事命令，这种罪责就可以免除。形而上"罪责"则是指一个有担当的人对世上发生的一切过错和不义抱有的歉疚之心。这种"罪责"要求太高，远超我们相对于法律和权利概念的责任观，近乎于无限责任。与其说这是一种"罪责"，不如说是终极关怀。虽然阿伦特在《集体责任》一文中曾指出，人为自己没有犯的罪行有罪咎感是"错"

214

的，但是，这种罪咎感和责任感却是人类共同体生活的无形纽带，它以一种比个人自由更深的人类团结，来抵抗那种逃避良知的恶的自由。

对今天的中国人而言，是选择不负责任的遗忘、非理性的仇恨、廉价抑或"夸张"的宽恕，还是选择伴随有限"宽恕"的哀悼和纪念，也是个人灵魂和良知的自由。

有限"宽恕"不是以受害者的名义给予施害者宽恕，而是"宽恕"过去，让自己理性地面对过去的创伤和现在的责任，以免让过去成为无尽的诅咒。这种理性不是功利的态度，而是心智清明地管理自己的情感和欲望，既在理智上切断对已逝事物过度的爱或恨，不让这爱或恨非理性地占据自己，也在情感和良知中保持对这爱或恨的恰当感知，以哀悼和纪念来恢复对自我和世界的正确认识。这是一项始终处于正在进行时态的工作，既需要我们不断地自我节制，不让自己受制于恐惧仇恨这类把人向下拉扯的隐蔽激情；又需要有健康的危机意识，积极进取，以便让自己有足够的力量，抵御来自世界和自身的恶。此过程可使人获得一种美德，也可使国力上升阶段的民族获得精神上的成熟，学会以一种担当而非遗忘的方式，直面我们历史上的苦难与罪恶。

这个选择处于十分复杂的国际国内政治局势的变动之中，需要面对各种舆论的蛊惑和挑战。多种政治利益集团博弈的局面的确给中日两国人民面对日本侵华记忆带来了诸多困扰：一段需要通过讲述真相来得到治疗的创伤记忆，也可能成为被加以滥用的心灵毒药。在治疗和滥用之间，正义的判断和理性的考量殊为不易。

（原文曾载于《读书》2014年第6期，有修订）

宽恕如何可能：关于电影《密阳》的反思

"在我宽恕他之前，上帝怎能赦免他的罪？"这是韩国电影《密阳》（*Secret Sunshine*，2007）[①]中，爱子惨遭杀害的母亲对"上帝的宽恕"发出的质问。这个尖锐的问题触及了现时代有关信仰和宽恕的痛处。在此方面，我们面临双重危机：既是无信仰、无宽恕的危机，也是有信仰和宽恕的危机。如果说，无信仰、无宽恕是物质主义让精神花园荒漠化的后果，那么，信仰和宽恕的危机，很多时候也正是物质主义的荒漠所滋生的海市蜃楼——原教旨主义——的危机。原教旨主义的狂热与物质主义的狂热针锋相对，将信仰和宽恕变成一套把戏，上演既廉价又粗暴的恩典，出售心灵鸡汤。这就是韩国文人导演李沧东的电影《密阳》向我们呈现的韩国社会的精神危机。这种精神危机也同样存在于当下中国社会，因此《密阳》引发不少中国观众的共鸣。

---

① 本文所引电影对白参照本片 Criterion Collection 版的英文字幕。

宽恕的戏剧

李申爱原本似乎并不缺乏宽恕的能力。服装店老板娘一转头就说她坏话，她却宽宏大量，不但没有小肚鸡肠，而且主动请客吃饭示好。亡夫生前背叛了她——这个人，她为他放弃了自己无比钟情的钢琴家梦想——但她不仅原谅他，而且在他离世后依然刻骨铭心地怀念他，甚至带着儿子搬去他的家乡密阳生活。杀害儿子的凶手被逮捕归案，那竟是儿子的老师，利用和欺骗了她的信任，做出绑架并毁灭幼小学生的恶行，但她自己却不知为什么，在同他相遇时，没冲上去泄愤，而是默默闪在一旁。

尽管无比痛苦，她以巨大的自制力忍受。这样的品行让人钦佩，在人的能力范围做到了尽善尽美。可是，当她试图超越自己的能力，去做一件人的本性无法做到的事情——基督所教导的，爱你的仇敌（路6：27—36），她却崩溃了。对一个慈爱上帝的幻觉曾让她以为，她可以去向杀害儿子的凶手传福音，劝其悔改。然而，当那位让她痛苦不堪的恶人坐在她面前，十分平静和满足地告诉她：尽管他十恶不赦，但慈爱的上帝已经饶恕了他；现在，他心里很平安，甚至能够为她而祷告。感谢上帝！走到这一步，申爱似乎达到目的，功德圆满。可就在此时，面对这出宽恕的戏剧，意外的"和解"，她却突然再也无法忍受——"在我宽恕他之前，上帝怎能赦免他的罪？！"

我们当然明白申爱的愤怒："我这么痛苦，他却说他的罪已得赦免并找到平安，神怎能这样对我？"这样的宽恕意味着，爱子的惨死和母亲的丧子之痛都已被"慈爱的上帝"以宽恕的名义勾销了。这样的"慈爱"太残忍，足以让人发疯。正如列维纳斯所说，一个宽恕一切的世界是一个非人的世界[2]，申爱发现自己陷在一个以爱的名义来编织的非人世界里，于是她决心反抗。

什么办法可以反抗伪善？似乎只有恶的"真"。相比起伪善的欺骗性，似乎只有揭示恶的真相，才能还世界以"清白"。虽然两者都令人痛苦，但绝望比受骗更好，因为绝望还能激发人的"英雄"气，欺骗却亵渎人的尊严，羞辱人的希望。

为了戳穿谎言，申爱不惜以作恶来糟蹋自己。在她看来，人性固然恶，但伪善是更大的邪恶。人们还不如面对生活的真相，她自己还不如回到被福音"麻醉"之前的状态。那种状态虽然痛苦，却不会有上当之后令人不堪忍受的幻灭感和耻辱感。她的故事似乎向观众提出这样一个问题：有限的人能承受超越吗？接受一个救赎的谎言抑或承认生命就是"来于尘土并归于尘土"，何者较好？借着李申爱这个显得非常真实具体而又令人同情的形象，电影成功地拷问了信仰。

电影的哲学主题编排考究、用意深长。影片开头申爱便对小城和它名字的含意发问。影片当中，金药师向申爱传福音时说：万事万物都有神的意思，就连那柱阳光也有神的旨意。而申爱把手伸到阳光下，她说："什么也没有。"申爱因自杀住院，她弟弟到小城看望她，就像申爱刚到时一样问道："密阳是怎样的地方？"

② Emmanuel Levinas, *Difficile liberté*, Paris : Albin Michel Press, 1976, p. 41.

金宗灿回答："和其他地方没什么不同，同样的人，同样的地方。"
影片结尾，申爱剪落的头发掉在泥地上，镜头让我们长久地凝视，
看见那阳光之下，除了尘土，一无所有。人生似乎就是这样，来
于尘土又归于尘土。这个结尾似乎回荡着"日光之下，并无新事"
（《传道书》1：9）的慨叹。它紧扣影片的标题让人思考。

　　这部电影是否想说：阳光的秘密就是"虚空的虚空，虚空的
虚空，凡事都是虚空"？（《传道书》1：2）是，但又不全是。在
全片的悲剧情节中一直有一点让人觉得温暖的东西，那就是平庸俗
气的修车行老板金宗灿对申爱的陪伴。金宗灿是那种做点小生意，
使点小滑头，没什么大出息但却有人情味的人。超越的事物幻灭之
后，唯一能支撑申爱活下去的，大概就是这点她原本不屑一顾的世
俗的爱情。也许，对影片的主题"秘密的阳光"，导演故意设了一
个陷阱，当陷阱被拆穿，观众便可恍然大悟：人活着，有悲哀、不
幸，有残酷，但也有温情。人们可以依靠着活下去的，不是一个幻
想中的超越者，而是人世间彼此的依偎取暖。就像电影结尾：唯一
能够支撑申爱平静面对镜中自我的，是镜子后面那个毫无怨言、心
甘情愿地为她举镜的金宗灿。不过，耐人寻味的是，电影快结束
时，偏偏是这个本来对上帝毫无兴趣、只为了追求女人而混迹于教
会的金宗灿，却有点离不开信仰了。

礼物的正义

《密阳》提出了这样一个尖锐的问题：上帝能代替人来给予宽恕吗？

毫无疑问，宽恕是种极大的恩典和美德。生活中有很多像申爱这样遭遇苦难的人，对于她们，法律的正义固然重要，但并不能带来根本的医治与安慰。同宽恕来得太容易的非人世界相比，没有宽恕的人间也不会更好。没有宽恕意味着，世界注定要在悲剧命运中、在仇恨与诅咒中轮回，没有更新的可能。"已有的事，后必再有；已行的事，后必再行。日光之下，并无新事。"（《传道书》1：9）在阳光下短暂的遗忘背后，泥土掩埋的，永远是仇恨的尸骨和痛苦的呻吟。宽恕则是犹太—基督教给人类指引的一条医治与重生之道。

宽恕并不取消正义，却要求受害者放下对伤害过自己的人的仇恨和报复反应，这是一件超自然的事情。所遭遇的伤害越重，宽恕就越困难。与此同时，宽恕也对施害者提出要求，要求施害者认罪悔改，亲自向受害者表达对自己罪恶的厌弃，并尽力补偿受害者的损失。

从基督教的角度，受害者之所以能给出宽恕，是因为在"我"和上帝之间有种和解："我"看到耶稣在十字架上为人类受死，其中包括为"我"的罪而受死，"我"接受上帝对"我"的爱和启示，愿意放下"我"个人的痛苦，分担耶稣的痛苦。这一和解意味着"我"放下了"我"自己——正是这个无比沉重的自己，让"我"无法饶恕。所以，受害者能够宽恕是因为他们首先得到了上帝的爱和宽恕，并且认识到，施害者正是在他们自己的罪的重压下而成为罪犯，他们也需要从上帝而来的爱和宽恕帮助他们战胜罪的捆绑。宽恕是一件珍贵的礼物，如果人们不首先拥有它，则无法给出。而上帝是那最先给出礼物者。对于一个基督徒来说，他已经得到了这件礼物，因此才能给出去。

能给出礼物的人是幸运的。因为凭着上帝的赠予，人终于摆脱"受害者"难以自拔的命运，终止内心的怨恨苦毒，而开始一个有希望有力量的新生活。这是人类司法与政治活动无法实现的正义。"以眼还眼，以命抵命"虽然于警戒人类不要作恶是必要的，但对于受伤的人和犯罪的人如何开始新的生活，却意义甚微。人作为道德存在，始终具有在道德上不断改变、更新、提升的可能。宽恕为这一可能提供了希望。

不过，宽恕并不意味着放弃了正义。这里我们可以回到正义和宽恕的关系问题。上帝是圣洁公义的，因此他不能容忍罪，也就是说罪必须得到惩罚。这里似乎出现了一个两难困境：上帝出于正义则不能放弃对罪的惩罚，那么他就不能表现出仁慈，不能宽恕；如果他表现出仁慈，宽恕罪人，他就不得不放弃正义。在正义与仁慈（宽恕）之间，上帝似乎只能选择其一。面对这一两难，《圣经》通过献祭来同时实现上帝的正义和仁慈。

在《旧约》当中，上帝设立赎罪祭，罪人献上祭物，祭物代替罪人受到惩罚而成为牺牲，罪人也因此得到上帝的宽恕。上帝虽然选择了宽恕，但同时以献祭这种象征性的方式让罪人意识到他们的罪在上帝眼里事关重大，应该受到惩罚。

献祭是人认识自己的罪而请求宽恕的行动，这个行动不可或缺。它既是朝向上帝，更是朝向人。因此，上帝说："我喜爱怜恤，不喜爱祭祀。"(《何西阿书》6：6)"他们喜爱献祭，献肉为祭，又拿来吃；耶和华却不喜悦他们。他必记得他们的罪孽，追讨他们的罪恶。"(《何西阿书》8：13)这些经文表明，当罪恶没有从根本上被施害者认清和弃绝，当受害者遭遇的伤害和不公没有从施害者那方面得到补赎与安抚，施害者的献祭是不会被上帝接纳的。献祭的目的是对被罪所败坏的人神关系的修复，但首先应该是对被罪破坏的人际关系的修复。

在《新约》中，耶稣在十字架上被钉死，其意义之一仍然是对献祭的延续：耶稣代替罪人受审判而死。耶稣是上帝的儿子，是上帝在世上的呈现，是上帝本身，因此可以说上帝自己代替罪人受罚。因此，十字架事件，既是正义，也是宽恕。通过基督的十字架受难，基督教一方面昭示人类罪的可怕后果和代价，一方面则召唤人们接受上帝的爱和宽恕；一方面使罪人深切体认正义和律法的精神，一方面在上帝的拯救中努力完善自己、成就正义和美善。

因此，要获得宽恕就需要人明白：宽恕当中包含了对正义不可让渡的要求。列维纳斯甚至说，侵犯者能否得到宽恕取决于被侵犯者而非上帝，因为侵犯一个人是很严重的事情，"如果侵犯者不向被侵犯者要求宽恕，如果有罪者不力求被侵犯者平静，谁也不能宽恕他"。[③] 应当这样理解列维纳斯的话：宽恕是件礼物，但获得这件礼物却需要人以自己的灵魂来做出回应。回应不是交换，而是"爱"这一事件的本质——爱是彼此奉献。被宽恕不是魔法解脱，而是灵魂重生。它既是内在皈依，更是外在行动；既同公开认罪，也同受罚、赔偿不可分开。因为，"恶不是一种人们能用仪式消除的神秘念头，而是人对人的侵犯"。[④] 恶既是十分具体的伤害，请求宽恕自然要十分具体地面向受害者个人。

扬凯列维奇指出，只有通过向受害者认罪和赎罪，犯罪者才能摆脱一种"自我谴责的可怕的孤独"，才能表明，罪已远离自己。"通过'承认（reconnaissant）'罪过，犯罪者表明，总而言之，这罪已不再属于他。公开认罪的能力和哭泣的能力一样，是一种标志，而非原因。罪已经成熟到为自己要求一种公开认罪的解脱，这解脱意味着罪被排引到自身之外。"[⑤] 不仅如此，公开认罪和赎罪的行为使犯罪者与外界（特别是受害者）重新建立关系，使他得以摆脱被罪孤立的状态，获得同他人、世界的和解，也由此获得同上帝的和解。

③ 列维纳斯:《塔木德四讲》，关宝艳译，商务印书馆，2004，第 23 页。

④ Emmanuel Levinas, *Difficile Liberté*, Paris: Albin Michel Press, 1976, p.41.

⑤ Vladimir Jankélévitch, *La Mauvaise Conscience*, Paris : Aubier Montaigne Press, 1966, p.164.

宽恕的滥用

然而，在电影中，无论教会成员、申爱还是凶手都严重误解了宽恕。这种误解背后折射的，是对基督信仰的简单化和教条化理解，认为有种绝对的上帝的宽恕，可以宽恕一切，甚至无视受害者的苦难。这种对宽恕的夸张源于对上帝的"爱"的抽象化和片面化，忽视了在"爱"中也包含了正义的要求，从而将无价的礼物贬为廉价的恩典。

从基督教的视角来看，杀人这样的重大罪行造成了三方面伤害。首先，它严重伤害了受害者及其家人；其次，它践踏了法律和人伦，因此危害了共同体；最后，它破坏了上帝确立的正义和秩序，是对上帝的侵犯。因此，杀人凶手需要同时接受这三方面的惩罚——现代社会则通常由国家垄断惩罚的权利。而如果要得到宽恕，则需要来自三方面的宽恕。受害者通常很难宽恕，这再自然不过。事实上，在杀人这样重大的罪行中，受害者的死亡已经使其无法给出宽恕。国家首先要履行正义，因此也不可能宽恕。但犯罪者如果深刻反省自己的罪行以及这一罪行背后的灵魂败坏，向受害者认罪并积极寻求补偿受害者的损失，则有可能获得上帝的宽恕。

上帝的宽恕意味着上帝不再追究罪犯对上帝的秩序和正义的破坏，恢复了罪行所扭曲的人与上帝的关系，使罪人可以进入和上帝爱的关系中。这是称义（justification）学说的根本含义。罪人因信称义不意味着罪人犯下的罪一笔勾销，不意味着他不需要为自己的过犯和罪行承担责任，更不意味着罪人从此不再是罪人，而是意味着上帝施予他不配得到的拯救而赐予他永生。杀人犯在悔改称义之后，也许仍然生活在受害者的仇恨、社会的厌弃和国家的惩罚当中，但却得到新生的希望。

然而，上帝对悔改的杀人犯的宽恕和称义不能取消共同体对他的正义刑罚，也不能取消受害者对他的自然的恨。上帝更不能代替受害者来宽恕凶手，因为那意味着上帝轻视受害者的痛苦，没有严肃对待罪在人间造成的悲剧，就像影片中申爱所感受到的那样。为此，列维纳斯说："受到触犯的个人总应该个别地得到安抚和慰藉。个体得不到尊重，上帝的宽恕——或者历史的宽恕——就不可能协调。上帝也许只是对一种凭借着我们私人的眼泪解决问题的历史持久的拒绝。在没有慰藉的世界上是建立不了和平的。"⑥

宽恕的目的不是让犯罪者避开惩罚，而是让罪人的灵魂从罪的麻木中苏醒，更深刻地认识自己的罪的可怕和应当承担的责任。且不说对杀人这样的被十诫明确禁止的重罪，即使对生活中一些由于自私造成的小的过犯，得到拯救的罪人都需要深刻反省。耶稣说："你在祭坛上献礼物的时候，若想起弟兄向你怀怨，就把礼物留在坛前，先去同弟兄和好，然后来献礼物。"（太5：23）。如果没有深入反省并补赎自己的罪，怎么可能平静地来到上帝面前？

电影中那位杀人犯"被宽恕了的平安"只能被理解为恶的顽

---

⑥ 列维纳斯：《塔木德四讲》，关宝艳译，商务印书馆，2004，第24页。

梗。一个真正被上帝宽恕的人必然是一个为自己的罪行痛心疾首的人。他必然想要向孩子的母亲表达其忏悔，并尽其一切努力来弥补罪行的后果。他必然知道自己的罪行如此重大，以至于在此世永远也无法补赎，但他仍无法自己，从而选择胆战心惊地向受害者及其家人忏悔。这不是企图得到宽大处理，甚至也不是为了自己良心的安宁，而是他灵魂重生的阵痛促使他如此。他在混沌中苏醒、挣扎着从罪恶的深渊中摆脱的灵魂痛切地感到自己的罪孽深重。唯有这种罪孽感能够显明上帝的宽恕，正如扬凯列维奇所说："认罪不拯救什么，而是拯救的症状。"⑦ 然而，在电影中，我们看到，杀人凶手与被害孩子的母亲坦然面对，几乎没有任何罪疚感。他以上帝的宽恕来卸下自己的罪责，以神圣的名义来摆脱良心责备，这是何等诡诈。

这个杀人犯的角色虽纯属虚构，却是影片的成功所在。这个角色提醒那些过于单纯的人：上帝的良善不能没有对复杂人性的衡量。"我们离那种普天之下都有的慷慨而终极的宽恕还很遥远。冒犯和宽恕的游戏是一种危险的游戏。"⑧ 这就是为什么无条件的宽恕只能有条件地应用。

---

⑦ Vladimir Jankélévitch, *La Mauvaise Conscience*, Paris: Aubier Montaigne Press, 1966, p.164.
⑧ 列维纳斯:《塔木德四讲》，关宝艳译，商务印书馆，2004，第28页。

廉价恩典

随着 20 世纪 80 年代以来基督教在韩国的兴盛，基督教逐渐融入当代韩国文化，成为时代强音。《密阳》这部电影在韩国本土和国际影坛都产生了较大影响，因其触及的，既是韩国本土的信仰问题，也是一个具有普遍性的信仰危机。影片以现实主义批判的立场，一方面揭示了韩国社会市民宗教的虚弱，另一方面也向基督信仰提出了严肃的问题。它以对教会的深刻批判来关注基督教对韩国社会和个人生活的影响，以对宽恕问题的质疑来关注信仰如何可能，这种批判和关注本身就体现了"基督教现象"的重要性。

韩国教会一度发展迅猛，信徒人数增长快速，但在这点缀着大街小巷的十字架和赞美诗背后，在这仿佛点燃了韩国天空的上帝之爱的云彩背后，是否也隐藏了伪善、谎言和妖魔？导演的怀疑和批判显而易见：镜头中那一个个在教会里捶胸顿足地忏悔的人或者摇头晃脑地陶醉的人，都在激发观者的反感。虚假，正是这部电影的镜头语言赋予教会和信众的特点。那些传福音的人，把别人内心的伤痛作为可以钻营的"商机"，不但没有细心体贴别人的痛楚，而且像传销人员一样玩弄心理战术，用他人的灵魂为自己邀功领赏。沉浸在"天父之爱"的麻醉中，申爱不过暂时找到了一剂止痛药。在残酷的真相面前，鸦片的效用终会消散。她的心从云端坠落，摔得很疼。

《密阳》挖苦教会和信众的镜头语言是否真实？人对世界的看

无不经过心灵的诠释和解读，摄影机的"看"更是如此。《密阳》对教会的再现显然经过了导演的精心安排。它的批评在似与不似之间：虽然有些道理，但总体而言却是比较片面和扁平化的。应该说，这幅关于基督教的漫画只属于这部电影、这个故事，未必能够概括韩国教会的普遍状况。

"看"的欲望是现代艺术的出发点，摄像机和电影的发明更是有助于"看"的直接性。从此，人不仅可以随心所欲地"看"，而且还可以像上帝一样创作自己所欲"看"的。艺术不但可以挑战人的禁区，也可以挑战神圣的禁区；电影则更可以像实验室一样，模仿上帝创世来制造一个个场景，放到摄影机前犹如放到显微镜下进行检查，由胶片中读取那些与人的愚昧、软弱、虚假有关的数据。《密阳》则成功虚构了一位不知被哪位上帝随便宽恕了，于是便心安理得的杀人犯，一位高言大志却经不起诱惑的教会同工，以及一位对人心诡诈无所防范却把上帝当作魔术师的李申爱。

然而也应当承认，这部电影的虚构之所以取得成功，也确有其现实依据，反映了韩国教会在发展中存在的问题。问题的关键所在，也许就是朋霍费尔在《做门徒的代价》一书开头指出的："廉价恩典是我们教会的死敌。"⑨

何为廉价恩典？现代教会简化并背叛路德"因信称义"神学，认为恩典既是"白白"得来的，就不需要人们再去跟随基督，付

---

⑨ 朋霍费尔：《做门徒的代价》，隗仁莲译，安希孟校，四川人民出版社，2000，第33页。

出做门徒的代价。他们淡化了"因信称义"被提出的条件。曾为修道士的路德，以虔诚的自我跟随耶稣，但他深感无论自己如何努力，都无法确信得救，反而深深陷入对罪的焦虑和死亡恐惧之中。在经历了漫长的良心危机后，他突然直觉体验到了恩典的临到和对罪的赦免，因而提出"唯独恩典"能带来拯救。这意味着，他愿意绝对服从基督的诫命，因为得救来自于信仰，事工只能而且也只应来自信仰。⑩ 然而，路德接续保罗和奥古斯丁所重申的这一对恩典的理解，有时却被人们以不易察觉的狡诈方式加以算计。"他的追随者采纳了他的信条，并逐字重复。但是他们却忽视了那不可更改的结论，即做门徒的义务。"⑪

朋霍费尔索性把廉价恩典称为"没有十字架的恩典"，"我们自己赐予自己的恩典"。⑫ 它"宣扬的是无须悔罪的赦免"。⑬ 从此，"罪人不称义，而罪却可以称义"。⑭ "那种话语在我们身上产生的唯一效果就是妨碍我们进步，引诱我们处于世人的平庸水平。"⑮ 而对于教外人士而言，这种荒谬的"信条"和"恩典"要么使他们感到迷惑，要么让他们断定这是自欺欺人。正是出于对这种流俗的抗议，朋霍费尔写作了《做门徒的代价》，呼吁基督徒"为昂贵

---

⑩ 汉斯·昆:《马丁·路德: 回归福音——典范转移的一个经典例子》, 选自《基督教大思想家》, 包利民译, 汉语基督教文化研究所, 1995, 第135—136页。

⑪ 朋霍费尔:《做门徒的代价》, 隗仁莲译, 安希孟校, 四川人民出版社, 2002, 第40页。

⑫ 同上, 第35页。

⑬ 同上。

⑭ 同上, 第34页。

⑮ 同上, 第44页。

的恩典奋斗"。⑯

　　教会需要为恩典的"贬值"负责。尽管尘世中的教会出于自身生存需要，十分强调自己的神圣性，但 20 世纪最伟大的神学家卡尔·巴特却毫不留情地批评了教会的过失，直言其困境："在上帝不可能的可能性的此岸，教会代表人类最终的可能性；作为这样的代表，教会与福音两相对立。在此横卧着一道绝无仅有的鸿沟。在此人类因上帝而暴病……在教会里，天空的闪电变成了地上的长明灯，匮乏和发现变成了占有和享受，神性的安宁变成了人性的不安，神性的不安变成了人性的安宁，彼岸变成了一种形而上的、相对于'此岸'而言的第二者，然而正因为此，彼岸只是此岸的延伸而已。在教会里，人对上帝无所不知、无所不有，然而正因为此，人对上帝一无所知、一无所有。在教会里，上帝被以某种方式从未知的'始'和'终'移至已知的'始终之间'。在教会里，人不再是唯有考虑死亡才能变得聪明，正相反，人直截了当地有信仰，人直截了当地是上帝儿女，人直截了当地等待、争取上帝国，好像这一切是人可以是、有、等、取的东西似的。教会多少称得上是全面和果断的尝试：使神性人化、物化、暂时化、世俗化、实用化；这都是为了人的幸福，这些人的生活并非没有上帝，但也没有活生生的上帝。（瞧瞧那些'宗教大法官'！）一言以蔽之：教会尝试使那难以理解的、但也不可避免的道变得

---

⑯ 同上，第 33 页。

易于理解。"⑰

　　巴特批评尘世中的教会逐渐脱离启示的源头及其关怀人的使命，以自己的意思代替上帝的意思。教会对上帝之道的强占使得活生生的道成了抽象空洞的教义，但教会不仅无视这种抽象和空洞对福音的背叛、对他人的困扰，还以此自诩。作为基督在世界的身体，教会的权柄奠基于同上帝关系的亲密性中，因此，无论是教会领袖、成员还是局外人，都会对教会的"神圣性"和"纯洁性"极其敏感。教会作为圣徒与罪人的集合体，出于权力意识和自我保护的本能，常会竭力证明自己是神意的代言人。但他们刻意营造的"真理性"和"属灵性"，有时不过是律法主义的体现，由此便出现了尘世教会的最大陷阱。这，或许可以解释《密阳》所批评的教会及其成员的问题所在。

　　宗教人的罪性与尘世教会的残缺使其如巴特所说，既"处在自己的主批判的圣火之中"，"也遭到来自世俗方面的激烈批判，而这些批判却从来不是完全错误和不公正的"。⑱可以说，《密阳》对教会及教徒的表现，亦是基于导演并非完全错误和不公的批判。然而，面对一位母亲的丧子之痛，仅仅对宽恕的教义和教会的问题进行神学反思，还不足以回答影片针对信仰所提出的全部问题。

---

⑰ 卡尔·巴特：《罗马书释义》，魏育青译，华东师范大学出版社，2005，第305页。
⑱ 巴特：《教会教义学》，何亚将、朱雁冰译，生活·读书·新知三联书店，1998，第228页。

信仰的"成人"

影片在促使我们反思"廉价恩典"之时亦追问：对申爱这样不幸而又善良的人，如果连上帝都没能感化那个杀人犯，来向她痛心疾首地请罪，安慰她的心，上帝又能够为她做什么？

信仰不是魔法，必须面对一个在日光之下"什么也没有"的上帝。正因如此，朋霍费尔在《狱中书简》中反复提出：世界已经"成年"，那个在人生边缘或危机时刻戏剧性出场的上帝（Deux ex machine）[19]已经成了"多余的"。[20]世界的成年意味着"人类已学会了对付所有重要的问题而不求助于作为一个起作用的假设的上帝"。[21]世界正走向一个越来越不需要宗教的时代，甚至可以拒绝传统宗教在解答诸如死亡、罪等终极问题方面的权威性。即便对付心理危机和绝望，现代社会也已经有了宗教的衍生品——存在主义哲学和精神分析。[22]

但悖论的是，另一方面，世界的成年却也使得许多普通人由于不堪忍受尘世的空虚和心灵的痛苦。信仰于是处于世界的成年和人的宗教"需要"之间。现代人的宗教"需要"在同成年世界的理性主义的对抗中，很容易走向非理性主义。两者的对立构成了信仰的现代困境。信仰要么被无神论否认，要么沦为费尔巴哈、

---

[19] 古希腊和罗马戏剧中被介绍进剧情里以推动剧情的神。——编者注

[20] 朋霍费尔：《狱中书简》，高师宁译，何光沪校，新星出版社，2011，第141、208页。

[21] 同上，第168页。

[22] 同上，第141、169页。

马克思所说的人的宗教幻觉，甚至沦为原教旨主义。这正是《密阳》所展现的申爱的信仰困境。

申爱是在痛失爱子的心灵危机中遭遇了基督教。一开始，这种相遇是美好的。仿佛一个即将被苦难的海水吞噬的人，她在教会传达的救赎信息中获得了暂时的安慰和救助。人往往是在自己的软弱中理解和接受福音的，这种开头无可厚非。问题只在于，她对福音的理解始终掺杂着一些幻想成分，仿佛上帝是个慈爱的魔术师，可以解决人间一切苦难、罪恶和宽恕问题。

她的信仰还像一个沉湎于童话的孩子，以此来将自己和世界的邪恶、生活的痛苦隔离开来。痛苦使她迫切想要抓住这个幻觉，她不但想让自己深信不疑，甚至还想挑战自己的极限——"爱自己的敌人"。但是，关于上帝的幻想有时虽是甜美可爱的，有时却是邪恶可怕的，因为人人都可以滥用它。杀人犯幻想自己被上帝宽恕了，心里非常舒服。会友们则幻想上帝的法力无边，什么都能改变。李申爱则最终发现，这个幻觉不但是不可接受的，反而使得她想要借以遮盖的痛苦变得更加尖锐。这幻想最终伤害了她。

李申爱的故事提示人们：信仰如果只停留于宗教"需要"，它就是"鸦片"甚至"毒药"，而非面对苦难的力量之源。这样的"信仰"很脆弱也很危险，因为幻灭可能会加速到来。这样的"信仰"便是廉价恩典。为此，朋霍费尔反对教会以攻击世界的成年来护教。因为，这样做"就像是企图将一个成年人放回少年时代去"㉓，结果只会令这个成年人在面对外面的世界时感到不知所措。

朋霍费尔发展巴特的宗教批判而大胆提出了"非宗教的基督教"㉔，主张信仰应摆脱对"宗教"的路径依赖，例如：神话因素、教会权威，以及人面对死亡和痛苦时的软弱。"我不希望在生活的边缘，而在生活的中心，不在软弱中，而在力量中，因而也就不在人的苦难和死亡里，而在人的生命和成功里来谈论上帝。对我来说，在边缘上最好是保持我们的平静，丢开那个未解决的问题。相信复活，并不是解决死亡问题的方法。"㉕"你不可能把上帝和奇迹分开，但你却必须能够在'非宗教'的意义上解释和表明它们二者。"㉖

所谓"在生活的中心"，以及"在'非宗教'的意义上解释"上帝，就是做一个"世界的基督徒"。㉗ 这不意味着背叛基督，而是离开宗教"需要"，走向信仰本身。因为，"只有通过完全彻底地生活在这个世界上，一个人才能学会信仰"。㉘ 所谓完全"彻底地生活在这个世界上"，就是要离开宗教"保护"和"幻觉"，看到信仰并不是一种让人舒服的"平安"和"精神胜利"。相反，信仰意味着：既然上帝允许他自己被推出这个世界、推向十字架，人也必须让自己离开宗教幻觉，在"世界"中生活。

㉓ 朋霍费尔：《狱中书简》，高师宁译，何光沪校，新星出版社，2011，第 169 页。
㉔ 同上，第 140 页。
㉕ 同上，第 141—142 页。
㉖ 同上，第 143 页。
㉗ 同上，第 140 页。
㉘ 同上，第 199 页。

这就是朋霍费尔奇怪的"逻辑":上帝帮助人→上帝通过让人帮助它来帮助人→上帝帮助人成为能帮助它的人→上帝帮助人"成人"→上帝帮助自己。这就是朋霍费尔在临刑前那段狱中生活里反复思考的"成人"神学。和巴特一样,他想要通过对虚假信仰的批判,重启信仰的力量之源,只是巴特更多地强调人面对上帝的谦卑,他则更关心人的"成人"。他甚至说:"基督徒不是'宗教性的人'(homo religiosus),而是人,纯粹、单纯的人。"㉙"做一名基督徒,并不意味着要以一种特定的方式做宗教徒,也不意味着要培养某种形式的禁欲主义,而是意味着要做一个人。"㉚而人只有通过热爱并帮助那位在十字架上受苦的上帝,才能超越那纠缠于自我的欲望、痛苦和恐惧的"青春期",也超越那在苦恼与疑惑中挣扎的"宗教人"阶段,而真正"成人"。

朋霍费尔关于世界的成年和信仰的"成人"的思考对于反思影片揭示的信仰问题具有很大的启发性。对信仰而言,这无疑是提出了比以往更高的要求,但却是唯一能够使信仰成熟的道路。

信仰者需要当心,警惕自己或许由于欲望、或许由于软弱,而被一种幻觉欺骗。信仰需要耐心,需要承受上帝在日光下的"一无所有",学习在这"一无所有"中坚韧地生活。信仰既是从世界被弃的痛苦中,也是从上帝被弃的痛苦中,领会《圣经》和十字架所传递的信息。这样的救赎和宽恕不同于魔法,不会魔术

㉙ 同上,第 198 页。
㉚ 同上,第 195 页。

般地改变世界。那样的改变，只是欺骗和暴力。

可能的宽恕

如果说，影片讲述了一个宽恕的骗局，那么，是否还存在宽恕？我们还能在什么意义上谈论宽恕？

申爱的确有一种宽恕的渴望。影片两次出现她面对杀人犯女儿时的心理挣扎。第一次，她看到这个因无人教养而流落街头的女孩被几个小流氓欺负，犹豫了一下便狠心离开。然而，这次心理挣扎却将她引向了对宽恕的尝试。可惜，这次尝试是一次失败的经历。但意味深长的是，当影片快结束时，自杀未遂的她去理发店剪头，竟又遇上了这个仇人的女儿。理发师正是这个已经辍学务工的姑娘。申爱忍住心头的震撼，同她简单地交谈了几句。显然，这个无辜的女孩为他父亲的罪而痛苦不安。虽然没有开口请求宽恕，她的言语神情已表明她内心充满愧疚。申爱没等头发剪完便从店里冲了出来。这样的相遇让她再次陷入怨恨与宽恕的挣扎之中。她抬起头，恨恨地望着天空，埋怨上帝总在捉弄她，却没意识到，真正的上帝并不在冷漠的高处，而在她心里，在她怜悯那个不幸女孩的柔软之处。

只有宽恕，才能够让申爱从痛苦的过去中解脱出来，不再沉湎于所失去的爱，也不再被仇恨苦毒缠绕。但这种宽恕不是宽恕一切，因为那个时候还没有来到。"可能的宽恕"是宽恕（而

非遗忘）过去的时间，宽恕（而非遗忘）生命的残疾不幸。虽然
杀人犯所幻想的上帝的宽恕是骗局，但的确有一种可能的宽恕，
是希望。

生命来到这个残缺的世界，便会遭遇苦难和不幸。义人无端
受苦，恶人亨通无阻，有时竟是这个世界的常态。世界常常荒谬
而没有答案，人作为被抛于此世界的存在，有时不得不被动地承
受种种痛苦不幸。李申爱的丧子之痛就是如此。虽然法律可以给
出正义的判决，但却无法慰藉她最深的失落。这种失落让生命成
为一场痛苦的无期徒刑。活着，仿佛就是无端而荒谬地受苦。在
这个生存的终极问题上面，人无法给出答案，只能承受，各种宗
教便由此产生。

圣母的悲痛传达出了对一切受难母亲的怜悯。耶稣被钉十字
架，遭遇了世界乃至上帝的弃绝，他在临终时说："我的神，我的
神，为什么离弃我。"（太27：46）上帝让自己的独生爱子被世人
钉上十字架，如此分担了世人的一切苦难，以及他对罪恶的愤怒
和审判。上帝通过爱的苦难来启示和医治世人。但申爱似乎没有
注意到这个最关键的点。基督信仰的支柱，正在这个最软弱之处。
正是这个点，使得马克思在批评"宗教是人民的鸦片"之时，也
承认："宗教里的苦难既是现实苦难的表现，又是对这种现实苦难
的抗议。宗教是被压迫生灵的叹息，又是无情世界的感情，正像

它是没有精神的制度的精神一样。"[31]

上帝受难无法改变人遭遇苦难的现实，但可以改变苦难的意义，使得苦难不再只是一种纯然荒谬、非人的事。人在不幸中的幸运是能够感受到上帝的怜悯和关切。这种怜悯和关切治疗人的怨恨苦毒，将人带出由怨恨苦毒所导致的孤独隔绝状态，使非人的苦难变得人性化。"因为爱能够使我们向伤害和失望敞开自己，爱能够使我们愿意受难，爱把我们带出孤立，把我们领入与他人、与不同于我们的人的团契中，而这种团契总是与苦难联系在一起。"[32]

人通过上帝的受难而认识上帝的爱，在灵魂的安慰和苏醒中获得走出恐惧和怨恨的力量，并作为这爱的使者来面对他人。从此，苦难诅咒性的力量被转化为面对他人和世界的爱的能力。这爱帮助人从对过去的沉溺中摆脱出来，不让自己的生命完全被过去的不幸所耗尽。这爱突入到人的自然生命，使这有限的自然生命渴望超越自我、渴望"无限"，让生命因爱（他人）而活并为爱（他人）而活。此即自然生命的成圣。如此才能实现对过去的宽恕。这也是列维纳斯在思考奥斯维辛之后的上帝时想说的：在经过痛苦的漫漫长夜之后，幸存者的使命，不是要揭示上帝的虚无，而是要向世人见证，唯有那个"为他人负责"的上帝，能让人走出痛苦；唯有那个隐藏在他人面容背后、召唤我们爱邻人的上帝，

---

[31] 卡尔·马克思：《黑格尔法哲学批判》导言，选自《马克思恩格斯文集》（第1卷），人民出版社，2009，第4页。

[32] 莫尔特曼：《被钉十字架的上帝》，阮炜等译，上海三联书店，1997，第72页。

始终活着。

这种"宽恕"是一个漫长的、与自我抗争的过程，但也是一个被爱所激励，向着新的方向努力的过程。在此意义上的宽恕，是希望本身。

（原文曾载于《基督教文化学刊》第 33 辑，
中国人民大学基督教文化研究中心，2015 年）

现代性与宗教的世俗化（对谈）

【编者按】这是几位青年学人在一个内部的学术群组上进行的笔谈对话，主题围绕着宗教世俗化展开，涉及现代性的自我意识、历史哲学与救赎以及革命与政治神学等问题。编者只是做了非常有限的删节，尽量保持讨论的"原生态"面貌。对于这些重要而复杂的问题，每个人都本着探索的精神，而不企图获得任何最终的答案。因此，将思考的过程与困难呈现出来或许更具有启发意义。①

崇明：

到法国后，做中国人的焦虑感会强化。这种焦虑首先是对中国的焦虑。法国社会人与人之间的尊重和信任和中国社会中的冷漠形成了鲜明的对比。我现在住在中国人比较多的十三区的一栋很高的公寓楼里，乘电梯时，碰到法国人会相互很习惯地说你好。

---

① 此文是本书作者于 2011 年法国访学时同倪玉珍、崇明进行的笔谈。刘擎老师作为引导者也参与了对话。原文曾刊于《知识分子论丛》第十辑，江苏人民出版社，2012。

然而有两次，在电梯里碰到中国面孔的人，结果和国内一样，彼此默默无言。在我自己身上，两种不同的文化习惯可以如此并行不悖、迅速转换，可能我碰到的那两位同胞也同样如此，这让我有些吃惊。然而这种焦虑还体现为我在法国所产生的陌生和局外感。我自己研究法国，但是仍然在很多方面感到很隔阂。这种隔阂一方面是因为对法国的历史、政治、文化的理解还不够深入，一方面是我觉得法国人表面的优雅和秩序背后的精神世界我还难以把握。我在 2003 年第一次到法国，2006 年去过一次，这次是第三次，每次去感到法国人最喜欢谈论的就是"衰落""危机"和"malaise"（这个词不好翻译，大概可以译为"不安""苦恼"）。我也多少了解一些他们的衰落和危机的根源和表现是什么，但我不能深切地体会，在这样的氛围中，法国人表面上的优雅、礼貌背后究竟是一种什么样的精神状况。有一个社会学家说当下的法国人有一种"作为自我的疲惫"（la fatigue d'être soi），事实上也就是贡斯当很喜欢说的自我的沉重，对这种疲惫和沉重，我们可以在各种文学、哲学、理论当中形成概念化的和感性的理解，但是这种沉重如何在人们的生活中体现出来，人们又是如何去应对这种疲惫，这是我感到很难把握的。在中国，你在呼吸当中就能嗅到这个社会的气味，可是在法国，很多时候我只能用脑子去想，鼻子却不太管用。

所以我就只好继续用脑子想。也许，法国人从 18 世纪就开始自我沉重，沉重了两百年，可能已经习惯了，因此我们也许可以像刘擎老师那样，对现代性表示某种乐观。

这里涉及玉珍论文中提到的宗教问题。法国乃至欧洲现在经历着深刻的宗教危机，他们的"苦恼""疲惫"和宗教危机有很密切的关系。这种宗教危机的形成有很多社会和政治的原因，但是我觉得启蒙和大革命以来欧洲宗教思想自身的发展是很重要的原因。19世纪社会主义和宗教的关联非常值得挖掘，从中可以深入地理解现代性、理解平等和自由等等，所以很期待玉珍的论文。不过，我觉得19世纪的社会主义宗教思想和今天很流行的左派政治神学一脉相承（今天的左派政治神学对保罗思想的重新解释可以追溯到19世纪），都是某种宗教的世俗化，把人投射给上帝的价值最终还原给人、以人的方式把超越内在化，用马塞尔·戈舍（Marcel Gauchet）的话说就是"走出宗教"，但这种走出却是以宗教的方式进行的。宗教内在化的结果意味着宗教的胜利，也意味着宗教的某种终结，这大概就是今天欧洲的宗教悖论，也是其宗教危机的思想根源。在这个意义上，卡尔·巴特在20世纪早期对德国自由主义神学的批评以及他由此提出的危机神学，仍然是理解今天欧洲的宗教危机的重要参照。

倪玉珍：

崇明提到宗教的世俗化和"超越的内在化"，我觉得，这是理解19世纪初法国社会主义思想的一个关键点。圣西门及其弟子继续了马基雅维利和卢梭等人对基督教的天国—尘世二元对立说的批判，主张取消这种二元对立，把对永福的盼望从来世转向未来。圣西门的弟子孔德和勒鲁提出的人类宗教（la religion de l'Humanité），正是一种世俗化了的宗教，上帝的神性，在孔德那里被赋予给了"社会"，在勒鲁那里被赋予给了每一个"人"和作为整体的"人类"。无论是孔德开创的实证主义社会学，还是勒鲁的社会主义，都是试图让个体意识到他（她）是上帝永恒注视着的整个和谐宇宙的一部分，而不只是孤零零的自我。当然，孔德和勒鲁虽然在反对传统基督教，以及反对绝对的个人主义这两个问题上有共识，但他们对于如何改造基督教，进而如何在这个新宗教的基础之上建立新的社会，又是针锋相对的。这里的关键分歧就在于，过去在上帝那里的神性，现在应当赋予谁？关于这个问题，我目前正在阅读相关的文献，有新的收获时，再写出来和大家分享。

刚才说到的孔德—勒鲁之争，是 19 世纪上半叶法国的圣西门派内部的分歧，我觉得还有一个非常值得关注的分歧，就是受到了圣西门派的新基督教这一精神遗产滋养的法国社会主义，与从德国舶来的社会主义之间的分歧。马克思在 19 世纪 40 年代要办一个刊物，到法国寻找合作者，屡次被拒，因为法国的社会主义者不喜欢这个德国社会主义者的无神论思想。可以想见，在法国这样一个经历了 19 世纪初的宗教复兴潮流，吸纳了圣西门派的新基督教遗产的国家，历史唯物主义不是那么容易被接纳的。反过来说，对精神性存在（例如文化和宗教）的信念，比较不容易被摧毁。所以社会主义在法国的渗透，是缓慢而且艰难的。一直到 19 世纪末 20 世纪初，还可以在饶勒斯与盖得派的争论中看到这种"拉锯战"。可以说，社会主义在法国呈现出的形态，是相当多元的，除了马克思的社会主义与法国本土的社会主义之间的差异以外，法国本土的社会主义内部也差异很大，例如勒鲁的共和社会主义与圣西门的另一个异议弟子布歇兹（Buchez）的天主教社会主义，尽管同是出自圣西门派，其学说也大相径庭。而继承了巴贝夫的密谋传统的布朗基主义与普鲁东的无政府主义，更是有天壤之别。

说到这里，我想到了俄国。其实，俄国的社会主义思想内部的多元性也很值得研究。俄国的左翼知识分子，在很长一段时间里，是深受唯物主义和无神论影响的。巴枯宁这样的极端无神论者，便是典型的例子。然而，到 20 世纪初，俄国左翼知识分子当中出现了一次"精神和文化的复兴"。这些人以布尔加科夫（Boulgakov）、别尔嘉耶夫（Berdiaev）、高尔基（Gorki）等人为代表，他们并未回归传统基督教，而是或转向新康德主义，或转向尼采。对这段历史，我没有做仔细的研究，不好妄谈。但我觉得这段历史是非常有意思的，如果把这个转向和 19 世纪下半叶俄罗斯的保守派知识分子的宗教转向放在一起看，会对俄国后来的社会—政治运动有更深的理解。

我感到，现在法国的立国原则，是融合了自由主义和社会主义的共和主义，是被社会主义改造过的个人主义。饶勒斯是摆在法国的先贤祠里的，而饶勒斯，算得上是勒鲁的共和社会主义的一个传人。

　　我在阅读俄国的文学作品时，尤其是陀思妥耶夫斯基和托尔斯泰的作品时，总能感到一种深沉的宗教情感，这种情感，一直到帕斯捷尔那克这样一个经历了社会主义思想改造之后的文学家那里，还是清晰可见。我有时想，为什么俄罗斯的知识分子，当专制粗暴地打击他的身体并试图压制他的灵魂时，他的灵魂却能逃脱专制，骄傲地昂起高贵的头？这和俄罗斯的宗教传统，应当是有相当重要的关联的。

　　说到帕斯捷尔那克，不由得想到了他的一首诗，《哈姆雷特》。这是《日瓦戈医生》最后一章附录的 25 首诗中的第一首，和最后一首《蒙难地》遥相呼应。附上这首诗，和各位分享。在这首诗后，我还附了根据托尔斯泰的《战争与和平》改编的电影里的一段对白，安德烈和皮埃尔的谈话。在原著里，托尔斯泰借皮埃尔之口，说了这么一段话：

　　您说您没法看见地球上的真与善的王国，我也未曾看见它，如果把我们的生命看成是一切的终极，那是没法看见它的。在地球上，正是在这个地球上（皮埃尔指着田野）没有真理——一切都是虚伪与邪恶，但是在宇宙中，在整个宇宙中却有真理的王国，现在我们是地球的儿女，就永恒而论，我们是整个宇宙的儿女。难道我心中感觉不到，我是这个庞大的和谐的整体的一部分吗？难道我感觉不到我是在这体现上帝的无数多的生物中（您可以随心所欲，认为上帝是至高无上的力量），从最低级生物转变为最高级生物中间的一个环节，一个梯级吗？如果我看见，清楚地看见植物向人演变的这个阶梯，为什么我还要假定这个阶梯从我处忽然中断，而不是通向更远更远的地方呢？我觉得，就像宇宙间没有什么会消逝一样，我不仅现在不会消失，而且在过去和未来也是永远存在的。我觉得，除我而外，神灵存在于我的上空，真理存在于这个宇宙之中。

附一：

《哈姆雷特》帕斯捷尔那克（北岛　译）

语静声息，

我走上舞台，

依着那打开的门，我试图探测回声中，蕴含着什么样的未来。

夜色和一千个望远镜正在对准我。上帝，天父，可能的话，从我这儿拿走杯子。

我喜欢你固执的构思，准备演好这个角色。而正上演的是另一出戏。这回就让我离去。

然而整个剧情已定，道路的尽头在望。我在伪君子中很孤单。生活并非步入田野。

附二：皮埃尔与安德烈的对话

先介绍一下这两个人。皮埃尔原本是一个意志软弱的人，在生活中总是犹疑不定，被周围的力量推着走。但他的心地纯洁、善良。他被人推入一场使他不幸的婚姻，妻子背叛了他，妻子的情人在众人面前羞辱他，然而当他与情敌决斗时，竟然还不忍心杀死情敌。这个在软弱的外表下，心灵深处闪耀着仁爱光辉的人，后来变得坚强起来。

另一个人，安德烈，原本是一个一心想追求荣誉的贵族，哪怕牺牲家庭的幸福和自己的生命也在所不惜，却在与拿破仑的奥斯特里茨战役中战败，回到家中，又眼睁睁地看着妻子难产而死。他陷入了怀疑与幻灭的情绪之中。

皮埃尔：今后，您有什么打算？

安德烈：谈我有什么意思？

皮埃尔：您为什么不回军队？

安德烈：经历了奥斯特里茨，就算拿破仑打到斯摩棱斯克，我也不会回到军队去了。

皮埃尔：听说我的事了？

安德烈：是啊，连决斗你也敢？

皮埃尔：有一点我应该感谢上帝，我总算没有把那个人打死。

安德烈：那为什么？杀死一条恶狗，不是好事么？

皮埃尔：杀死一条恶狗？不，不对。杀人是不对的。

安德烈：为什么说它是不对的？什么是对，什么是不对，这不是人能判断的。人们最常出的错，就是判断什么是对，什么不对，过去也好，将来也好，都会出错。

皮埃尔：无论过去将来，伤害他人的事，就是不对的。

安德烈：什么是伤害他人的事？我认为生活中，真正不幸的事情只有两桩：一是受自己良心责备，二是生病。没有这两桩，就是幸福。为自己活着，避免这两桩不幸，这就是我现在的全部哲学。

皮埃尔：怎么能只为自己一个人活着呢？不，不对！一千个不对。我从内心深处觉得，我是一个庞大的、和谐的整体中间的一部分。不是么？我觉得，我决不会消亡。那是因为……因为，宇宙间，万物不灭。我将会永远存在……

安德烈：是啊，这是赫尔德的学说。不过，这并不能说服我。有说服力的，是生与死的事实。眼见我所爱的人，用生命结合的人，一个我对她不起，并且一心希望能给她予补偿的人，受尽了折磨以后，她……死了。不复存在了。为什么？总该有个答案。是啊，是啊，使人幸福的不是空道理。你设想和一个人手拉手走在一起，突然，她没了，没了。消失了。剩下你一个人，站在悬崖边上，往下张望。我就张望过……

皮埃尔：对啊，对啊，我想说的就是这个。我想说的是，要生活，要去爱别人。要相信，我们不仅今天生活在这片土地上，过去这样，将来也会这样。永远这样。

刘文瑾：

哈，重温玉珍放在组群上的诗和故事，像是在重温 10 多年

249

前的自己。那时候，一个叫作"谁是我"的读书小组的必读书目在中国各大高校的读书人里面悄悄流传，当时在武大的我也通过一位诗人朋友获得了这个书目，对这些书籍的阅读完全迷住了我，使我最终下定决心告别在新闻系的用世之心，而转向文学和哲学。此举在当时看来代价不小，但那种精神的乡愁是如此强烈，完全抵挡不住"诗与思的召唤"。而当时对基督教的认识，在很大的程度上，就是混合着这种"诗与思的召唤"而诞生的。俄罗斯思想家如别尔嘉耶夫、舍斯托夫等，同俄罗斯文学家一道，是"文化基督徒"的启蒙读物。此外，我们有更丰富的资源：奥古斯丁、帕斯卡、克尔凯郭尔、西蒙娜·薇依、卡尔·巴特、朋霍费尔、莫尔特曼等等。在这些人当中，薇依是特别迷人的一个，因为她不是学院里面的信仰者，而是身体力行，走在疾苦人间，一边积极思考改造社会和教会（她早年是一位马克思主义者），一边敢像耶稣那样上十字架的人。敝人当年对薇依的迷恋可是有诗为证：

西蒙娜·薇依

你可以坐下，微笑，再讲一个童话
一切如故，包括我们的无知——
最终，究竟应该点头还是摇头？
但活着，对于你，是一场太久的流放
直到上帝赐予每个人应得的死亡

你吃得太少，完全无视这个世界饥饿的法则

居住在童话里，夜已深沉

白日的疲惫令它辉煌

你在你声音的光线里浑身透明

然后微笑，像光线消失于空气之中

对于每日的生活，你的所需越少

就需要越多的灰色来掩饰

那犀利的词语，为过于热烈的爱灼痛

当人们挑剔你的服装、发式和肤色时

目光却可以更从容地抚摩地平

你的教堂耸立在轰鸣的厂房、浓烟和妓院之上

瘦削的身影只肯聆听弱者的祷告

但你的教堂是空的，除了你孑然一身

把诗歌带给无名的神

没有上帝，没有洗礼，也没有你

只有一个崭新的人类的童话

被小心地，隐藏于一袭陈旧的蓝色披风里

以免我们惊慌——

对于一个蕨类的世纪，你的灵魂太像一只猛烈的大鸟

仿佛随时可以将它连根拔去

251

同德国的浪漫主义神学的思辨传统很不一样，薇依的言行，在我看来，体现了很多法国道德主义神学传统的特征。德法传统都是迷人的，不仅迷人，而且深深影响了今天人类世界的面貌：在历史哲学的变形之下，前者发展出了一种"民族—国家神学"，后者则发展出"社会主义神学"。今天，当世界各国的政治纷纷右转，只有法国的左派是最顽强的抵抗者。奥巴马的医疗改革在美国进行得那么艰难，而在法国却人人叫好，不是因为坐着说话不腰疼，而是这种社会主义思想的教育在法国深入人心。2004年我第一脚踏上巴黎，就惊呼"社会主义好！"真没想到，最终是在这样一个号称花花世界的巴黎，明白了这句20多年前的口号是什么意思了。

法国人虽然在很多方面羡慕美国，但在文化上却始终有种优越感，这种优越感不是我们想当然的法国有历史文艺哲学云云。如果以为只凭这些看得见的指标，那就太低估了法兰西精神的魅力。国内在20世纪90年代末21世纪初流行一套"法兰西思想文化丛书"，总序题引就是这样一句话："法兰西使人发现她是这样一个民族，人们可以凭借精神与情感——犹如凭借种族——归属于她。"（列维纳斯）法国人的骄傲，是精神贵族的骄傲。这种精神贵族不是德意志唯心主义的精神胜利法，而是在社会道德方面的优越感。如果说这种社会道德情感不是一种很适合用思辨和逻辑的方式推论出来的东西，那么文学、社会学研究和政治运动则是最好的表达方式，这在一定程度上可以解释为什么法国正好盛产这些东西。自"现代"以来，尤其从大革命开始，从卢梭开始，法国知识分子一直在提供给世界一幅道德社会的理想图景。

圣西门及其弟子自不用说，即便到了哲学思潮风谲云诡的 20 世纪，在法国的诸子百家之中，从涂尔干、莫斯、巴塔耶、加缪、萨特、列维－施特劳斯、布尔迪厄、福柯、德里达，到今天的巴丢，如果要找出一个法国特色，仍然可以发现那个传统。在此我想起了德里达的那个标题——《马克思的幽灵》。其实，马克思只是其中的一个阶段，德里达晚期明说宗教，让－吕克·南希接其意旨大谈"共同体"，巴丢则干脆高呼保罗的政治神学及列宁主义万岁。

关于德里达，敝人以前略写过几句心得，在此自我引用一下："在德里达的表述中，解构思想似乎既具有哲学方法论的技术革命，也具有伦理、正义意味的精神革命，从而为属于未来的民主和自由留出地盘。德里达的解构思想既标榜解放和自由，又吸取了萨特、加缪那一代知识分子从存在主义滑向虚无主义的失败经验，同时转借列维纳斯的他者思想，提出了一种尊重他人和共同体生活的友爱哲学，一些具有正义理想和弥赛亚精神的价值取向，并且还将这种价值取向同一种泛悲剧化的浪漫主义审美趣味结合在一起。于是，通过将自由、伦理（正义）与审美这三种因素融为一体，德里达的言论对某些人群会产生一种难以抗拒的诱惑力。这些人通常热衷于青春的梦想或艺术的神秘激情，相信人类具有无限自由的创造力，比较容易为人类社会的乌托邦理想所迷惑。我们不难从德里达的思想中读解到诞生了卢梭、圣西门、傅立叶的乌托邦精神的法国文化的特征，辨认出法国文化中常有的浪漫精神与审美气质。"

在西方，最能欣赏近代俄国文学的国家是法国。围绕着宗教的超越精神和宗教世俗化革命的焦虑，围绕着人民主权、民粹主义和社会主义，莫斯科一度是法国知识分子们精神的首都。法国的幸运在于，20世纪的法国毕竟是一个已经用两百多年时间建立起自己民主传统的国家，毕竟是一个有着唯理主义、科学主义传统的资本主义国家，所以没有被苏式共产主义的漩涡掀翻。但也正因如此，在东欧和前苏联国家的知识分子放弃传统信仰之时（当然，不排除有时也会冒出齐泽克这种异类），法国知识分子却可以始终坚守左派政治的传统。在这些老牌资本主义国家，左派政治话语确实就是一种进行社会批判的"抵抗的虚线"，用我们政治课教材上的话说，只是一种自由民主的"假象"。越是在竞争残酷的资本主义国家，左派话语在象牙塔的学院范围里面就越是红火，这就是为什么法式左派话语在美国的大学校园里那么受欢迎，然后又通过美国大学向世界各地扩散，最后输回法国时，让法国人都感到惊讶。我们在巴黎，同这边的学者谈起法国左派学术话语在美国和世界的影响时，不少人会不以为然，甚至说美国人就喜欢我们这里的疯子。布尔迪厄在法国社会学界得到承认，是经过多年的艰苦奋斗；直到最后地位显赫了，他还是会有很多强有力的对手。相比之下，他在美国的蹿红却容易得多。法国人玩弄他名字中的字母游戏，开玩笑说"布尔迪厄"（Bourdieu）是美国的"神"（dieu）。为什么法国左派话语的影响只限于学院圈子？我想是因为对于倾向无神论的知识分子而言，一种对社会公正的激情最容易成为宗教情怀的替代品。在美国的草根社会，人们要么信要么不信上帝，倒不会有那么多知识分子的宗教纠缠，这种宗教纠缠既来自于知识分子的怀疑和批判精神，也来自于宗教世俗化之后人文主义的道德理想。铺垫了那么多，其实就是想要接着崇明的话，也是要接着陀思妥耶夫斯基的"宗教大法官"的话往下说：民族国家神话是一种宗教世俗化。而这种宗教世俗化的问题，就像洛维特、施特劳斯、阿伦特、列维纳斯等大师都指出过的那样，属于现代哲学对宗教或者政治的僭越。知识分子通过自我意识和认知能力试图像上帝那样创造一个世界历史，其结果却是制造了前所未有的历史灾难。

倪玉珍：

文瑾的文章写得很有意思，对我很有启发。不过，我感到你对"社会主义神学"的态度，不无矛盾之处。当然，这种矛盾之处恰恰可能是最值得展开进一步讨论的地方。你一方面认为法兰西的精神很迷人，知识分子自觉地以精神贵族自居，捍卫社会的道德良知，并认为自现代以来，支撑这种精神的力量很大程度上源自这个传统，包括从卢梭、圣西门及其弟子、涂尔干，一直到德里达的诸多左翼思想。另一方面，你又引用洛维特、阿伦特等人的说法，认为这种"世俗宗教"是现代哲学对宗教或者政治的僭越，会造成巨大的灾难。因而，照我的理解，也可以说它是一种有待被克服掉的危险？你这两种不无矛盾的评价，让我觉得，我们是不是需要关注一下它内部的多元性？因为如果它内部不存在差异，就无法解释它既迷人又危险的双重特征。之所以提出这个问题，是因为这恰好是我的论文的立论之处。借你引用的那段写德里达的心得里的一句话，就是想从勒鲁的思想里，发现"一种尊重他人和共同体生活的友爱哲学"，而这种哲学，又可以让人看到"将自由、伦理（正义）与审美这三种因素融为一体"的可能。我想请教的第二个问题就是，如何看待宗教世俗化？经历了20世纪的现代人，很熟悉这样的话："通往天堂的路是用死尸铺成的。"世俗化的宗教，想要把天国从彼岸拉到人间，拉到未来，由此带来了可怕的灾难。然而，导致这种灾难的，到底是宗教世俗化本身的问题，还是这些国家本身的专制主义传统的问题？或者二者皆而有之？世俗化的宗教，它本身的呈现形式是否可以是多样的？是否既有世俗宗教与极权主义的合谋，也有，像你提到的美国的情形那样，"倾向无神论的知识分子"由于一种从世俗宗教那里得来的"宗教情怀"，而产生出"对社会公正的激情"？记得孔德最著名的一个弟子在一本书里引用过几位英国评论家的话。他说，尽管孔德设想出一种新的神权政治秩序，这种政治设想是危险和可怕的，但孔德的人类宗教，却在欧洲产生了一个极重要的积极影响：孔德调和科学与宗教，努力使宗教世俗化，使欧洲一些最杰出的科学家们，不再以宗教为敌，而是对宗教抱着友好的态度，甚至致力于像孔德那样去调和科学与宗教。这种努力，在工业与科学拥有巨大权势的现代社会，是不可小觑的。不过说到这里，我确实也感到，宗教危机的问题，自大革命之后，一直是欧洲的心病，宗教面对现代性带来的冲击，被迫不断地自我调整，去适应现代社会。当宗教衰微时，崇明提到的"自我的疲惫"的问题就会浮现出来，这确实是现代性内部的一个潜在危机。

刘文瑾：

玉珍所说的我话里面的"自相矛盾"之处其实并不是那么"自相矛盾"。我前面做了大量的铺垫，提及自己早年对"诗与思之召唤"的迷恋，提及"文化基督徒"，包括自己对薇依的钦佩，是想要说明，很多时候人很容易为一些观念性或审美性的东西打动，把这种东西误以为是深刻或者道德本身，但其实，这或许不过是一种对自我的幻象。幻象总是迷人而具有欺骗性的，然而要识破它，却并不是那么容易。在 20 世纪初，"诗与思之召唤"不小心便成了法西斯的辩护者；不少"文化基督徒"头脑发热过后也再没有半分留恋；过了一些年后，我也认识到，就连薇依圣徒般的言行背后，也有很多值得商榷乃至批评的对《圣经》的误解。而反省自己，年轻时候对诗与思的热爱乃至对宗教的激情，这些东西一方面使我获得某种教养，但另一方面，也会激起人的骄傲和虚荣。知识、审美的能力和道德感既是现代人获得自我之提升的途径，但也可能成为现代人自我迷失的陷阱。这种危险性在 20 世纪体现得尤其明显，看看海德格尔、萨特，读读马克·里拉那本《当知识分子遇到政治》，再看看中国的知识分子。

现代主体并非只有一些甘于平庸的"小资产者"。相反，事实上每个人都以自己的方式来尽可能地实现自我，知识分子则想实现"大我"——这个"大我"可能是民族国家，也可能是人类社会。启蒙对人和人类的发现给有自由意志的人提供了光荣与梦想的空间。如何有智慧地面对这个空间，这一点很关键。能够先天下之忧而忧，后天下之乐而乐，有何不好？如果只是作为一种道德情怀，当然很棒，但可怕的是那种一心只要看到自己伟大意志的胜利，而不顾现实的唯心主义者。基佐对那种"意志的自我统治"的预见很有见地，这种见地来自于对人的有限性之省察，而对人之有限性的省察，又来自于一种对人只是受造物的谦卑。如果说两者都对现代人的精神状况感到焦虑，感到这种状况需要得到改善，自由主义者的选择肯定不是圣西门及其弟子的人类宗教，而是一方面要求人在政治经济等社会生活上的自然权利，另一方面，把人的灵魂留给不可历史性到来的弥赛亚审判。

是寄希望于看不见的弥赛亚审判，还是相信人创造历史的意志，这种区分十分重要。两者都是信念，甚至可以说都很神圣，但在基督教看来，却很不一样。这里涉及很大的神学问题，这里暂且略过，只说一点，人类的宗教，走到底，就是对上帝的背叛，就是无神论，就是什么也不信，只信自己。当然，自由主义也会有意识形态，自由主义的活力取决于它是否总是能够保持一种谦卑，一种对自我之限度的警醒，一种自我批判的能力。欧洲能够产生马克思主义，后来又能够反思其国家民族主义、殖民主义的问题，虽然这个反思过程不无流血战争的巨大代价，但也有不无真诚的道德歉疚。列维纳斯说正是这种"坏的自我感觉"（mauvaise conscience），而非对自我的信心，成了欧洲活力的源头。它源于那个犹太—基督传统的影响。

信仰有自身的理性，基督教绝不是非理性的宗教，但基督教的理性无须以实证主义来作为自己的基础，相反，实证主义的力量是有限的。过于实证主义和科学主义的现代人，很快就体会到了自己在宇宙面前的渺小和有限，很快就体会到了虚无主义的滋味。人开始成为向死而生的人，这又加速了人的唯意志论：人除了自己以外什么也不可能依靠。卡尔·巴特批评近代自由主义神学将上帝的事情和人的事情混为一谈，正是因为从法西斯主义的灵氛涌动中看到，这种混淆无论对于上帝还是对于人的事情都是一种灾难。洛维特谈历史哲学的神学前提，目的正是要将世界历史和人类救赎的问题分开。现代性本来始于政教分离，在此意义上，我们也可以说宗教世俗化是一种反现代的现代性。我认为政教分离本身合乎基督教意旨，在此意义上可以说，启蒙具有"神意"（因此我不主张用古人来反对今人），而宗教世俗化则是走向了《圣经》十诫所反对的偶像崇拜，人在妄称上帝之名。我想以此来简要地回答你所说的那个问题："导致这样的灾难的，到底是宗教世俗化本身的问题，还是国家本身的专制主义传统的问题？"美国政治的成功，归功于他们在政治自由和宗教信仰的问题上处理得很好，当然这也是因为美国历史和法国历史的差异，这也是你前面提到了的。

倪玉珍：

多谢文瑾的回复。你对于"自我的幻象"的反省，对于"知识、审美的能力和道德感可能成为现代人自我迷失的陷阱"的反省，给了我重要的提醒。我心里也明白，研究"社会主义神学"，是一件多少有点冒风险的事情。毕竟在研究时，首先需要同情地理解对象，而一旦同情地理解了，就容易产生偏爱的情感。如何能既达到深度的同情之理解，又与对象保持应有的距离，尽量不偏不倚地剖析它，这是一个很大的挑战，需要不断地驱使自己走到自己的对立面，去诘问自己才行。

你提到了自由意志的问题，这个问题很根本。近代以来的思想和政治革命，在颠覆了传统的神学—政治秩序之后，给人和人类的自由意志提供了"光荣与梦想的空间"。现代的伟大与灾难，都可以从自由意志的解放里找到源头。可以说，法国大革命是"意志的政治"的一次十分彻底的实践。法国大革命的复杂性即缘于此。它既是人类解放的福音，又预演了人类奴役的悲剧。像托克维尔这样有清醒的政治洞见和极端爱好自由的人，都不免在评价大革命时显示出某种摇摆。他在《旧制度与大革命》中说过这样一段话：

如果说进行大革命的法国人在宗教上比我们更不虔信，他们至少还保持着一种我们所缺乏的令人赞美的信仰：他们相信他们自己。他们不怀疑人类的可完善和力量，一心热衷于人类的光荣，相信人类的美德。他们把这种骄傲自信化为他们自己的力量。诚然，骄傲自信常常导致错误，但没有它，人民只能受奴役；他们从不怀疑他们的使命是要改造社会，使人类新生。对于他们，这些情感和热情已变成一种新宗教，它产生了宗教所产生的某些巨大效果，使人们摆脱个人利己主义，崇尚英雄主义和忠诚，使人们经常胸襟开阔，不斤斤于一般人计较的秋毫得失。

然而，紧接着，托克维尔又说了这样一番话：

在法国大革命中……人类精神完全失去了常态；不知还有什么东西可以攀附，还有什么地方可以栖息，革命家们仿佛属于一个陌生的人种，他们的勇敢简直发展到了疯狂；任何新鲜事物他们都习以为常，任何谨小慎微他们都不屑一顾，在执行某项计划时他们从不犹豫迁延。决不能认为这些新人是一时的、孤立的、昙花一现的创造，注定转瞬即逝；他们从此已形成一个种族，散布在地球上所有文明地区，世世代代延续不绝……

在第一段话里，我看到了托克维尔与他之前的启蒙思想家、与他之后的乌托邦社会主义者之间的内在关联。他们都对于人类把目光从来世的救赎投向对现世的改造、人类的自由意志和行动主义抱以赞赏的态度。然而，在第二段话里，我们又看到了托克维尔的不安。

托克维尔的矛盾心态，在圣西门及其弟子那里，也同样存在着。圣西门倡导实证的"社会科学",反对启蒙的"形而上学",就是出于对大革命的"意志的政治"的反思。他以"历史主义"的方式解释西欧的文明进程,就是为了给被大革命者否定掉的中世纪和基督教"平反"。然而,最终,圣西门的"社会科学"却走向了一种新的"政治神学",而他的历史哲学,则成了一种进步主义的宗教。我要研究的勒鲁,对他的老师圣西门的"绝对的社会主义"是有严厉批评的。从勒鲁对于"人类宗教"的论述中,我已经可以嗅到文瑾所说的"坏的自我感觉"和对人的自由意志的僭越的警惕了。这就是为什么他的温和社会主义神学,后来可以被倡导第三条道路的人用来和自由主义嫁接,共同充当第三共和国的共和主义精神资源。不过,就我而言,在研究时,还是希望能更严厉地审视勒鲁的学说,这就是为什么我还要选取另一个人:基佐。让这位信奉新教的自由主义者来和勒鲁对话。尽管基佐早年曾经有过一段时间,信仰动摇过,但随着他入主法国政坛,继而被一场新的革命逐出政治舞台,他对于"意志的政治",有着更切肤之痛。因而,基佐批判起自由意志来,就比勒鲁,也比托克维尔要狠得多。

崇明:

大概两个月前听过一个讲座,讲座人埃米尔(Émile Perreau-Saussine,可能是皮埃尔·莫内的学生)在剑桥任教。我简单介绍一下他对世俗化的左派神学立场的分析。他认为这一立场的主要特点是把现代社会看成是基督教的实现，通过某种人类宗教试图使人把自己投射给上帝的东西重新据为己有，而这根本上是对费尔巴哈宗教论的某种转换，实质上仍然把宗教——不管是超越的还是世俗的或者内在的——仅仅视为人的创造。因此，左派政治神学通常都体现出两个特点，文瑾的论述中都有所涉及，第一，它首先是一种历史哲学，历史超越了自然成为人类发展的推动力量。第二，不再存在原罪问题，人类的恶并非出于原罪，而是种种社会和政治形式的产物。在我看来这两个方面都可以追溯到卢梭，我希望在以后的卢梭研究中处理这两个问题。卡尔·巴特在其 19 世纪神学一书里用最长的一章讨论批判卢梭，这并非偶然。19 世纪法国社会主义宗教思想和卢梭有一种什么关系？也许以后玉珍的研究可以对此有所论述。

刘擎：

终于认真读完了玉珍和文瑾的对谈。思想犀利敏锐，学问诚恳踏实，还有诗性的热切与隽永。真是后生可畏（可敬）！虽然还未做充分的展开，却谈出了大关大节问题，有丰富的思想内涵。我本人受益良多，在此汇报几点读后感。

玉珍的论文非常令人期待。基督教世界的政治传统，处理宗教与政治的关系是核心问题，也由此衍生出几种不同的政治神学传统。自由主义也曾经有其政治神学形态，只是后来 18 世纪（英美）才开始形成了一种共识：关于政教分离、宗教多样性、良心自由、宽容和有限政府等等。但这可能是个相当"例外的"现代成就。而且启蒙之后上帝只是部分地隐退，或者按照让－吕克·马里翁（Jean-Luc Marion）说法"上帝之死是他持续而永恒之真实的现代面目"。神学问题一直潜伏在现代性之中。玉珍在论文中分析了法国 19 世纪不同政治主张的思想家对于"如何安置宗教"的见解和争论。这种工作一定非常富有启发性，帮助我们辨识有哪些潜在的思想资源，有哪些需要警觉的教训。

玉珍对法国革命有同情的理解，因为平等与人类尊严的价值，来自这种世俗宗教的革命。文瑾回忆了自己在"更年轻"（她今天仍然年轻）岁月中对圣徒的诗意向往，但后来警觉到这种"幻象"的危险——这是美丽却有毒的花朵。但是，"人类的宗教，走到底，就是对上帝的背叛"——文瑾这句话振聋发聩。"敬拜神"与"模仿神"是非常不同的取向。前者是谦卑的节制的，后者是傲慢的僭越的。美国人口中教徒比例高达 80%，远远高于其他西方国家，却又是最典型的自由社会。我想，他们的自由是因为敬拜神，而不敢去模仿神。是的，美国为自由付出了文化平庸的代价。他们激赏法国文化，但多半只是附庸风雅。亦如中年人，读着风花雪月的诗，却老老实实践行"家庭价值观"（family value）。因为经历告诉我们，美学的生活是"无法独立生存的"（unviable）。我曾经在一篇影评中粗略分析了政治美学的问题（见《"革命之路"中的爱欲与政治》）。政治美学犹如政治神学，只能心向往之，因为那是"美丽的罂粟花"。有没有可能将美好与毒素剥离开来？杀毒剂会摧毁其美丽吗？也许只有在天国的花园，才有四处盛开的纯然美丽，而我们"在人间"，只配有平庸的美好？这就是自由主义现代性的最佳可能吗？自由主义的现代性出现了许多问题：去伦理化、物质主义、文化平庸和放任堕落等等，这些都是老生常谈的"现代性危机"的征兆。但我以为，这一切都还不是真正的危机所在。如果现代性仅仅是平庸堕落也就算了，大家不过是抱怨和不满，一声叹息之后，忍耐下去就算了，满世界都是"末人"（last man）也没什么大不了。要紧的是，人注定是在神与兽之间的，因此总有人不仅不甘愿沦为动物，而且会有模仿神的冲动。"末人们"最容易被这种冲动召唤而集结。于是，"伦理空洞化"的政治很容易走向它的反面——对"超伦理的政治"的渴望。委琐的现代性中暗藏着崇高的升华冲动。如果没有对这种冲动的驯化和教化，自由主义世界中的虚无主义很容易翻转为极权主义。伯林甚至在主张消极自由的时候，也写下那种警告：消极自由完全可以和暴政结盟。在我看来，这才是自由主义现代性的真正危机——它不能持久地存活（viable）。换言之，即使我们甘愿以平庸为代价换取安全，可能也难以如愿以偿。

于是，问题又回来了。玉珍说，"建立一个自由民主的现代政治秩序，背后是要依靠一些伦理和道德的支撑的，仅凭追求功利的利益主体，既无法对抗强权的统治，也无法抵御金钱的统治。"这非常切中要害。我们不是对一切超越性的经验简单说"No"，就可以摆平一个良善的自由秩序。我们要在简单的"Yes"

和"No"之外寻找其他道路。在法国当代思想家中，皮埃尔·莫内的自由主义论述特别值得关注，他沉着地呼唤"政治哲学的重归"（1999 年在美国国会图书馆的演讲），邀请一种清明稳健有古典厚度的政治哲学，在价值纷争的现代性中支持自由秩序。

马克·里拉这几天已经在北京了，之后要到上海来。他的《夭折的上帝》（*Stillborn God*）已经有中译本出版。他认为从历史角度看，"政治神学是政治思想的原始形式"。政治科学从来没有（也不可能）完全驯服政治神学。因此（神学论述和政治论述的）"大分离"不只是西方的例外，也是人类历史的例外。政治神学具有永恒的感召力和诱惑力。甚至在 19 世纪的德国，一种新的思想开始发端：政治依然可以与《圣经》的宏大主题（创世记、道德、灵魂、神圣事物、末世）联系起来，而不危及"大分离"的原则。将《圣经》信仰解释成一种人类宗教意识和社会交互作用的表达，而不是一种来自神的启示。这种所谓的"自由主义神学"，起始于一种理性而温和的希望——"《圣经》信仰的道德真理能够从知性上跟现代政治生活的现实相一致，而不仅仅是迁就后者"。然而，自由主义的上帝最后变成了"夭折的上帝"，因为他"永远无法满足《圣经》信仰中包含的弥赛亚渴望"。因而，德国在一次大战之后的危机中，出于对更为强有力的救赎之神的偏爱，这个自由主义神学被抛弃了，代之以新的狂热的弥赛亚激情。里拉认为，当代的自由民主政体是一项历史成就。但是，英美自由主义传统缺乏适当语汇来描述西方宗教生活的复杂性，更谈不上来理解非西方世界的信仰与政治的关系。目前面对的严峻问题是："如果存在各种各样的宗教体验，它们会怎样影响公共生活？”

我们如何来安置各种超越性的体验？我很感兴趣的是：儒家是否有得天独厚的资源，能防止张狂的主体性——既不去张狂地模仿神，又不是张狂地灭神，而是敬重与敬畏。儒家作为一种精神信仰是否比起其他高级宗教更具有包容性？是否能更具有学习的智慧？是否可以开出一个制度上可行却又是更丰厚（具有伦理内涵）的自由秩序？如是，中国文明会以一种更健全的方式实践自由主义所祈愿却未能达成的理想，并在此意义之上，实现对现代性的超越。如果我们因为中国文明而骄傲，不只因为这是我们的文明，而是因为这是更卓越的文明。我知道这很困难，但我还是怀着希望。希望寄托在勇敢、温厚和智慧的年轻人身上！

倪玉珍:

刘擎老师的评论点出了一个很值得思考的问题:“巴黎在哪里？又何以前往？”我觉得，这是我自己每天都在面对的问题。理想主义让人有行动的勇气和热忱，现实主义则让人明白行动的方向和限度，无论偏废哪一端，都不可取。我在女主人公爱普尔，这个纯粹的理想主义者的化身那里，看到了一种“不断革命”的潜质。由于缺乏一种必要的现实感，她生活在自我构建起来的世界里，这样她必定会和周围的生活世界剧烈地冲撞和对抗，这种对抗很惨烈，却徒劳无益。我同情爱普尔，因为每个心中怀有理想的人，身上都有一个爱普尔，但我又想告别爱普尔。

想到了基佐的一段话，这段话可以拿来观照这位女主人公，基佐在反思了法国大革命的二元对抗传统之后，说了这样一番话：

分寸感、预见性、注意到社会中并存的各种不同的利益，考虑到彼此既结合又斗争的相反的原则，对这部分人和那部分人都给予他们自己的一份并只给他们那一份，及时地停下来，作适当的妥协，为了明天而对今天作些牺牲，这是智慧，这是灵活性，这是政治上的必要；这本身就是政治。上帝在民族悠久的命运方面，也像在个人短暂的经历方面一样，只凭这些条件给予他们以政治的成功。

刘文瑾：

刘擎老师的讨论把我前面说的问题提到了一个更具体的程度，简要概括一下，就是怎样来守护"平庸"。这"平庸"是我们真实的生活，既是我们的过去、现在，还会是我们的未来。我们的讨论涉及两个层面：个体精神生活和人类共同体的生活，这也是刘擎老师的影评所呈现的两个必将相互关联和影响的层面。

守护"平庸"在今天成了一个问题，不仅对于个人生活如此，甚至对于国家民族的身份认同也是如此。不但现代人不能甘于平庸（相貌的、婚姻生活的、事业的、思想的、才能的等等），现代民族国家亦不甘于平庸，尤其不能忍受文化价值上的自卑感，因为民族认同在"文化"这个"最本己"（借用海德格尔的术语）的事物上最为强烈。如果说，强烈的自我意识是一种现代性的特征，那么这种特征背后是否也隐含了现代自我意识的脆弱？因为除了和别人进行比较，我们不知如何看待自己；然而在和别人的比较当中，我们所期望的，总是一个他人眼中的自己。这种镜像重重的、复杂的欲望关系使得自我意识格外容易迷失于幻象之中，格外容易受到意识形态的控制。对于一个急于摆脱平庸的自我、不愿意从自己的具体经验出发来期待幸福的个人或政治主体，一个抽象乌托邦将非常具有诱惑力。从刘擎老师的影评中我们看到弗兰克和爱普尔的差别，尽管都向往乌托邦，但是弗兰克比爱普尔要现实和"平庸"。因为他是一家之主，他比爱普尔更多地生活在现实的压力之下，不可能那么容易被梦想征服。而爱普尔，她的生活更加封闭，只在家庭、孩子和戏台之间，因此可以更加容易不受打扰地编织乌托邦。正是在抽象性中人可以充分发挥自己的想象力，假设一种超越性。然而这种虚拟的超越是危险的，尽管有着崇高的言辞和华丽的外表，但它的花朵注定是扎根于欲望和怨恨当中：对幻象的欲望——这种幻象常常来自于他人的目光；以及由于无力感而产生的对他者的怨恨。欲望和怨恨就像一个钱币的两面，彼此不可分离。怨恨本身出于脆弱，但这种脆弱不是一般的脆弱，而是无法实现真正的自我超越，因此将要转化为报复和行动的疯狂，就像刘擎老师所说的：

如果现代性仅仅是平庸堕落也就算了……要紧的是，人注定是在神与兽之间的，因此总有人不仅不甘愿沦为动物，而且会有模仿神的冲动。"末人们"最容易被这种冲动召唤而集结……委琐的现代性中暗藏着崇高的升华冲动。

法国文学评论家基拉尔一直在讨论三角欲望的问题：上帝死去之后，我对自我的欲望其实总是我对他人欲望的投射。当然这个主题只是对黑格尔、尼采的自我与他人、主人与奴隶之价值纠葛的一个深化，问题本身在黑格尔之前就已经开始，它始于启蒙运动，始于现代人对自我价值之绝对化的时候，始于对上帝的信仰内在化，也就是说，将对一个外在于人的无限者的信仰转化为对人的意志和理性能力的顶礼膜拜之时。在此意义上我们可以说，现代性的危机其实是一个神学问题，从主体的危机到政治的危机，我们一直需要回答究竟应该如何谈论上帝。

现代性和基督教的关系呈现出十分吊诡的特征：一方面，自我意识的诞生其实最初曾经起源于我和上帝的关系（奥古斯丁：上帝是比我的内在更为内在的内在）；另一方面，现代自我意识的建立又奠基于上帝的隐退。一方面，现代社会的诞生曾经极大依赖于基督教所包含的平等、博爱甚至是自由的价值观（康德所说的道德是自由的根基同保罗所说的"在爱里面得自由"何其相近！）；另一方面，现代社会所遭遇的最大的暗礁，则是人以此价值观作为信念而产生的乌托邦冲动。"宗教内在化的结果意味着宗教的胜利，也意味着宗教的某种终结，这大概就是今天欧洲的宗教悖论，也是其宗教危机的思想根源。"崇明的这句话概括得正好。

如此理解现代性和神学的关系，并不新鲜，许多关于宗教世俗化的研究能够给我们提供丰富的论述，其中以洛维特的《世界历史与救赎历史》一书为经典代表，在洛维特之前有韦伯、施密特，洛维特之后有沃格林。我们的问题在于，面对这样一个历史哲学的神学前提，今天的西方人和中国人应当如何自处？洛维特并没有因为谴责宗教世俗化而主张像尼采和海德格尔那样，为了脱离历史决定论而返回前希腊，以摆脱基督教，回到所谓的纯粹自然或者本真。相反他批评尼采、海德格尔对基督教之否定已然是在基督教的前提之下。他指出，在黑格尔和马克思之后，即便是非马克思主义者，通过尼采和海德格尔，也接受了和马克思一样的前提，即相信某种历史决定论，从而在一种二元对立的观念下逆向成了历史相对主义者。在"唯心主义—唯物主义史观"VS"存在主义史观—历史即命运"之间有一种承继性，即将历史等同为某种人类意识的创造，因而难逃虚无主义的问题。虚无主义就是把一切都还原到我的存在这一基本点上，因此没有什么可以希望，也没有什么可以敬畏，就像洛维特指出的："如果宇宙既不像古人认为的那样是永恒的和神性的，也不像基督徒认为的那样是暂时的、被创造的，那么，就只剩下了一种可能性：其单纯存在的、赤裸裸的偶然性。后基督教世界是一个没有创造者的创造，是一个缺乏宗教视角的世俗世界，它不再是'在圣殿之外'，而是彻头彻尾尘世的。"

当然，这个尘世是不甘平庸的，它必然要创造自己的偶像，或者不如说，把自己当作偶像。

历史决定论的贫困同现代人自我认同的困窘一样，是现代人在失去了真正的敬畏之后所面临的尴尬：历史哲学虽已臭名昭彰，但仍有着极其顽强的生命力，因为其中有诱人的罂粟，神圣的外袍；反历史哲学也可能导致新的宗教世俗化，新的政治神学，譬如，民族国家神话，它同样披着神圣的外袍。对于历史哲学，洛维特采用一个怀疑主义者的姿态，但这并不妨碍他做一个基督徒，亦不妨碍他肯定自己只能是一个现代人，这是他和施特劳斯（或者说被"新左"简化了的施特劳斯）很不一样的地方，虽然两者都运用古典资源批判历史主义、批判现代性。这一点，洛维特同列维纳斯很像，他们都从古典资源中寻找应对现代性危机的资源，但并没有把自己当作古人来俯视今人（因此有一个施派弟子，写了一本比较施特劳斯和列维纳斯的书——因为两个人都在讨论理性和启示的张力，都借助于犹太传统，这个施派弟子得出的结论是，列维纳斯只是一个"现代哲学家"。要知道"现代哲学家"在施派那里意味着什么）。而且，洛维特和列维纳斯都从《圣经》本身出发来批判政治神学，知道在诸神狂欢的时代，唯一能够解决问题的，不是发动一场魔界大战，而是去伪存真。针对各种伪神，上帝能做的，也许就是坚持自己有别于各种世俗文化和政治神学。一神教所谓的意义，不是把自己视为一尊最大的偶像，而是作为现代文明所有偶像的对头。这既是早期犹太—基督教的力量所在，亦是今天的犹太—基督教的力量所在。当然，洛维特和列维纳斯都看到，犹太—基督教亦正是有着同政治神学结盟，成为乌托邦冲动的最大危险，这或许注定是人类的悲剧性命运。而悖谬的是，唯一能够医治这个命运的，又只有上帝自己。

洛维特写普鲁东那一章，结尾时引用了普鲁东在通信中写过的长长一段话，因为它非常能够说明问题，在此我转引几句。这是普鲁东面对 19 世纪的危机时，对（新）基督教造成的影响发出的悲叹：

目前，文明处在危机关头；这在历史上，只有一个事件可以和它类比，即由基督教的出现所造成的危机……这就是我们的命运……我将只看到恶，并且死在一团漆黑之中，被过去打上抛弃的印记：集体大屠杀将会出现，紧随血腥屠杀之后的屈辱将是可怕的。我们将不能活着见到新时代的成果。我们将在黑夜里战斗。我们必须逆来顺受，忍受这种生活而没有太多的悲伤。

有趣的是，引完普鲁东的话，洛维特立刻做出了如下的评论并结束这一部分的内容：

这里发出的是一种如此彻底绝望的声音，这种绝望只能侵袭一个进步信徒，而不能侵袭一个基督徒。然而，正是对上帝国临近的信仰，激励着普鲁东为了人类进步而反对上帝和天意的斗争。

　　面对这种悖论，我们不由得想，这是否是上帝的圈套，是否他在戏弄我们？但我们也可以反过来这样问，这是否是人类戏弄和欺骗上帝的结果？显然，不同的提问将产生不同的回答。

　　如何安置超越与世俗、心灵秩序与政治秩序，如何安置卓越与平庸，让生活成为"可以存在"（viable）的？这个问题不是一个新问题，其实早期的犹太—基督教就已经有政教分离"世俗化"（laïcité）的精神了。列维纳斯甚至认为"世俗化"本来就是神意，因为《圣经》中的上帝本来就是自隐的神，他本来就在等待人类的成人。"世俗化"（Laïcité）这个词英文中没有，只在拉丁文中存在，不同于"世俗主义"（Secularisme）。前者指政教分离，后者有时指上帝国在世界历史中的实现，有时指人类在社会和政治生活中的自治。"laïcité"的问题对于像法国、中国、土耳其、印度这样宗教体验和社会生活的关系特别复杂的传统国家格外重要。我们过去理解"世俗化"的时候，往往只是强调了它的一半，即给予尘世生活完全的自由，并且把这种自由奠定在自然权利的基础上。但是"世俗化"还包含着很重要的另一半内容，就是并没有放弃对尘世生活的引导和批判。这种引导和批判是十分重要的。欧盟能够建立，多亏了一个无形的基督教精神的共同体。这个精神共同体使得欧盟各国可能有一个可共享的政治、法律平台。而土耳其由于没有分享这个无形的平台，尽管在各个看得见的政治经济事务方面，已经与欧洲国家十分接近，却始终很难进入欧盟。

　　"世俗化"强调启示和理性二者共存的意义，强调二者的张力，任何一方都不可化约另外一方。重新整理二者的关系，对于解决现代性危机十分重要。很多大家都指出过的现代性问题，是科学理性和工具理性的失范，如何来纠正理性的失范？这是对启蒙的启蒙。如果启示的意义不能被很好地意识到，启示就要被各种偶像所代替。而理性将沦为意识形态，成为偶像崇拜的工具。需要正确认识启示的意义。拒绝启示的理由或者说偏见之一，是认为启示是西方文化。然而启示本身是对文化或者说偶像的超越。偏见之二，是认为启示与理性不可共存。比起前一种偏见，这种偏见更危险，因为这种偏见常常有貌似虔敬的外表，但却是人的权力意识在激发这种虔敬的实质。（艾柯的《玫瑰之名》里面描写了一个不许人们读书、恐惧人类笑声的敬虔者，正是这位敬虔者在修道院里密谋了一系列的暗杀行动。）这两种偏见相互关联：启示和文化的不同之处，启示的独特之处，正在于它是向理性开放的。启示和启蒙之间，有一种天然的关联。不要忘了，启蒙之所以可能，是从路德的宗教改革开始的。因此，列维纳斯指出，"世俗化"和民主有一种不该被缩水的关系，正是这种关系使人避免成为一种对超越性事物和生活意义漠不关心的经济动物。

"世俗化"（Laïcité）和"世俗主义"（Secularisme）相区分的另一个重要之处在于："世俗化"保留了弥赛亚的末世审判的意义，但拒绝人们在世界历史中实现弥赛亚的冲动；保留上帝的不可见性，拒绝人间威权借上帝之名来实现一个可见的救赎计划。

倪玉珍:

　　文瑾的文章很精彩,看过之后不禁感慨,学西学之人,若不曾深入研读《圣经》,乃至有过信仰方面的理性经验与心理体验,简直就不可能准确地把到西学最深处的脉搏。

　　很仔细地读了几遍,觉得文中提及的几个问题,都与我的论题相关,故琢磨之后,又想出了一点问题,想向文瑾请教。由于我对基督教的理解甚浅,如果问题有幼稚之处,请多包涵。

　　第一个问题,是关于现代自我意识。舍勒认为现代人的自我意识扎根于怨恨与欲望,你借舍勒的概念,给了《革命之路》的女主人公爱普尔一个很深刻的阐释:她急于摆脱平庸的欲望,以及对周围生活世界的怨恨,使她在抽象性中构建乌托邦,却又无法实现真正的自我超越,因而最终走向了行动的疯狂。这让我想起了阿兰·布鲁姆,他借卢梭之口,说现代人的典型——布尔乔亚无诗、无爱、无英雄气,既没有贵族气,也缺乏公民精神。每当我读到舍勒或布鲁姆这样的文字时,第一个反应是震撼,惊叹于他们的文字背后的思想的巨大穿透力,仿佛重重的帷幕被拉开,现代人的猥琐展露无遗。他们的慧眼,一下就切中了现代人的要疾,所以我会把他们的书当成心灵之书,反观自我,诊治自我。然而惊叹之余,我又会有第二个反应:他们所刻画的,真的是现代人的本质么?或者说,现代人的本质,就仅仅是这样的么?在我看来,他们对现代人的评判,借用文瑾的话说,是不够"甘守平庸"的。这种评判里,有一种极端,这种极端成全了深刻性,

276

却损害了丰富性。记得我一年多前看《革命之路》时，我起初一直在用类似舍勒或布鲁姆这样的视角，严厉地批评爱普尔的不成熟，然而当我看到她最终走上毁灭之路时，我又不由得为她掉了泪。虽然我为她掉泪，并不影响我对她的批评本身，但我对爱普尔的态度，似乎没法有舍勒式的锋利和决绝，倒不是因为不忍，而是因为别的。就像看到飞蛾扑向水里的灯光一样，虽然那个光是幻象，飞蛾也太傻，可是它原本是要奔向真正的光明的。如果爱普尔能够更加理解自己，更加理解日常的生活世界，也更加理解召唤着她的巴黎，她的人生，就可以有不同的选择。所以，关键的问题是：现代人是否可以教育？相比施特劳斯派的冷峻的悲观，我个人更欣赏托克维尔的温和的悲观。托克维尔既看到现代人的不堪，也看到了现代人提升的可能，走向平等的自由还是平等的暴政？这是个永无休止的拉锯战，但托克维尔还是对现代人寄予了希望。

要讨论现代自我意识的问题，我觉得要回到现代自我意识的起源这个问题上。如你所说，现代的欲望主体"始于启蒙运动，始于现代人对自我价值之绝对化的时候，始于对上帝的信仰内在化，也就是说，将对一个外在于人的无限者的信仰转化为对人的意志和理性能力的顶礼膜拜之时"。或者如你紧接着说到的，"自我意识的诞生其实最初曾经起源于我和上帝的关系"，你举奥古斯丁的"上帝在我内在的最深处"来说明这一点，我觉得是很有意思的。对于你的这种追溯，我并没有异议。我想提出的一个问题是：我们是否可以暂时把内在论—超验论，启蒙—基督教，理性—启示的对立搁置一旁，看看是否可能存在着一种不是非此即彼的状态？如果可以，也许我们可以从这种状态中，看到一种更丰富的现代自我意识，它既不是在原罪的重负下自由意志颓废的，也不是在对人类理性的顶礼膜拜中自诩为神的。其实你已经说到了这样一种可能性，你很精到地点出了法国的世俗化（laïcité）的两重含义：它一方面指的是"给予尘世生活完全的自由，并且把这种自由奠定在自然权利的基础上"，另一方面指的是"没有放弃对尘世生活的引导和批判"。这样一种可能性，它的思想来源是什么？是法国的基督教神学，自由主义神学中的健康明智的部分？如何更有智慧地处理好启示与理性的关系，"使二者共存，强调二者的张力，使任何一方都不可化约为另外一方"？如何完成"对启蒙的启蒙"？这些问题，是有待研究的。我非常赞同你的看法：如果没有真正符合人性内在需要的宗教，启示就会被各种偶像替代。我也非常赞同刘擎老师的看法：如果有升华冲动的现代人长久地承受着宗教的饥渴，就可能走向乌托邦的迷狂。

其实关于启示与理性的关系，你已经道出了很关键的一点："启示的独特之处，正在于它是向理性开放的。"我这两天在读《启蒙运动的内在问题——莱辛思想再释》。莱辛对宗教的态度，在超验论与内在论之间，在启示与理性之间。人既以其有限性伫立于体现于上帝的真理的无限性之前，又能够运用理性朝向上帝的真理。人的理解力，人的理性，这个"体现于人自身之中的神性的火花"，这个"上天之最高贵的赠物"，使人的道德生活成了可能。如何更丰富地理解理性的内涵，理解启蒙的内涵，成了更丰富地理解现代自我意识的关键步骤。西方的现代性能够提供自由思考和争论的空间，能激起不断自我怀疑和诘问的意愿，让现代人不断回到各种传统中去寻找自己的根，去反观自己，或者借用托克维尔的话，现代人能学会向"与自己有着相反的优点和缺点"的古代人学习，并自我教育，这是现代性不至于走向自我毁灭的重要原因。尽管莱辛并未最终解决启示与理性之间的紧张，但他的宗教思想里的复杂面向，对于我理解勒鲁的社会主义神学和基佐的自由主义神学不无启发。

第二个问题，是历史哲学的问题。在法国，18 世纪末孔多塞的《人类精神进步史纲要》，启发了圣西门、孔德的历史哲学的灵感，不仅是圣西门这样的社会主义者，孔德这样的实证主义者，而且像基佐这样的自由主义者，也在他的《欧洲文明史》里呈现了一种历史哲学。而托克维尔关于"平等的革命"在几百年中有如神意般不可阻挡地演进的说法，则是受到了基佐的启发。如何理解 19 世纪上半叶盛行于法国的各种历史哲学？这是我的论文要处理的一个问题，但我还不知如何入手。我想我该先看一些论历史哲学的书，取得一些问题意识。我想请教一下，你说"洛维特并没有因为谴责宗教世俗化而主张像尼采和海德格尔那样，为了脱离历史决定论而返回前希腊"，那么他对宗教世俗化的基本态度是什么呢？你说"在黑格尔和马克思之后，即便是非马克思主义者，通过尼采和海德格尔，也接受了和马克思一样的前提，即相信某种历史决定论"，这是否能解释一下呢？

刘文瑾：

不好意思，因为我自己说了一堆大问题，所以就引来了玉珍的一堆大问题，我们就算是随便发发感想吧。不过话说回来，人的感想和问题就是学术研究的原动力，没有这些我们就成学术机器了，也不会有学术作为志业的乐趣。

其实我没有看过这部电影，但是我能想象一个有激情和梦想，不甘平庸的现代人所面临的处境。你说："如果爱普尔能够更加理解自己，更加理解日常的生活世界，也更加理解召唤着她的巴黎，她的人生，就可以有不同的选择。"我想，即便爱普尔们变得更加精明现实了，电影里面所表现的那种困境——"文明和爱欲的冲突"——还会存在。这种冲突确实是现代人所特有的。精神分析是近一个多世纪以来才出现的现象，它的诞生既是由于一切都可以被置换为一种科学语言来进行理解——其中包括宗教、文学、历史等精神生命现象，亦是由于，当一切都可以被平面化之后，人的精神需要成了一个被关进黑牢的秘密。如果这个精神需要没有得到很好的处理，生命力会萎缩干枯，或者畸形病变。在法国，伊斯兰教的传播非常迅速，其中很多信徒并非阿拉伯人，这个现象引起法国人的反思。我的导师指出，一个很重要的原因，是法国社会自"五月运动"以来对基督教的蔑视造成了信仰真空，正好给伊斯兰教的传播提供了大好的机会——很多精神饥渴的人会立即被征服。我想对于人，特别是有着独立人格和自我意识的现代人，帕斯卡所说的那个灵魂的深渊总是存在的，所以接下来就是你问的那个问题：现代人是否可以被教育？怎样教育？

我认为当然可以。虽然我在前面的文章里表达了很多对现代人的批评，但我并非认为现代人的心灵必然只能有欲望和怨恨。心灵之所以是心灵，在于它能够超越存在的机械必然性，超越自我，重新创造生命。这是柏格森为人熟知的主题，也是典型的法国化的思考，深刻影响了后来的思想和文艺。但我觉得更有意思的是柏格森在经历了第一次世界大战之后的思想转变，这个转变跨越了 20 多年时间。才华横溢、笔耕不辍的柏格森在这 20 多年里面只酝酿了他一生中的最后一本书《道德和宗教的两个来源》。简单地概括他的思想转变：心灵是自由的，但这种自由不是任性，而是皈依。柏格森晚年对宗教非常感兴趣。我们很容易理解为什么这本书不像他前面的书那样引起人们的关注——那是"上帝死了"的时代。

还有舍勒，他虽然一方面讨论市民社会伦理中的怨恨，另一方面却也讨论"羞感"——人"在自己心中的上帝面前害羞"。我不知道这个中文词汇是否准确充分地传达了原文的内涵。"羞感"也是一种自我意识，但它和怨恨中体现出来的自我意识大为不同。在羞感里面，人体会到了自我，以及自我的有限，但这种体会不像在怨恨中的无力感那样，是一种纯然消极的体会。羞感既使人意识到了自我的有限，但也同时意识到了一种积极的价值，例如敬畏。敬畏是羞感的一种，舍勒说："敬畏才会使人发现世界的价值深度，反之，没有敬畏心的人必定永远只满足于世界价值的表层维度。"例如还有一种羞感，是因为同情他人而感到羞涩。为什么呢？我没有读到舍勒的解释，但我想，同情他人是一种对他人的爱感，而这种爱所进入的精神深度不允许我与此同时意识到自我的存在，就像《圣经》里说的，不要让你的左手知道右手的施舍。我觉得这个羞感就像列维纳斯所说的"坏的自我意识"，就是不是那么自我感觉良好，懂得羞愧懊悔。舍勒说得好，在害羞里面有一种美，当然，这绝对不是浪漫主义式的，也不是诗情画意、风花雪月，不是"羞答答的玫瑰静悄悄地开"。羞涩的美正是在人的自我意识的谦卑中：它不但承诺了一种精神之美，而且"它的承诺方式是美的，因为这种承诺是无意的承诺，通过对美的掩饰，它才无意识地指出美的品质的隐秘存在"。我有时候想，是否可以用含蓄、内敛、隐忍来表达这个"美的品质的隐秘存在"呢？但总觉得不完全一样：在前者那里，这些品质都出于"自我"，并回到"自我"身上；而在后者那里，美的存在有赖于对自我的注意力的转移，这个注意力全神贯注地投向其自身之外，正是这种与自身的距离使美成为可能。舍勒特别强调，即便是一个丑女人，在其羞涩表达被发现时也会变美。我想这是"平庸"可以变美、变得可以守护的原因。有很多的美和卓越并不来自于我们日常思维所惯于接受的那个维度，这些美和卓越需要人的发现，需要心灵的改变。这也是犹太—基督教的秘密：当我们的心灵态度改变时，会发现这个世界并不像表面看上去的那样平庸和不可更改，以至于只能对其采取暴力革命、流血牺牲。相反，一些乌托邦的幻想，用列维纳斯的话来说，不是高估就是低估了现实。高估是以为现实可以通过革命而成为"新天新地"，低估则是以为现实不可能通过人与人的沟通和交流、通过教育而得到改善。

　　前两年中国出了一部电影叫《立春》，我还是没有看过，不过读了故事梗概之后印象很深。一个小县城里一位有精神追求的女老师，酷爱音乐，一心想成为歌唱家，想尽种种方法实现自己的梦想。在她对歌唱的执着和热爱里面，伴随着想要摆脱小县城之庸俗生活的强烈愿望。但她最终没能实现自己的梦想。我们都知道，在中国，像她这样生活在底层而又受过一定教育的小知识分子很多很多。教育使他们产生了一些梦想和精神追求，他们难以忍受现实的平庸，而要实现抱负又困难重重。他们是失意的，对现实有很强的失落感，却又无力改变。《立春》的结尾是一个悲剧，但又不完全是，女主角在失败之余发现，最终是她在无意中收养的一个弃儿给她带来了生命的欢乐和新的动力。类似的情节在西方电影中并不少见，可能已经是一个平庸的主题，但它的不平庸之处在于，影片里揭示的东西对于现代人的生活特别重要。在我看来，它讲述生活除了梦想和欲望之外，还可以有别的精彩的内容。这些内容虽然不是我们自己所期待和设计的，但却是我们可以发现和接受的。有时我们的梦想和欲望能够毁了我们，但心灵的谦卑和对他人的责任感却可能拯救我们，并让我们重新发现生活中"可以存在"（viable）的东西。我想，这是我们撇开启示和理性的对立可以发现的朴实的道理。

　　教育是一门引导的艺术，和意识形态不同，它必须基于受教者的自由。教育只能面对那些愿意提问和倾听的人，而且是一项没有止尽的工作，对于那些认真对待精神生活的人，会觉得一辈子都需要学习。只有意识形态才会简单而教条，没有什么精神质量。现代性的一个伟大之处本来在于，它提供给了最大多数人享受自由和教育的机会，然而，现代性又总是不得不面对意识形态的威胁，就像托克维尔也说过的那样，所谓的舆论自由常常不过是一种舆论的统治。这种威胁在政治专制的国家尤为堪忧，比如20世纪30年代的德国。而针对现代人"过于沉重的自我"所提供的最重要的教育和实践，就是自由民主政治教育和宗教思想教育。缺少这两种关键的教育和实践，我们都会成为病态的现代人。

最后关于洛维特的历史哲学的问题。对于历史哲学，洛维特是不赞同的，即不能赋予历史某种末世论的目标，因为这样的历史最终会非人地奴役我们。洛维特指出，历史哲学的问题，关键在于哲学对上帝的僭越，试图以人的方式来代替对弥赛亚的盼望，加速天国的到来，这是一种虚无主义。在古代，人们要么相信天国，要么像希腊人那样相信宇宙中有一种永恒的神性，历史只是短暂易变的，人不是通过历史获得救赎。但是那种反历史哲学的历史主义，即认为，对于人和历史，什么超越性的意义都不会有，其实也是和历史哲学共有同样的前提，即历史只剩下我们所赋予它的意义，因此，洛维特认为这也是一种虚无主义。洛维特的意思大概是，生活中需要有某种神圣的意义来超越虚无主义，它对于每个具体的生命是非常重要的，但它的终极性不能够由历史来承担。企图在历史中实现终极意义，是人的狂妄和僭越。

（原文曾载于《知识分子论丛》第十辑，
江苏人民出版社，2012，有删节）

跋

　　本书前半部，是一个文艺青年的艰难跋涉。她曾殚精竭虑地在生活与阅读中探索爱情、文学与艺术的救赎。本书后半部分，是一个知识分子兼灵魂悔悟者对所处时代的反思。她自知对一些宏大的话题力不能胜，却无法不将自身的救赎与时代问题关联在一起。当现代新媒体将人和世界间的距离变得越来越近、越来越即时化，她却越来越无法自抑地去追问和探究一些久远与历时性问题。她的求索过程暴露了自己的无知、自恋、骄傲、文笔的幼稚与逻辑的混乱，愿读者和上帝原谅她。

　　本书收集的文章最早写于 10 年以前。这 10 年是她思想逐渐发展、历练、成形的关键时期，因而也包含了感觉和观念的转变。这种转变明显地体现在有关布朗肖的两篇文章的差别中。不过，变化归变化，她逐渐意识到，这 10 多年来，萦绕在她脑海里的问题，是现代人的悲剧与救赎。于她而言，在此问题下，中西方人分享了相似的经历与见证。

　　本书中的现代人，是指在文艺复兴、宗教改革和启蒙运动开启的时代中登场，有着强烈主体意识、自我意识的个体。这些个体登上舞台，人类历史便开始了新的篇章。

　　悲剧不是泛指不幸，而是基于一种悖论性而发生的不幸。其悖论在于，冲突双方都有各自的理由。因而悲剧是从情理而言"不该发生的"不幸。古典悲剧讲述古代英雄的伟大与悲哀，现代

285

悲剧则讲述现代个体的伟大与悲哀。其最大的差别在于：现代民主社会，普通个体也可以拥有英雄梦和成为主宰者的理想，这是古代的普通个体不可能奢望的。古代人追求的整全个体人格（君子伟人），只适用于部分人，而基于人权理想的现代性，则想要赋予每个人一种绝对的整全性，只是这种绝对整全性，仅能基于对每个人绝对有限性的承认，由此，绝对整全和绝对有限便构成了一种绝对悖论。现代人的悲剧便是这种绝对悖论的悲剧。

在笔者看来，整全的现代性应该是人与上帝共存的时刻。米开朗琪罗在西斯廷礼拜堂顶上描绘创世：上帝的大手轻轻一指，亚当便鸿蒙初开。这幅画最妙之处，在于讲述了这样一个时刻，既是亚当的初醒，也是上帝的临在。亚当按照上帝的形象、为上帝的语言所造，上帝也在亚当的苏醒中临在于世。现代性就开启于这个临界时分。

临界时分亦是危险时刻，充满了人和上帝之间的紧张冲突。醒后的亚当最终走出伊甸园，在一个充满凶险迷惑的世界上漫游。或许他将重新发现上帝，经历救赎；或许他始终把上帝当作对手、他模仿和竞争的对象；或许他决定彻底遗忘和忽略上帝之名，去经历人所能有的全部伟大和悲哀。

我着迷于这个时刻，这个既同时发现人和上帝，又同时发现人和上帝之死的时刻。从很早的时候，我阅读、思考和写作的兴趣都围绕这个时刻展开，试图探索它所有的可能与不可能，迷宫与出路，高峰与低谷。它吸引了我持久、深邃的热情，因为这是我对自身生命方向的探索。在探索中，我固然可以多方求教，但最终只能提交一份个人的答案。而我这些年想做和在做的事情，就是在自己的阅读、思考和写作中，融入个人生命的体验与拷问，以期获得关于人生问题的解答和方向，不断成长与自我更新。

文学与宗教是我探索人生依赖的视野和路径。文学无法判断和解决现实生活中的具体问题，却能培养对生活问题的敏锐和洞察。宗教没有消弭现实生活中的苦难与残缺，却能让人在苦难与残缺中不失希望和爱的力量。文学感知深不可测的人性，宗教感知深不可测的神性，两条道路在个体的生死爱欲和世界历史的盛衰演变中交织重叠。文学一面反映人性的广阔深渊，一面反映救赎的悲喜剧情。宗教一面揭示人性的自欺与罪欠，一面启示他者的面容与踪迹。文学与宗教有如两面镜子的彼此返照，构建了生活世界的"异托邦"空间。

因而，此书既是学术文集，也是生命见证。见证了一个人如何从寻求独立人格、自由精神、审美超越，转向了灵魂的悔悟和对圣言的敬畏与倾听。本书中的文字大部分曾作为学术文章发表，但在时过境迁，其学术色彩逐渐淡化后，已越来越接近思想和生命的自然流露。

此书的写作过程不仅跨越了个人生活与中国社会剧变的 10 余载光阴，也经历了国内学界的种种风潮。学术上出现的一定程度的买办化、自我殖民化、市场化与投机化现象成了当代中国知识分子为自我重新定位的一种机会。此时，学术与学问的差别在于，学术是一种投资经营，学问专注求学问道，二者的道路自然日行日远。

在此众声喧哗、诱惑如潮的时代，我何其有幸，得良师益友为伴，品见贤思齐之乐。

此书文学篇收入的部分文章初撰于我在未名湖畔求学之时。感谢恩师车槿山先生 2002 年将我领入北大，那是我人生十分关键的一步。此后，恩师一路扶持鼓励，担待帮助，不遗余力，终使我得于书山学海之中，摸索到自己的方向和道路，乐不思蜀。我自 2008 年结束在巴黎和北大的学习，怀忐忑不安之心和夫君崇明一道举家南下，奔赴刚成立不久的华东师大思勉高研院，落户闵大荒校区，幸遇许纪霖、刘擎二位亦师亦友的领导和同事。他们既向我们展示了海派学者儒雅大气、海纳百川的关怀与胸襟，又给予我们润物无声、温煦宜人的江南友情，使我们在思勉的几年里，犹如置身世外桃源。本书思想篇中的若干文章，便是在两位仁长的鼓励与帮助下写成和发表的。

感谢《读书》杂志编辑卫纯先生和饶淑荣女士，本书收入的两篇文章承其美意曾得以在《读书》发表，我深感荣幸。

感谢生活友人与思想同道张欣、剑波、寅丽、魏泉、乔宁与冀荣贤伉俪的激励与启迪。

感谢我生活的阿基米德支点，我的"黎明"——书黎和崇明，他们赐予我无限的欢乐和爱意。

特别纪念于 2016 年早春不辞而别的绪林弟兄，从此他将活在我的记忆中，成为我检视自己的一面镜子。因为他纯真善良、敏感脆弱，需要我们有更多光明友善、耐心与坚强。

本书中收入的《恶的"升华"：审美现代性中的主体精神》以及《正义者的悲剧》，由上海市教育科学委员会创新项目资助。